Jackie May [illegible] duo d'écrivains marié. Josh et [illegible] Phoenix, en Arizona, avec leurs quatr[illegible] leur chat, Mr. Darcy. Jackie May est leur seule [illegible] (et ne cesse de réclamer sa part des droits d'auteurs, puisqu'ils utilisent son nom).

De la même autrice :

Nora Jacobs :

1. *Démasquée*
2. *Désirée*
3. *Déchirée*
4. *Déchaînée*

Shayne Davies :

1. *Moi, rousse et fauchée*
2. *Lui, blond et paumé*

Ce livre est également disponible au format numérique

www.milady.fr

Jackie May

Déchirée

Nora Jacobs – 3

Traduit de l'anglais (États-Unis) par Alix Dewez

Milady

Milady est un label des éditions Bragelonne

Titre original : *Don't Bait Me*

ISBN : 978-2-8112-3667-0

Bragelonne – Milady
60-62, rue d'Hauteville – 75010 Paris

E-mail : info@milady.fr
Site Internet : www.milady.fr

À tous les fans !

Chapitre premier

Je reste immobile, indécise, dans le rayon réfrigéré du supermarché, en proie à une soudaine anxiété. Ça ne me ressemble pas de m'angoisser sur des détails aussi futiles. D'un autre côté, c'est bien la première fois que quelque chose m'importe tant que je tiens à ne pas me louper. Incapable de trancher, je décide d'appeler Oliver pour la quatrième fois en vingt minutes. Sans m'embarrasser de politesses, je demande :

— À ton avis, il vaudrait mieux prendre deux dindes ? Les loups-garous ont un grand appétit. Un appétit d'ogre, même. Et puis il y a Terrance. Même si les dindes sont de bonne taille, une deuxième ne serait peut-être pas de trop. Qu'en penses-tu ?

— Nora…, commence Oliver, avant de soupirer. J'en pense que j'ai un examen dans une demi-heure et qu'il me reste encore un chapitre à réviser.

Je grimace, honteuse.

— Pardon, tu as raison. Je ne t'embêterai plus.

— Ma puce, tu ne me déranges jamais. Je suis toujours content de t'avoir au téléphone, mais je dois vraiment finir de me préparer pour ce contrôle.

— Je sais, désolée. J'aimerais simplement que tout soit parfait. Je n'ai jamais eu droit à un vrai dîner de Thanksgiving. En tout cas, pas avec des personnes auxquelles je tiens vraiment.

— Si ça te stresse à ce point, attends la fin de mon examen, on ira faire les courses ensemble.

— Pas possible. Terrance sera rentré et il ne me laissera jamais sortir.

Un petit rire léger résonne dans le téléphone. Je souris ; j'adore l'entendre rire.

— Alors comme ça on fait le mur ?

— Je devenais dingue, ça fait presque une semaine.

— Oui, une semaine depuis que tu as *frôlé la mort*.

— Mais je me sens mieux maintenant, je suis parfaitement rétablie. Terrance se montre beaucoup trop parano.

— Sans doute parce qu'il t'aime. Il veut te protéger.

— Il y a une différence entre me protéger et me retenir prisonnière.

Nouvel éclat de rire.

— Voilà ce que je te propose. Après mon examen, je serai officiellement en vacances. Je rentre, je prépare mon sac et je viens passer tout le week-end avec toi en prison. J'ai de la chance, l'Agence me laisse aussi faire le pont.

Je sens mon cœur fondre de tendresse.

— Tu es un ange, Oli.

— Je sais, je sais. Bon, je dois filer, mais on se voit ce soir.

— Ça marche.

— Oh ! et prends deux dindes. Mieux vaut en avoir trop que pas assez. Et puis, les restes, ça remporte toujours un franc succès, n'est-ce pas ?

— Tout à fait. Ah ! qu'est-ce que je ferais sans toi ?

— Je ne suis pas pressé de le savoir.

Je garde le sourire même après avoir raccroché. Oliver a le chic pour dissiper mes angoisses en un clin d'œil. J'ajoute deux dindes à mon chariot, puis regarde sur ma liste ce qu'il me reste à acheter. N'ayant jamais préparé de dîner de

Thanksgiving, j'ai dû faire une petite recherche sur Internet. Je croise d'ailleurs les doigts pour que Terrance nous aide en cuisine, Oli et moi. Enfin, s'il ne m'étripe pas d'abord pour m'être aventurée seule dehors.

Quand on parle du loup : mon portable sonne en affichant le visage de Terrance. Je réponds d'une voix hésitante, priant pour qu'il n'entende pas le brouhaha du supermarché en fond.

— Salut, T-rex ! Comment s'est passée ta réunion ?

— J'y suis encore. Peux-tu me rendre un service ?

Sa démarche me déconcerte un peu. Je ne connais pas d'homme plus indépendant que Terrance ; il ne demande jamais rien à personne. Cependant, ravie de lui donner un coup de main, je réponds :

— Bien sûr, je t'écoute.

— J'ai oublié une pochette sur mon bureau à la maison, et j'ai besoin de certaines informations contenues dans ce dossier.

— Oh… *(Zut ! grillée.)* Eh bien… j'adorerais t'aider, mais je ne suis pas vraiment à la maison.

J'éloigne aussitôt le téléphone de mon oreille pour m'épargner le hurlement qui va immanquablement suivre.

— QUOI ?! Où es-tu, bon sang !?

— Ne t'énerve pas, je suis juste sortie faire quelques courses.

Je l'entends littéralement grincer des dents à l'autre bout du fil.

— Avec Oliver ?

— Non, il avait un examen.

— Rook ?

— Non plus, marmonné-je.

Le silence s'installe. Puis Terrance explose de nouveau :

— Tu es sortie TOUTE SEULE ?!

Irritée par sa réaction, je rétorque :

— Je suis une grande fille, Terrance. Je pense pouvoir faire quelques emplettes sans garde du corps.

— Dans quel magasin es-tu ?

— Au supermarché, dis-je vaguement pour l'embêter.

— QUEL MAGASIN ?

C'est pas possible d'être aussi obstiné ! J'aimerais lui tenir tête, mais je sais que je gaspillerais ma salive. Me rappelant qu'il s'acharne seulement parce qu'il tient à moi et craint pour ma sécurité, je soupire et capitule.

— Le grand magasin bio du centre-ville.

Il raccroche sans un mot de plus. Reportant mon attention sur ma liste de courses, je ne suis pas le moins du monde surprise de le voir débarquer dans mon rayon dix minutes plus tard. Je soutiens sans ciller son regard courroucé.

— Tu ne devrais pas sortir seule, grogne-t-il en essayant de m'intimider avec ce que j'appelle désormais sa posture de videur.

— Je suis une adulte, Terrance.

Il n'en démord pas :

— Le charme de camouflage dont je t'ai enveloppée dissimule seulement ton apparence aux yeux des humains. Il n'est pas assez élaboré pour masquer ton odeur. N'importe quel occulte tant soit peu puissant verra que tu es une néréide. Tu prends de gros risques.

J'arrête mon chariot et me retourne brusquement vers lui.

— Et que suis-je censée faire ? Je ne vais pas vivre cachée pour l'éternité.

Sa colère s'atténue, cédant la place au simple mécontentement.

— On trouvera une solution, mais, en attendant, tu ne dois pas te balader toute seule. Tu ne sortiras de la maison qu'avec Rook, Parker ou moi pour t'escorter. Fin de la discussion.

Sa façon de me dicter ma conduite devrait me mettre hors de moi, mais la peur que je lis dans ses yeux achève de me désarmer. Terrance est aussi peu habitué à veiller sur quelqu'un que je le suis à ce qu'on se soucie de moi. Ce sentiment de perdre le contrôle est nouveau pour lui. Je peux bien faire ce petit sacrifice si ça peut lui éviter de se mettre la rate au court-bouillon. De toute façon, il a raison : je suis extrêmement vulnérable sans mon ancien charme de camouflage. Quelques précautions supplémentaires ne peuvent pas faire de mal.

À la surprise de mon troll grincheux, je m'approche et le prends dans mes bras. Il est si grand que le sommet de mon crâne n'atteint même pas son menton.

— C'est d'accord, T-rex, dis-je en posant ma tête contre son torse. Je promets de toujours avoir un garde du corps avec moi dehors tant qu'on n'aura pas trouvé un moyen de renforcer mon camouflage.

Terrance hésite un instant, puis m'enveloppe à son tour dans une étreinte réconfortante. Les câlins ne sont pas vraiment mon fort, mais je me suis aperçue que j'éprouve moins de difficulté à toucher les autres quand c'est moi qui en prends l'initiative, en particulier avec les gens en qui j'ai confiance. Du coup, je me force depuis quelque temps à établir plus de contacts physiques avec mes proches. Je m'entraîne dans l'espoir de surmonter certaines de mes phobies liées à l'intimité. J'ai d'ailleurs découvert que j'aime beaucoup les câlins quand ceux-ci ne me déclenchent pas de crises de panique en ravivant de sombres souvenirs.

Terrance se racle la gorge puis bougonne :

— Il y a intérêt.

Je sais qu'il n'est pas fâché. C'est sa manière à lui de cacher son gros cœur en guimauve. Je souris donc, car ces grommellements signifient que mon troll m'adore.

Je savoure encore un instant ce témoignage d'affection, puis le lâche et reprends mon Caddie. Il m'emboîte le pas, s'accommodant de me laisser continuer mes courses.

— Tu as fait vite, commenté-je. Je croyais que tu avais un rendez-vous professionnel.

— Je suis parti, répond-il simplement en haussant les épaules comme s'il n'y avait pas de quoi en faire un plat.

— Tu n'étais pas obligé de…

Il m'interrompt avec un regard intransigeant :

— Ce n'était qu'un déjeuner d'affaires au casino avec le nouveau directeur général de ma concession auto. De toute façon, j'avais oublié les papiers nécessaires. J'ai découvert que l'ancien ne se contentait pas de faire des magouilles avec les démons ; il trafiquait aussi les comptes de l'entreprise.

Il soupire, démoralisé. Je lui tapote gentiment le bras pour le réconforter.

— Tout rentrera bientôt dans l'ordre… Minute ! tu étais au casino ? Celui de *Henry* ?

— Ce n'était pas mon idée, maugrée-t-il.

— Et comment ça s'est passé ?

Il me jette un regard en coin assorti d'un sourire malicieux.

— Je n'étais même pas entré depuis dix minutes que Henry est venu me voir. Il te passe le bonjour, d'ailleurs. Il a entendu parler de l'affrontement entre les loups-garous et il était très inquiet. Il te transmet ses amitiés.

Je laisse échapper un reniflement de mépris.

— Tu l'as envoyé chier de ma part, j'espère ?

Cette fois, le troll me sourit de toutes ses dents.

— Je lui ai dit que tu te rétablissais bien et que tu te laissais dorloter par tes hommes.

Je m'arrête aussitôt pour me tourner vers lui avec des yeux exorbités et les joues enflammées.

— Mes *quoi*?

— Je lui ai juré qu'ils s'occupaient bien de toi, poursuit-il comme si de rien n'était.

Je ne peux m'empêcher de ricaner.

— Je parie que ça l'a mis en rogne.

Terrance hausse les épaules avec nonchalance, mais ses yeux pétillent d'amusement.

— Il a failli me flanquer dehors. À mon avis, je ne serai pas le bienvenu de sitôt.

Je secoue la tête avec un petit rire, puis consulte de nouveau ma liste. Terrance regarde alors mon chariot rempli de produits comme s'il le remarquait pour la première fois.

— C'est pour quoi tout ça?

— Pour le repas de Thanksgiving.

La surprise que je lis sur son visage libère une nuée de papillons dans mon ventre.

— J'espère que ça ne te dérange pas, je me suis permis d'inviter Oliver et Parker à venir dîner chez nous puisqu'ils n'ont personne avec qui fêter Thanksgiving. Ensuite, je me suis rappelé que Rook et Wulf seraient tout seuls également, donc…

Me sentant soudain envahie par un étrange sentiment de vulnérabilité, je détourne le regard en rentrant la tête dans les épaules et bredouille timidement:

— J'avais envie d'organiser une soirée sympa pour les personnes que j'apprécie.

— Pépin, murmure Terrance, attendant d'accrocher mon regard avant de poursuivre: On ne te mérite pas.

Je rougis, à la fois gênée et touchée par le compliment de cet homme qui en accorde si rarement. Ne sachant plus où me mettre, je lui donne un petit coup d'épaule et plaisante :

— Tu seras peut-être moins catégorique après le repas. Je n'ai jamais rôti une dinde de ma vie.

Le troll part d'un rire sonore qui fait sursauter les clients alentour, puis, sur la promesse de m'apprendre à préparer une dinde, il m'aide à finir les courses. Sans surprise, il insiste pour payer à la caisse et me prend le chariot des mains en décrétant qu'il va tout charger dans le coffre de sa voiture et que ma seule tâche est de rentrer à la maison. « Sans faire de détour », précise-t-il. Comme si je risquais de m'attirer des ennuis entre le supermarché et sa tanière. Je m'étonne d'ailleurs qu'il ne me raccompagne pas jusqu'à ma voiture pour m'y enfermer lui-même.

— Je dois sans doute m'estimer heureuse que tu me laisses traverser le parking toute seule, rouspété-je quand nous nous séparons à la sortie du supermarché.

Il m'adresse un regard réprobateur.

— Rentre à la maison, Pépin, c'est tout ce que je te demande.

Avec un soupir résigné, je gagne ma voiture et m'apprête à composer le numéro d'Oliver sur mon portable lorsque je me souviens qu'il est sûrement en plein contrôle à cette heure-ci. Je décide donc d'enquiquiner quelqu'un d'autre.

— Salut, petite tentatrice, répond Nick.

— Je crois que je préfère « Tigresse ».

— Et moi, je préfère « Sublime » mais, dans la vie, on n'a pas toujours ce qu'on veut, n'est-ce pas ?

— C'est pas faux.

Je fais démarrer la voiture et pousse le chauffage à fond. Il fait un froid de canard dehors et, depuis que mon beau manteau a été mis en lambeaux par des loups-garous renégats, je dois de nouveau me contenter de la simple veste de sport de Rook.

— Dis-moi tout. En général, tu ne m'appelles qu'en cas de danger mortel.

— Le danger d'être à deux doigts de tuer un troll, ça compte ?

Je l'entends glousser à l'autre bout du fil.

— Terrance te rend chèvre ?

— Il refuse de me laisser sortir seule. Il a réussi à dissimuler mon apparence aux humains grâce à un sort d'illusion, mais il ne possède pas les ressources nécessaires en magie pour masquer mon odeur d'occulte.

— C'est exact. Malgré leur force impressionnante, les trolls ne sont pas des occultes très puissants en magie.

— Alors comment puis-je obtenir un charme de camouflage plus efficace ? Je dois remédier à ce problème au plus vite. Je ne peux pas me planquer éternellement.

— Franchement, Nora, la personne la plus indiquée pour créer ce charme, c'est toi.

— Comment ça ?

— La plupart des faes ont une affinité pour les sorts d'illusion. Plus le fae est puissant, plus le charme est trompeur. Et, trésor, on fait difficilement plus puissant que toi dans le coin. Je suis même prêt à parier que c'est ta mère qui t'a camouflée avec l'ancien sort.

— Intéressant… C'est une piste à creuser.

Mettant cette précieuse information de côté afin d'en discuter plus tard avec Terrance et Oliver, j'enclenche la marche arrière pour sortir de ma place de parking.

— Bref ! dis-je, revenant à l'objet de mon appel. As-tu quelque chose de prévu demain soir ?

Un bref silence s'ensuit, puis Nick émet un hoquet de stupeur sciemment exagéré.

— Diantre, Nora ! m'inviterais-tu à un tête-à-tête romantique ? J'en suis tout retourné.

— Et puis quoi encore ? Comme si je n'avais pas déjà assez d'hommes qui me tannent pour un rencard.

— Tu sembles en effet les collectionner comme des paires de chaussures.

— Tais-toi ou je te désinvite de mon dîner de Thanksgiving.

Je m'attends à une nouvelle réplique spirituelle de sa part, mais n'obtiens qu'un long silence. Je quitte mon allée pour me diriger vers la sortie. Lorsque Nick me répond enfin, je ne décèle aucune espièglerie dans sa voix.

— Tu veux dire, un vrai dîner de Thanksgiving, avec la dinde farcie, les tartes et tout ?

— Ben, oui.

Je me sens brusquement gênée. Sa réaction me décontenance ; on le dirait presque aux prises avec ses émotions. Nerveuse, je me mets à bafouiller :

— Je sais que je te préviens à la dernière minute, mais je n'ai jamais connu de vrai Thanksgiving, et je me disais…

Je freine brutalement alors qu'un SUV noir me coupe la route dans un crissement de pneus pour s'élancer hors du parking à toute berzingue.

— Putain de merde !

— Nora ?

— Je vais bien, grommelé-je. Juste un connard qui devait impérativement quitter le parking avant moi.

Je m'avance prudemment en jetant un coup d'œil dans l'allée pour m'assurer que personne d'autre ne s'apprête à me passer devant, et pile derechef avec un cri d'horreur. Terrance est affalé sur le coffre ouvert de sa voiture, trois flèches plantées dans le dos, le contenu d'un sac de provisions éparpillé à ses pieds, à côté du chariot à moitié vide.

Oubliant mon coup de fil, je tourne immédiatement pour foncer vers lui et bondis de ma voiture.

— Terrance !

Je suis en train de vérifier son pouls lorsqu'un gémissement lui échappe. Il est vivant. Je pense de nouveau à respirer.

— Terrance ! que s'est-il passé ? Qu'est-ce que je dois faire ? Tu vas bien ?

Je n'obtiens aucune réponse et il saigne abondamment. La panique me gagne.

— Merde ! merde ! merde ! Terrance, on a besoin d'aide. Je ne peux pas appeler les urgences, pas vrai ? Où faut-il que je t'emmène ? Dis-moi ce que je dois faire !

Il parvient à articuler un unique mot dans un flot de sang :

— Enzo.

Bien sûr ! je dois appeler le chaman. Mais, d'abord, je dois déplacer Terrance dans la voiture, à l'abri des regards, avant qu'un humain s'avise d'appeler la police. Même au mieux de sa forme, le troll ne rentrerait jamais dans mon petit coupé sport. Je gare donc celui-ci juste à côté, puis ouvre la portière arrière de la Cadillac de Terrance. Après avoir récupéré les clés de contact dans sa poche, je me baisse pour mettre son énorme bras sur mes épaules.

— OK, T-rex, je vais avoir besoin d'un coup de main. Je n'arriverai jamais à te mettre dans la voiture toute seule, il faut que tu te lèves aussi. À trois. Un… deux… trois !

Dieu merci, il est assez lucide pour tenter d'accompagner le mouvement. Avec mon aide, il parvient à se redresser, mais semble incapable de tenir sur ses jambes. Je m'écroule presque sous son poids. Seule une détermination inébranlable de ma part nous permet de l'installer à l'arrière de la voiture. Il s'effondre à plat ventre sur la banquette, les flèches toujours fichées dans le dos. Je dois replier ses jambes de colosse pour refermer la portière.

Je suis maintenant maculée de sang, mais je me force à ne pas y songer. Je ne peux pas céder à la panique ; Terrance a besoin de moi. Je claque le coffre, attrape mon portable et mon sac dans mon coupé sport, puis, les joues ruisselantes de larmes, je quitte le parking en trombe au volant de l'autre voiture, presque aussi vite que le chauffard qui m'a coupé la route avant.

— Tiens bon, Terrance. Je t'interdis de mourir.

Je prends mon téléphone. Nick est toujours en ligne, à me mitrailler de questions d'un ton furieux.

— Nick ? dis-je, la voix brisée par un sanglot. Terrance est blessé, il a reçu des flèches dans le dos. Des flèches ! Il a perdu connaissance mais, avant de s'évanouir, il m'a dit de l'emmener voir Enzo.

L'agent cesse immédiatement de hurler. Il me parle alors d'un ton ferme, sans perdre son sang-froid.

— Où es-tu ?

— Dans le quartier de Midtown.

— Bien, ce n'est pas très loin. Écoute-moi, ma belle, garde ton calme. Terrance va s'en sortir.

— Il a trois flèches dans le dos, Nick. Il y a du sang partout !

— Il va s'en tirer, me répète-t-il. Il en faut beaucoup pour abattre un troll. On va le remettre sur pied. Respire et détends-toi. Ce serait bête d'avoir un accident par-dessus le marché.

Je renifle, sèche mes larmes, puis prends une longue inspiration.

— Brave fille, dit-il d'une voix douce. Maintenant, je veux que tu conduises Terrance à l'Agence. Je peux m'occuper des flèches. Je vais tout de suite appeler Enzo pour qu'il nous retrouve là-bas. Ça va aller si je raccroche ?

J'inspire de nouveau et hoche la tête, même s'il ne peut pas me voir.

— Oui, ça ira.

— Parfait. On se voit dans dix minutes.

Chapitre 2

Quand j'arrive à l'Agence, Nick m'attend au pied du bâtiment. À peine la voiture garée, il ouvre la portière arrière et se penche à l'intérieur pour évaluer la gravité de la situation. L'état de Terrance lui fait pousser un juron.

— Tu as raison, il a perdu beaucoup de sang. Les flèches ont sûrement une pointe en fer.

— Comment ça ?

— Le fer est un poison pour les faes. Je ne vois pas d'autre explication pour que l'hémorragie persiste de la sorte.

Alors, sous mon regard hébété, il extirpe le troll de la voiture et le charge sur son épaule façon pompier, sans le moindre effort. Mince ! elle sort d'où cette force herculéenne ?

— Tu peux t'occuper de la porte, Tigresse ?

Je me secoue et m'empresse de lui ouvrir. Ren et Darla, seuls présents dans l'*open space* de l'Agence, bondissent sur leurs pieds à notre entrée.

— Que s'est-il passé ? s'écrie l'incube en se précipitant dans le couloir devant Nick pour lui faciliter l'accès à ce qui doit être une salle de pause.

La pièce possède un canapé, un réfrigérateur, une petite table assortie de deux chaises, et un plan de travail avec évier, cafetière et micro-ondes. Une trousse de secours nous attend déjà sur la table. Nick dépose délicatement Terrance, toujours inconscient, à plat ventre sur le canapé.

— Ren, trouve-moi des serviettes, ou autre chose, pour enrayer l'hémorragie.

À l'aide de ciseaux, il découpe le manteau et la chemise du troll, puis sort un couteau de sa botte.

— Nora, passe-moi cette pince et viens là.

Je blêmis en m'agenouillant à côté de lui. Ce couteau ne me dit rien qui vaille.

— Qu'est-ce que tu comptes faire avec ça ?

— On ne peut pas arracher une flèche en tirant bêtement dessus. Je dois d'abord élargir la plaie pour extraire la pointe sans risque.

Il me prend la pince des mains et la combine à son couteau pour écarter la peau autour de la flèche et examiner l'intérieur de la blessure. Ren revient à ce moment-là et me lance une poignée de serviettes.

— J'en ai trouvé.

La directrice West entre à sa suite et écarquille les yeux, épouvantée.

— Que s'est-il passé ?

Je ne peux que secouer la tête. La pince en place, Nick saisit le fût de la flèche et me regarde dans les yeux.

— Dès que je l'aurai retirée, tu devras comprimer la plaie de toutes tes forces avec la serviette pendant que j'extrais les autres. Il perd beaucoup de sang, il faut absolument endiguer l'hémorragie.

Je réponds d'un hochement de tête saccadé. Mes nerfs lâcheront certainement à la minute où ce sera fini mais, pour l'instant, l'adrénaline me permet de rester assez concentrée pour suivre les instructions de l'agent.

Je suis prise d'un haut-le-cœur lorsqu'il entame l'opération. Je retiens probablement ma respiration tout du long. Ma seule consolation, c'est que Terrance reste inconscient et ne peut pas sentir la pince et le couteau lui triturer la chair.

La dernière flèche ôtée, Nick s'écarte et Enzo prend immédiatement le relais. Je ne m'étais même pas aperçue de son arrivée. Je retire mes mains afin de le laisser travailler, mais ne peux me résoudre à quitter le chevet de Terrance. D'ailleurs, le chaman ne m'y oblige pas. Appliquant ses mains sur les blessures du troll, il croise mon regard.

— Il va s'en sortir, mademoiselle Nora. Je peux aisément le guérir.

Je considère de nouveau le corps trempé de sang de Terrance et prie pour qu'Enzo soit aussi doué qu'il le prétend. J'imagine mal quiconque survivre à de telles blessures. Comme s'il percevait mon incrédulité, le chaman me rassure d'un sourire lénifiant.

— Votre état était nettement plus grave lorsque la vampire vous a agressée, et vous êtes encore là. Faites-moi confiance.

Je lui fais confiance, mais l'inquiétude ne me quitte pas.

Enzo ferme les yeux pour se concentrer et expire lentement. Soudain, l'air se charge de magie autour de moi, couvrant mes bras de chair de poule. Le sang cesse de couler au bout de quelques secondes, puis les plaies dans le dos de Terrance se referment peu à peu.

Je respire enfin lorsque le troll revient à lui. Son gémissement à cet instant est certainement le plus beau son de la terre. Il est vivant. Encore une minute, puis Enzo retire ses mains et se laisse tomber sur les fesses, le dos contre le canapé, l'air épuisé. Terrance semble à présent dormir d'un sommeil paisible et son visage a repris quelques couleurs.

— Il va bien ?

Le chaman opine de la tête.

— Il se remet simplement des effets de la magie. La guérison accélérée de telles blessures est un processus éprouvant pour le corps. Il ne va pas tarder à se réveiller.

Je m'affale à mon tour contre le canapé. Maintenant que la catastrophe a été évitée, je subis de plein fouet le contrecoup du choc : j'ai le souffle court, les mains tremblantes, une sensation de tournis. Je ferme les yeux le temps que ça passe.

— C'est ce que vous ressentez chaque fois que je me fais attaquer ? demandé-je faiblement à mes amis.

— Oui ! répondent Nick, Enzo et Ren en chœur.

La véhémence de leur réponse m'arrache un sourire. Ren se penche pour m'aider à me relever.

— Viens, on va te débarbouiller.

Je suis couverte de sang. Pour mes vêtements, je devrai attendre d'être à la maison, mais je me lave les mains et les avant-bras dans le petit évier. L'incube me soulève ensuite pour m'asseoir sur le plan de travail. Il mouille une serviette en papier, puis entreprend de nettoyer quelques taches sur mon visage.

— Détends-toi, souffle-t-il.

J'obéis malgré moi à sa douce voix hypnotique. Un frisson me traverse tandis qu'il libère une partie de son pouvoir d'incube. Ce n'est pas assez pour me séduire, mais le charme me force néanmoins à me décontracter et à fermer les paupières. Je prends une profonde inspiration, bloque ma respiration quelques secondes, puis expire lentement. Très vite, les tremblements cessent. Quand je rouvre les yeux, Ren m'adresse un sourire bienveillant. Il m'a pris les mains et en caresse le dos avec les pouces.

— Tu te sens mieux ?

— Oui, merci.

Il m'aide à descendre du plan de travail et Nick m'invite dans la foulée à prendre place à la petite table.

— Tu as assuré aujourd'hui, me félicite-t-il en s'installant face à moi. Tu as su garder ton sang-froid et tu lui as sauvé la vie.

Ses paroles ravivent le souvenir de Terrance affalé sur le coffre ouvert de sa voiture. Je frissonne en songeant à ce qui aurait pu se passer.

— J'aimerais surtout savoir pourquoi sa vie était menacée. (Une colère sourde m'envahit alors et je ferme les poings en serrant les dents.) Si jamais je retrouve celui qui a cherché à le tuer, je vous garantis que je lui rendrai la monnaie de sa pièce… sauf que, moi, je veillerai à ce qu'il ne se relève pas.

Nick esquisse un sourire en coin.

— Calme-toi, Tigresse. On va démêler cette histoire.

— Que s'est-il passé ? s'enquiert de nouveau la directrice.

Je promène mon regard dans la pièce. Enzo est occupé à se laver les mains, mais les autres – Madison, Nick, Ren et Darla – sont suspendus à mes lèvres. Je ne vois pas trop quoi leur dire.

— Franchement, je n'en sais rien.

— Raconte-moi déjà ce que tu sais, m'encourage Nick d'un air grave, tout ce dont tu te souviens.

Désemparée, je secoue la tête en m'efforçant de retracer les événements.

— Il est venu me retrouver au supermarché, le grand magasin bio dans le centre-ville. On a fait les courses ensemble. Je n'ai rien remarqué d'inhabituel. On s'est séparés à la sortie, il a emporté les courses à sa voiture, j'ai regagné la mienne. C'est là que je t'ai appelé. Je n'ai rien vu, rien entendu. J'ai d'ailleurs failli quitter le parking sans le remarquer. Si ce chauffard ne m'avait pas coupé la route, je serais…

Un hoquet de stupeur m'échappe lorsque j'établis brusquement le lien.

— Le chauffard ! Il venait de la même allée que Terrance et cherchait clairement à mettre les bouts avec son SUV. C'est sûrement lui le coupable.

Nick ébauche un petit sourire empreint de fierté.

— Ben voilà, c'est une piste. Tu te souviens de la voiture ? C'était quel genre de SUV ?

— Je ne sais pas. Ce n'est pas un modèle que je connais.

— Si tu le voyais en photo, tu pourrais l'identifier ?

— Je ne sais pas, peut-être. Sans doute.

— Sublime, l'avertit la directrice West.

Je ne comprends pas pourquoi elle adopte ce ton avec lui. Ni pourquoi elle le toise avec sévérité, les bras croisés. Cependant, l'agent fait mine de n'avoir rien entendu et continue de me bombarder de questions :

— Tu as vu combien ils étaient à bord ? Tu as noté la plaque d'immatriculation ? Même partiel, le numéro serait utile. Le moindre détail compte.

— Nick !

— Terrance est un ami, Madison, déclare-t-il en jetant un regard courroucé à sa supérieure.

Celle-ci soupire, avant de répondre d'un ton plus compréhensif :

— J'en suis consciente, mais vous savez que nous ne pouvons pas intervenir.

J'écarquille les yeux, scandalisée. Je rêve ou elle vient de refuser d'aider Terrance ?

— Comment ça vous ne pouvez pas intervenir ? m'indigné-je. Vous êtes des flics ! Les flics de l'Occulte. C'est votre boulot d'aider les gens.

Nick grimace tandis que West se charge de m'expliquer son veto :

— Nous ne pouvons pas vous aider, car les faes refusent de reconnaître l'autorité de l'AFO.

— Tout comme les démons, ajoute Ren.

Je fronce les sourcils vers l'incube, puis lance à Nick un regard interrogateur pour savoir en quoi ça nous concerne.

— Tu te souviens quand je t'ai expliqué que l'AFO était une organisation plutôt récente ? (Il attend que j'acquiesce.) Lors de sa fondation, la plupart des espèces occultes ont ratifié un traité stipulant qu'elles reconnaissaient l'Agence comme entité gouvernementale et acceptaient de se soumettre à ses lois. Les démons et les faes n'ont pas signé ce traité.

Ses explications me laissent perplexe.

— Je ne vois toujours pas le rapport. Si quelqu'un tente de commettre un meurtre, vous devriez être en mesure de l'arrêter, non ? Pour le bien de la communauté ?

— Si le suspect appartient à l'une des espèces signataires du traité, ou si la situation menace clairement de révéler notre existence aux humains, alors, oui, nous pouvons intervenir, répond la directrice. Autrement… (elle hausse les épaules) les faes sont livrés à eux-mêmes.

— C'est n'importe quoi !

Elle soupire.

— Nous autorisons chaque espèce à s'occuper elle-même de ses affaires tant que celles-ci restent sous contrôle. Ce fut le cas avec vos amis loups-garous : nous avons laissé Toth régler indépendamment ses problèmes de meute.

Je fronce les sourcils, mais ma colère se dissipe quelque peu. C'est vrai, ils ont laissé l'alpha Toth résoudre ce conflit en interne et, sur le moment, j'avais trouvé cette démarche fort appréciable.

— Il en va de même pour toutes les espèces, poursuit Madison. Afin de préserver la paix dans le monde occulte, nous n'intervenons que si on nous le demande expressément. Cependant, dans le cas des faes… eh bien… ils ne peuvent nous solliciter à moins de signer le traité.

Je soupire, agacée. Il faut reconnaître qu'il y a une certaine logique dans tout cela.

— Soit, ça peut se comprendre, mais quand même. Vous ignorez qui s'en est pris à Terrance. Et si le tueur était un loup-garou ? ou un vampire ? Vous pourriez intervenir dans ce cas précis, n'est-ce pas ? Même si la victime était un fae ?

Nick se redresse, regonflé par la faille que je viens de trouver.

— Ce serait possible, en effet.

Il lance à la directrice un regard plein d'espoir. West plisse les yeux en pinçant les lèvres d'un air songeur. Finalement, elle secoue la tête en signe de dénégation.

— Pas sans preuve concernant l'origine du meurtrier.

— Mais…, proteste Nick.

Elle l'interrompt d'un geste.

— Vous savez ce qui nous attend si nous mettons notre nez dans les affaires des faes. Ce sera l'émeute. Ils verront dans notre ingérence une sombre manœuvre pour les diriger. Jamais ils ne le toléreront. Une guerre pourrait alors éclater entre eux et notre organisation. Si nous sommes parvenus à préserver la paix jusqu'à aujourd'hui, c'est justement parce que nous ne nous mêlons pas de leurs affaires et que, de leur côté, ils se tiennent tranquilles. Je ne peux pas courir le risque de provoquer un conflit interespèce, même pour Terrance. (Elle fixe sur Nick un regard intraitable.) Vous devez rester en dehors de cette histoire. Me suis-je bien fait comprendre ?

L'agent serre les mâchoires comme si ces notions bureaucratiques l'exaspéraient au plus haut point. Je me vois mal lui jeter la pierre; toute cette histoire est ridicule. Terrance a failli mourir assassiné. Quelle importance qu'il soit fae ?

— De toute façon, Terrance refuserait notre aide, renchérit Darla d'un air solennel. Les faes sont une race orgueilleuse, ils n'aiment pas que quiconque se mêle de leurs affaires, même entre eux. Ce sont, pour la plupart, des êtres solitaires, et ceux qui ont un clan se tournent rarement vers des étrangers.

Je geins en me massant les tempes. Cette conversation me donne la migraine.

— Mais on doit quand même pouvoir faire quelque chose. Quelqu'un a tenté d'assassiner Terrance ! On ne peut pas rester là sans rien faire et…

— Je vais m'en occuper, Nora.

La voix gutturale du troll me fait sursauter. Je me précipite à son chevet alors qu'il tente péniblement de se redresser. Fronçant les sourcils, il ajoute :

— Je n'ai pas besoin de l'AFO pour résoudre mes problèmes.

Je l'aide à soulever son corps massif, puis m'assois à côté de lui. J'aimerais le serrer contre moi jusqu'à l'étouffer mais, craignant de lui faire mal, je me contente de passer mon bras sous le sien et de m'appuyer délicatement contre lui.

— Je t'interdis de me refaire une telle frayeur.

— Ne t'en fais pas, Pépin, me rassure-t-il en me tapotant le bras.

— Que je ne m'en fasse pas ? Terrance, on vient d'essayer de te tuer !

Il lève les yeux au ciel.

— Il en faut plus pour tuer un troll.

Son attitude blasée me met hors de moi.

— Ravale ta fierté deux minutes et réveille-toi ! Tu es peut-être coriace, mais tu n'es pas invincible. Si je ne t'avais pas vu tout à l'heure, tu te serais vidé de ton sang sur le parking… J'ai failli te perdre.

La vérité ressemble presque à un sanglot dans ma bouche. Mes yeux s'emplissent de larmes. Je renifle. Terrance gémit et m'entoure de son énorme bras pour me serrer doucement contre lui.

— Ne pleure pas, Pépin. Tout ira bien. Je connais pas mal de monde dans cette ville, sans doute plus que l'Agence. Je vais mener mon enquête et on trouvera qui m'a fait ça, d'accord ?

Je hoche la tête contre son torse. Oh que oui, nous allons retrouver le coupable ! Et nous allons lui faire payer.

— Viens, rentrons chez nous, dit-il en se levant avec raideur. Le plus urgent est de nous débarbouiller.

— Mais…

— Notre tanière est bien protégée, et j'ai besoin de repos.

Cette fois, je suis à court d'arguments. Bien que guéri, il a quand même perdu beaucoup de sang ; il aura besoin de temps pour se rétablir. Avec un long soupir, je me lève à mon tour et suis le mouvement général vers la salle principale. Maintenant que le drame est terminé, Darla regagne son bureau. Ren m'enlace d'un bras, essayant de me réconforter sans tacher son costume de sang. Nick m'ébouriffe les cheveux comme à une gamine, puis va s'appuyer à son bureau chaotique pour nous regarder partir. À mon avis, il ne doit pas lui arriver très souvent de s'y asseoir vraiment, dans son fauteuil, pour traiter sa paperasse.

— Au fait ! lance-t-il lorsque Terrance et moi atteignons la porte, tu ne m'as jamais dit l'heure pour demain.

Chamboulée par les événements, je ne saisis pas tout de suite de quoi il me parle.

— Demain ?

Il arque un sourcil et me rafraîchit la mémoire :

— Le dîner de Thanksgiving ? Ne me dis pas que tu reviens sur mon invitation. Tu me briserais le cœur.

Oh ! Thanksgiving ! Mon visage se décompose lorsque je prends conscience que la soirée tombe à l'eau. J'attendais vraiment ce grand repas convivial avec impatience.

— Un dîner de Thanksgiving ? répète Ren en délaissant son bureau pour revenir gaiement vers moi. Tu veux dire, un vrai dîner traditionnel ? Je suis invité, pas vrai ?

Je ne peux m'empêcher de sourire. Même la moue de ce mec est ridiculement sexy.

— Ç'aurait été avec plaisir, mais je pense que la soirée est annulée maintenant.

L'incube sourcille, déçu.

— Pourquoi annulée ? s'enquiert Nick.

Terrance grommelle, comme pour approuver la question. Je lui jette un regard atterré.

— Tu es sérieux ? Nick, Terrance a failli mourir ! Il a besoin de repos.

— Une petite sieste fera l'affaire, objecte le troll. Je serai d'aplomb demain matin. On peut maintenir le dîner.

— Mais toutes nos courses sont restées sur le parking. Tu peux être sûr qu'elles ont disparu maintenant.

Il pose sur moi un regard inflexible.

— On peut toujours refaire un plein de courses. Parker sera ravi de t'emmener au supermarché ce soir, à son réveil.

— Et rien n'empêche de faire ça à la bonne franquette, insiste Ren. Si chacun apporte un plat, Terrance et toi n'aurez pas à vous farcir toute la cuisine, sans mauvais jeu de mots. Allez, Nora ! j'ai toujours voulu connaître un vrai repas de Thanksgiving.

Ma résolution fléchit ; j'en ai autant envie que lui. Je lance un regard interrogateur à Terrance.

— Tu es sûr que ça ira ?

— Cette fête est importante pour toi, déclare-t-il en croisant les bras. Nous n'allons pas gâcher ton Thanksgiving à cause de moi. Je serai parfaitement remis demain.

Mon sourire s'adoucit, et j'enlace affectueusement le troll.

— Merci, T-rex.

— Youpi ! s'exclame Ren en tapant des mains. J'ai un dîner de Thanksgiving !

Nous gloussons tous gentiment.

— Tu n'avais rien de prévu ? demandé-je. Tu n'as pas une sorte de famille de démons à retrouver pour l'occasion ?

L'incube fait la grimace, apparemment répugné par cette idée.

— Les démons n'ont pas de famille. Nous sommes des créatures solitaires, sauf si nous rejoignons une horde. (Il frémit.) Ça tient plus du gang que de la famille.

Intéressant. Décidément, je suis vraiment devenue amie avec la plus belle bande de marginaux de la ville.

— Dans ce cas, je devrais sans doute aussi inviter Cecile.

— Elle en sera certainement enchantée, acquiesce Ren avec un grand sourire.

Parcourant le reste de la salle, mon regard s'arrête sur Darla, puis sur la directrice West. Heureusement, les deux femmes déclinent d'un signe de tête en affirmant avoir d'autres engagements. Même si je les apprécie, nous ne sommes pas non plus amies, et j'aimerais vraiment que ce dîner soit consacré à mes proches. Je tiens à en faire un moment inoubliable.

— Dans ce cas… Ren, Nick, je vous vois demain vers 18 h 30 ?

— Compte sur moi, dit joyeusement l'incube.

— Je ne raterais ça pour rien au monde, ajoute Nick.

Chapitre 3

Une bouffée d'excitation m'envahit lorsque je sors enfin les dindes du double four.

— Comme elles sont belles !

Oliver s'approche en gloussant et passe un bras autour de mes épaules pour admirer les volailles mordorées avec moi.

— Je t'avais dit qu'on y arriverait.

— Oui, merci YouTube.

— Tant que le résultat est là.

En contemplant nos autres créations culinaires, je retiens à grand-peine un cri de joie. Même si nous sommes loin d'être des cordons-bleus, le dîner s'avère une réussite.

— J'estime le résultat très convaincant, déclaré-je en levant la main pour qu'Oliver tape dedans. Nous avons assuré, cher collègue.

Au lieu de toper, il m'attrape par les hanches et m'attire doucement vers lui. Son regard erre un instant sur mon visage, avant de se fixer sur ma bouche. Soudain, ma respiration se coupe. Depuis qu'il m'a embrassée lors de la grande réception officialisant mon entrée dans le monde occulte, il se montre de plus en plus entreprenant à mon égard. C'est à la fois excitant, éprouvant… et terriblement sexy.

Il enroule le bras autour de ma taille pour me presser contre lui et, de sa main libre, repousse mes nouvelles boucles derrière mon oreille. La pensée que j'intercepte à son contact me surprend : *J'adore sa chevelure de fae.*

— Tu as de la purée dans les cheveux, murmure-t-il.

— Et tu as de la farce sur la joue, réponds-je, haletante, le cœur battant.

— Vous êtes tous les deux crados, balance Terrance en entrant dans la cuisine, mettant brutalement fin à ce moment intime.

Je profite de cette distraction pour m'écarter d'Oliver, qui me libère sans une once de réprobation dans le regard. Ce n'est pas que je refuse qu'il m'embrasse ; il l'a déjà fait lors de cette fameuse réception, et c'était la première fois que j'ai pu réellement savourer le baiser d'un homme sans craindre de le voir perdre la tête et me violenter. Je meurs d'envie de retenter l'expérience. L'ennui, c'est qu'Oliver n'est pas le seul à vouloir m'embrasser et, pour être honnête, ce n'est pas le seul que j'aimerais embrasser. Il mérite que les choses soient claires. Je préfère donc m'abstenir de tout baiser en attendant de savoir ce que je veux.

Terrance s'approche du piano de cuisson et inspecte les plats que nous avons préparés comme pour vérifier si nous avons fait du bon travail. Le résultat doit le satisfaire, car il hoche la tête d'un air approbateur, puis se tourne vers nous.

— Allez vous faire beaux avant que nos invités arrivent. Je vais mettre tout ça dans des assiettes et dresser la table.

J'esquisse un pas vers lui tandis qu'il ouvre un placard pour en sortir de la vaisselle.

— On a encore le temps, on peut s'en occuper, Oliver et moi. Va plutôt te…

Le troll m'interrompt avec son regard le plus sévère.

— J'ai passé la journée à vous laisser me dorloter sans rien faire. Je peux mettre des putain de couverts.

Je soupire, consciente que rien ne le fera céder. C'est sans doute déjà un miracle d'avoir réussi à le forcer au repos aussi longtemps. Vive la bière et le foot !

— D'accord, cédé-je en retirant mon tablier sale pour le jeter sur le plan de travail, aussitôt imitée par Oliver. Nous allons nous rendre présentables. Mais ménage-toi.

Mon conseil me vaut un regard noir de la part du troll. Je ris puis me hisse sur la pointe des pieds pour lui déposer une bise sur la joue. Même ainsi, il doit se pencher pour me permettre de l'atteindre, ce qu'il fait, m'autorisant cette marque d'affection sans se départir de sa mine renfrognée.

— Merci, T-rex.

Il se redresse avec un raclement de gorge et m'ordonne de filer en m'exhortant d'un grognement à ne pas traîner.

Dix minutes plus tard, après la douche la plus brève de ma vie, je me tiens devant le miroir de ma coiffeuse pour étudier mon apparence. Mon regard se pose directement sur mes cheveux. Si le charme de camouflage de Terrance dissimule ma peau scintillante et les spirales de fines écailles colorées sur mon visage, il laisse en revanche à ma chevelure ses nouvelles boucles sauvages striées de mèches roses, violettes et bleues. Terrance a soutenu ne pas avoir assez de magie pour les masquer, mais j'ai entraperçu ses pensées au moment où il a jeté le sort ; il a simplement une préférence pour ce look.

Je les laisse libres et enfile un collier qui accompagne très bien la robe-pull que je porte. Rien de trop recherché, je veux juste me faire jolie pour le dîner. Cependant, je ne m'embête pas à me maquiller. Je n'en ai pas besoin. Même si le sort d'illusion a enlevé à ma peau son aspect nacré, elle conserve néanmoins un teint rayonnant qu'elle ne possédait pas avant. Impossible d'effacer mon physique désormais ; quoi que je fasse, je parais resplendissante. Ça m'inquiète.

Si j'attirais l'attention avant, je n'ose pas imaginer ce que ce sera maintenant.

Muselant mes craintes, je quitte ma chambre pour rejoindre Oliver et Terrance. Ce n'est pas le moment de me tracasser à ce sujet. Je vais connaître mon premier vrai Thanksgiving, et je ne laisserai rien me le gâcher.

Au moment où j'entre dans le salon, un coup retentit à la porte, déclenchant une envolée de papillons dans mon ventre.

— J'y vais !

Je monte les marches de l'escalier quatre à quatre et ouvre la porte avec un grand sourire. Malgré l'air glacé qui me frappe le visage, mon sourire s'élargit immédiatement. Cecile est là, tirée à quatre épingles comme pour se rendre à un dîner mondain. Sa venue me met en joie ; ça fait si longtemps que je n'ai pas passé de temps avec une autre femme.

— Bonsoir, ma chérie, dit-elle en se penchant pour me faire la bise à distance. Joyeux Thanksgiving !

— Toi aussi, lancé-je gaiement en m'écartant pour la laisser entrer.

Elle tient un plat en verre filmé dans une main et un grand poinsettia dans l'autre, qu'elle me tend au passage.

— Pour l'hôtesse de la soirée.

Je remercie subitement l'air glacial de me rosir les joues et le nez, car il couvre mon rougissement tandis que j'accepte les belles fleurs rouges. Je me sens ridicule d'être si émue par ce petit cadeau, mais c'est bien la première fois qu'on m'offre des fleurs.

— Merci.

Nous descendons dans le salon, où Oliver et Terrance nous attendent, sur leur trente et un. Mon cœur se serre. Ils sont si beaux, tous les deux, et j'adore le fait que tout le monde ait soigné sa tenue pour ce dîner. Les yeux piqués de larmes, je ravale la boule qui se forme dans ma gorge. Je vais avoir beaucoup de mal à tenir toute la soirée sans pleurer.

— Pommes de terre confites, annonce Cecile en remettant son plat à Terrance.

Tous deux s'éclipsent dans la cuisine. Alors que je m'apprête à leur emboîter le pas, mon portable me signale un nouveau message. Je souris en découvrant le SMS de Parker.

« Je viens d'arriver, et les loups sont juste derrière moi. »

Je réponds : « Tu peux descendre, c'est ouvert. »

Quelques secondes plus tard, j'entends la porte d'entrée s'ouvrir et se fermer. Pas un bruit cependant quand Parker descend l'escalier ; on fait difficilement plus furtif comme vampire. Il se racle la gorge en arrivant dans la pièce, un grand sac en papier dans chaque main, récoltant un sourire de ma part et un marmonnement d'accueil de la part d'Oliver.

Mon cœur s'arrête lorsque je le vois. Il est très classe et séduisant dans son caban bleu marine avec son écharpe rouge. Ses cheveux, comme toujours coiffés à la perfection, sont légèrement mouillés à cause de la neige, et le froid a donné à ses joues d'albâtre une légère teinte rosée. On le croirait sorti des pages de la collection hiver d'un magazine de mode.

Il surprend mon regard et me renvoie la politesse. Je rougis, détournant immédiatement les yeux. Le charme rompu, il me tend l'un des sacs.

— J'ai apporté quelques bouteilles de vin et du jus de pomme pétillant pour la demoiselle qui ne boit pas d'alcool.

Revenant dans le salon, Terrance récupère le sac et en tire une bouteille pour en examiner l'étiquette. Visiblement impressionné, il gratifie Parker d'un hochement de tête approbateur. Je ne suis pas surprise que le vampire s'y connaisse en vin, et je suis touchée qu'il se soit souvenu de mon aversion pour l'alcool.

— Comment te sens-tu ? demande-t-il à Terrance.

— Ça va, marmonne le troll.

— Tu as du nouveau ?

— Rien pour l'instant, mais je ne veux pas y penser aujourd'hui. Je ne gâcherai pas le dîner de Nora.

Avant que je puisse le rassurer sur ce point, le vampire acquiesce et Terrance emporte le vin dans la salle à manger. Parker m'offre alors le second sac.

— Pour toi. (Je regarde à l'intérieur et souris.) C'est le même manteau que celui que tu as acheté la dernière fois et que les loups renégats t'ont abîmé.

Je sors le vêtement du sac pour l'essayer. C'est vrai que je l'adore. Un geste de remerciement s'impose. Avec une grande inspiration, je m'approche de Parker et me force à écarter les bras. Bien que surpris, il s'empresse d'accepter mon étreinte avant que je change d'avis et m'enlace tendrement. Je me détends quelque peu entre ses bras.

— Merci, Parker. C'est une jolie attention.

— Tout le plaisir est pour moi.

Je devrais le lâcher mais, curieusement, je ne peux m'y résoudre. J'ai toujours été attirée par lui et, à cet instant, il sent si bon que mes yeux chavirent alors que je m'imprègne de son parfum.

Il resserre son étreinte, glisse une main dans mes cheveux, et ne tarde pas à exprimer les pensées qui lui traversent l'esprit.

— Tu es ravissante, murmure-t-il. Merci de m'avoir invité ce soir.

— Tu sais bien que je n'aurais pas pu faire ce dîner sans toi.

Au prix d'un effort surhumain, je parviens à m'écarter de lui, avec l'horrible conscience d'avoir les joues en feu. Je hausse les épaules, embarrassée.

— Tu comptes beaucoup pour moi.

Son visage s'adoucit et il me caresse la joue d'un revers de main. Ses pensées sont tout à fait inattendues. Mon aveu le surprend et l'émeut fortement. Ses sentiments pour moi sont plus profonds que je le croyais. Je savais qu'il me désirait, mais je découvre à présent qu'il tient réellement à moi. Sa voix est rauque lorsqu'il reprend la parole :

— Toi aussi, tu comptes beaucoup pour moi.

Mon cœur se serre de plus belle. Je suis obligée de reculer, car ses pensées me bouleversent. À ce rythme-là, ils vont tous me tuer ce soir.

Le claquement de la porte d'entrée nous sort brutalement de notre bulle.

— Y a quelqu'un ? appelle Wulf en descendant bruyamment l'escalier.

En réalité, il saurait se montrer aussi discret que Parker ; il n'en prend juste jamais la peine.

— On est là ! lancé-je.

Les deux frères apparaissent dans le salon l'instant d'après, chacun avec un récipient couvert dans les mains.

— Haricots verts, annonce Wulf en brandissant sa casserole.

— Macaroni aux trois fromages maison, déclare Rook en levant la sienne.

Le barman confie sa contribution à Terrance tandis que son aîné me tend son plat de pâtes. Lorsque j'essaie de le prendre, il le ramène vers lui pour me forcer à approcher.

— Tu m'as évité cette semaine, énonce-t-il en me dévorant de son regard ardent.

Je réprime un tressaillement.

— C'est faux, j'étais simplement en convalescence.

— Menteuse ! me cafarde joyeusement Wulf.

Rook ébauche un sourire en coin. Je lui arrache les macaronis des mains avec un gémissement agacé et les emporte à table en marmonnant tout bas :

— Saloperies de loups détecteurs de mensonges.

Les frères ricanent, puis deux bras m'encerclent la taille par-derrière. Je me raidis. Oliver et Parker se crispent instantanément et Terrance fait un pas vers moi en fixant sur l'homme dans mon dos un regard meurtrier. Je secoue la tête à leur intention, avant de m'employer à surmonter ma panique.

— Détends-toi, Nora, chuchote Rook en me collant contre lui. Ce n'est que moi. Tu me connais, tu sais que jamais je ne te ferais du mal. Quand bien même je perdrais le contrôle, Terrance m'écartèlerait à mains nues avant que je puisse tenter quoi que ce soit.

Ce commentaire m'arrache un rire nerveux. Tout comme la façon dont le troll bombe le torse avec fierté. T-rex adore jouer le rôle de mon garde du corps patibulaire. Alors que je me décontracte, Rook enfouit son visage dans mon cou.

— Tu as conscience que, plus tu chercheras à m'éviter, plus j'aurai envie de te courir après, n'est-ce pas ?

Ses paroles s'accompagnent de pensées distraites : *Elle sent toujours si bon.*

— Rook…

Je laisse ma phrase en suspens. Je ne sais même plus ce que je voulais dire. Je frissonne violemment lorsque ses lèvres m'effleurent le cou. Il émet un ronronnement sourd en réponse.

— Oui ?

Je pousse un soupir, immédiatement contrariée par le contentement que j'y perçois. Jamais je n'arriverai à le convaincre de renoncer si moi-même je ne parais pas décidée. Peut-être n'ai-je d'ailleurs aucune envie qu'il arrête. Je n'en sais rien.

— Nous sommes bien ensemble, Nora. Je flaire ton attirance pour moi. Je sais que tu…

— Tu « *flaires* » mon attirance ?!

Cette idée m'horrifie, me libérant de sa délicieuse emprise sur moi.

— C'est un truc de métamorphe, glousse-t-il.

— C'est particulier, dis-je avec une grimace.

— Surtout pratique. Je sais que je te plais. Qu'est-ce qui te retient ?

Alors, ma peur des hommes, pour commencer. Ma peur de l'intimité physique. Oliver. Parker.

— Je ne suis pas prête à sortir avec quelqu'un, c'est tout.

— Menteuse ! claironnent les deux loups-garous.

— Rah !

Je donne un coup de coude dans l'estomac de Rook pour me dégager de son étreinte. Il m'adresse un sourire roublard quand je me retourne pour le fustiger du regard.

— Bravo, Nora, tu as parfaitement exécuté ce mouvement. À ce propos, nous reprendrons ton entraînement lundi si tu te sens mieux.

— Je me sens en superforme, impeccable, mais tu es sûr que c'est une bonne idée de continuer à nous entraîner ensemble ?

De nouveau, il me transperce de son regard brûlant.

— Je crois que c'est la meilleure idée que j'aie jamais eue.

— Rook ! je ne plaisante pas.

Retrouvant son sérieux, il répond sans la moindre taquinerie :

— Je saurai me tenir. Tu as besoin de t'entraîner.

Il a raison sur ce point. Je capitule.

— D'accord. Mais, si tu t'égares pendant les leçons, je demanderai à Wulf de prendre le relais.

— Ça restera purement professionnel, m'assure-t-il en levant la main comme pour prêter serment.

Je continue de le scruter avec méfiance lorsque la porte d'entrée claque de nouveau.

— Me voilà ! carillonne Ren depuis l'escalier.

Il pénètre dans la salle à manger avec un grand plat couvert d'un torchon.

— Vous avez vu ce temps ? On aura facilement cinquante centimètres de neige demain matin.

Une odeur de pain frais vient me chatouiller les narines. Je gémis de plaisir.

— Mmh ! ça sent bon.

Rayonnant de fierté, l'incube me tend le plat.

— C'est ma recette secrète : des petits pains cuits à la perfection, légers et aériens, mais encore moelleux au centre.

— Ren, tu es mon héros.

— Je ne suis qu'un accro aux glucides, comme toi, répond-il avec un clin d'œil.

Je lui prends le récipient avec un large sourire.

— Les grands esprits se rencontrent.

— Tu l'as dit, beauté, approuve-t-il en m'envoyant un baiser.

Je contemple mon groupe d'invités.

— Bon, tout le monde est là, à part…

— Je suis là ! s'exclame Nick depuis l'escalier. Et j'apporte des tartes !

Il entre dans la pièce avec deux énormes boîtes surmontées d'un pot de crème fouettée.

— Citrouille et noix de pécan, révèle-t-il en nous les montrant fièrement.

— Tu les as achetées ? se moque Terrance.

— Et comment ! Elles viennent tout droit de chez *Mama Rita*. Tu as déjà goûté leur tarte ? C'est seulement la meilleure de toute la ville. Et puis je n'avais pas le temps d'en préparer. C'est la folie à l'Agence. Je me coltine un nouvel agent, cette femme me rend cinglé, et elle travaille avec un putain de policier humain par-dessus le marché. C'est la catastrophe assurée.

— Ne t'inquiète pas, Nicky, le taquiné-je en lui tapotant la joue. On te pardonne. Je suis sûre que ces tartes sont délicieuses.

L'agent me fusille du regard, tout en réprimant un sourire.

— Bon sang, ce que tu peux être exaspérante !

— Et pourtant… tu m'adores.

Le sourire finit par l'emporter.

— Ne va pas le répéter.

Je m'esclaffe. Nick Sublime est vraiment l'une de mes personnes préférées.

— T'inquiète, ça reste entre nous. Tu es prêt à passer à table ? Parce que j'ai la dalle.

Il arbore un air gourmé.

— Eh bien ! si nous n'étions pas obligés d'attendre le coucher du soleil pour le vampire de service, nous aurions pu manger il y a des heures en même temps que le reste de nos concitoyens.

— Arrête de râler. Tu sais bien que nous n'aurions pas pu faire ce dîner sans Parker.

— Merci de m'avoir attendu, s'excuse le concerné.

— C'est tout naturel, dis-je en lui offrant un sourire chaleureux, avant de faire signe à tout le monde de s'asseoir.

Nick passe ses tartes à Terrance.

— Tu as l'air d'aller beaucoup mieux, commente-t-il.

Le grognement et la mine renfrognée qu'il récolte le poussent à lever les mains en signe de reddition.

— Le sujet est clos. Tu es en pleine forme.

— Exactement, ronchonne le troll, avant de disposer les tartes sur la desserte.

Nick profite qu'il a le dos tourné pour me décocher un clin d'œil complice indiquant qu'il le titillait exprès. Je souris et secoue la tête : je les adore tous.

Terrance s'assoit en bout de table tandis que je m'installe près d'Oliver. Rook s'empresse de revendiquer l'autre place à côté de moi et Wulf prend la chaise voisine. Parker, Nick, Cecile et Ren se mettent en face de nous. Ça me fait immensément plaisir de voir toutes les personnes qui me sont chères rassemblées autour de cette table, et je me sens brusquement heureuse d'avoir organisé cette soirée à la dernière minute.

— Tout est parfait, Nora, me complimente Cecile en admirant le festin devant nous.

Je rougis. J'ai vraiment mis le paquet pour ce dîner. J'ai réquisitionné le plus beau service en porcelaine de Terrance, ses plus élégants verres en cristal – faisant uniquement l'impasse sur les couverts en argent, par égard envers les loups-garous. J'ai même regardé sur Internet comment plier joliment les serviettes et complété la décoration avec des chandeliers. Je n'ai jamais pris part à un dîner aussi chic.

— Je me suis peut-être un peu emballée, admets-je. C'est juste que… quand on est orphelin, on n'a jamais la sensation d'avoir sa place quelque part. Alors, même les années où j'ai vécu dans une famille qui organisait le traditionnel repas de

Thanksgiving, je me suis toujours sentie de trop. Ce soir, c'est la première fois de ma vie que j'ai l'impression d'avoir une vraie famille avec qui célébrer cette fête. Je sais qu'en soi vous n'êtes pas ma *vraie* famille mais, à mes yeux, c'est tout comme.

Je n'en reviens pas de leur avouer tout ça, encore moins de me retrouver si émue à la fin de mon discours. Un bref silence s'ensuit, puis Terrance lève son verre de vin.

— Bien dit!

Les autres l'imitent, et mes joues s'enflamment de nouveau tandis que j'accompagne le toast. Tous me sourient.

— À la seule famille que nous avons tous, déclare Parker, avant de plonger son regard dans le mien et d'ajouter avec une profonde sincérité : Merci à toi de nous avoir réunis.

— À Nora, murmure Oliver.

Lorsque toute la table reprend le toast, je sens des larmes me piquer les yeux. Pour la première fois de ma vie, je me sens enfin chez moi.

Chapitre 4

Lorsque chacun a mangé son poids en dinde farcie, nous émigrons tous vers le salon. Terrance, Wulf et Nick gagnent le billard au fond de la pièce. Si Rook commence à les suivre, il bifurque très vite, cependant, quand Oliver m'attire sur le canapé avec lui.

Je passe mon bras sous celui du sorcier et pose la tête sur son épaule. Rook nous observe un instant, les yeux étrécis, puis s'installe à côté de moi en étendant son bras sur le dossier du canapé, derrière mes épaules. Ren pouffe en nous voyant, avant de se vautrer sur l'autre canapé, la tête sur l'accoudoir, les jambes allongées.

— Bouh ! j'ai trop mangé. Ça gêne quelqu'un si je déboutonne mon pantalon ?

La désapprobation générale se manifeste avec tant de vigueur que j'éclate de rire.

— C'est pour ça que je mets des leggings, Ren. Ils s'adaptent.

— Tu en as en rab ?

Je ris derechef.

Tandis que Cecile s'affale dans un fauteuil, Parker pousse la table basse afin de s'asseoir par terre, devant moi, puis s'adosse à mes jambes et laisse tomber sa tête sur mes genoux. Plongeant les doigts dans ses épais cheveux soyeux, je souris intérieurement. Depuis le temps que je rêve de faire ça.

Nous sombrons dans un silence paisible pendant quelques minutes, alanguis par la digestion. Ren entrouvre un œil et esquisse un sourire narquois en me voyant ainsi entourée de trois hommes séduisants en diable.

— Chanceuse, articule-t-il sans bruit.

Mon éclat de rire rompt le calme ambiant. Tout le monde me jette un regard interrogateur, mais je me contente de hausser les épaules. Ren me fait un clin d'œil espiègle.

— On devrait se regarder un film de Noël, suggère-t-il.

— Ou pas, objecte aussitôt Nick.

Vexé, l'incube lui tire la langue.

— Rabat-joie.

— On est en pleine période de Thanksgiving, souligne Parker. Il est trop tôt pour Noël.

— Pfff! on a fini de manger. Tout le monde sait que la saison de Noël débute officiellement dès la fin du repas de Thanksgiving. Sérieusement, les soldes du Black Friday commencent littéralement dans quelques heures. Je vous garantis que les centres commerciaux vont dégainer leurs décorations de Noël et diffuser les chants de rigueur.

Nick lève les yeux de la table de billard.

— Ne me dis pas que tu prends part à cette hystérie collective.

— J'y vais chaque année, Sublime, mon cœur. Je suis né pour faire les soldes.

L'agent ricane. Ren balaie le salon du regard en quête de soutien. Personne ne souffle mot.

— Nora va m'accompagner pour les soldes. N'est-ce pas, Nora ?

Je le dévisage en arquant un sourcil.

— Aller dans un centre commercial à minuit et affronter des hordes de cinglés pour finalement faire la queue aux caisses pendant des heures ? Non merci.

— Je viendrai avec toi, Ren chéri, offre Cecile.

— Merci ! s'exclame l'incube en lui adressant un grand sourire, avant de me gratifier d'un regard pédant.

— Depuis quelques années, ça se passe surtout le lundi sur Internet, avance Oliver. Les soldes en ligne sont tout aussi attractives et ça permet de faire ses achats en une demi-heure depuis le confort de son fauteuil. En plus, tout est livré directement à domicile.

— A-ha ! fais-je en lui tapotant la jambe. Là, tu m'intéresses.

Il glousse, puis reprend :

— Si tu veux, je passerai lundi pour qu'on fasse nos emplettes ensemble, mais on devra peut-être faire livrer nos commandes chez Wulf, car je doute que « Second pilier sous le pont Ambassadeur » soit une adresse valide.

Sa remarque suscite un éclat de rire général, mais un détail me fait tiquer.

— Pourquoi ne pas donner ton adresse ?

Il pousse un long soupir. J'y décèle une lassitude qui ne me plaît pas du tout.

— Oli, qu'est-ce qu'il y a ?

— Rien.

Je lui serre gentiment le bras pour lui signifier que je ne suis pas dupe et que j'attends plus d'infos. Il soupire derechef.

— Mon coloc m'a lâché pour partir à Chicago. Vu que je n'ai pas les moyens de payer le loyer seul, je dois déménager avant le 1er décembre. Je n'ai pas encore trouvé de nouvel appartement ou de nouveau colocataire.

J'ouvre la bouche pour lui proposer de s'installer ici le temps de trouver une solution mais, à ma grande surprise, Parker me prend de vitesse. Se redressant, il se tourne vers Oliver.

— Tu cherches un colocataire ?

Le jeune homme hausse les épaules en se trémoussant légèrement sur le canapé, comme si le sujet le mettait mal à l'aise. Parker le regarde fixement, le visage soudain vulnérable.

— Serais-tu prêt à considérer la candidature d'un vampire ?

— Toi ? s'exclame Oliver en écarquillant les yeux.

Parker détourne le regard et hausse les épaules d'un air aussi embarrassé que le sorcier.

— Je sais, c'est inhabituel pour un vampire de cohabiter avec une autre espèce mais, étant donné que Henry a rompu notre lien de sire, je me retrouve sans clan. (Il regarde de nouveau Oliver en face.) Les vampires sont des êtres sociaux. Ce serait agréable de ne plus vivre seul.

Sa déclaration me laisse sans voix, et les autres sont aussi abasourdis que moi. On n'a en effet jamais vu un vampire vivre avec autre chose que ses semblables. Ça se comprend : avec leur routine de dormir le jour, de boire du sang, et tout le toutim, ça peut vite devenir bizarre. Cependant, Parker est un type formidable, et Oliver un amour ; ils ne pourraient pas trouver mieux.

— Moi aussi je cherche un endroit où me poser, poursuit le vampire. Depuis que Henry m'a mis à la porte, je loge dans un hôtel, car je ne savais pas encore si je voulais rejoindre un autre clan. De plus, je n'aime pas l'idée d'acheter une maison pour y vivre seul. Si tu le souhaites, nous pourrions trouver un endroit où emménager ensemble.

Mon cœur bat follement dans ma poitrine. La proposition de Parker est adorable ; il demande sincèrement à Oliver de devenir son colocataire. C'est énorme, surtout pour le sorcier. Je sais qu'Oli se sent seul et qu'à cause de ses connards de parents élitistes il a une grande peur de l'abandon. Son colocataire vient de le laisser tomber, ça lui a certainement brisé le moral aussi. Parker n'a sans doute même pas conscience de ce que son offre représente pour lui.

Toute l'attention est maintenant focalisée sur Oliver. Je le sens se crisper.

— Je…, dit-il avant de s'interrompre aussitôt.

Il cherche ses mots, se met à rougir, gêné. Lorsque j'exerce de nouveau une pression rassurante sur son bras, il lève les yeux vers moi, comme pour trouver une réponse. Je lui offre un sourire d'encouragement et un bref hochement de tête. Parker serait le colocataire idéal pour lui : c'est une personne stable, ce dont Oliver a besoin.

Celui-ci déglutit, avant de lancer à Parker un regard hésitant.

— Tu es sûr ?

Les traits de Parker s'adoucissent. En fin de compte, il a peut-être conscience de ce que sa proposition signifie pour Oliver. Je sens mon cœur fondre un peu plus pour le vampire.

— Naturellement, sinon je ne t'en parlerais pas. J'envisage d'accepter l'offre de la directrice West de rejoindre l'Agence. Nous avons beaucoup en commun, toi et moi. Je pense que tu ferais un excellent colocataire.

— Je…

Il déglutit encore, respire profondément, puis finit par acquiescer.

— Entendu. Merci, Parker.

— C'est moi qui devrais te remercier d'être prêt à cohabiter avec un vampire. Je suis ravi d'avoir enfin de la compagnie. Que dirais-tu de profiter de ton prochain jour de repos pour venir prospecter le marché immobilier avec moi ?

Un raclement de gorge se fait entendre, puis la voix gutturale de Terrance s'insère dans la conversation.

— Inutile, vous allez tous les deux emménager ici.

Ce n'est pas une demande ; c'est un ordre.

La pièce se fige dans un silence uniquement perturbé par le hoquet de surprise qui m'échappe. Me tournant vers Terrance, je lance d'une petite voix aiguë :

— Vraiment ?

Le troll adopte sa posture de videur, les bras croisés, les sourcils froncés, et fixe son regard sur Parker et Oliver, qui le dévisagent, bouche bée.

— Ça fera plaisir à Nora et, comme elle l'a si bien dit au dîner, nous sommes une famille.

Là-dessus, il promène un regard noir sur chacun de nous, nous mettant au défi d'en rire ou de le contredire. Personne n'ose ouvrir la bouche ; nous sommes trop estomaqués. M'accepter dans sa maison était une chose – mon charme maudit l'avait influencé et son instinct protecteur s'était déjà éveillé. Là, ça n'a rien à voir. C'est complètement dingue. Les accueillir chez lui revient à les accepter dans son clan : il agrandit officiellement notre petite famille.

Mes yeux s'embuent et je renifle des larmes, encore pantoise.

— Ben ça alors ! souffle Ren.

— Moi qui croyais avoir tout vu, marmonne Nick.

— C'est fou, murmure Wulf.

— C'est émouvant, ajoute Cecile.

— C'est hors de question, décrète Rook. Je refuse qu'ils s'installent ici.

Terrance grogne, mais le métamorphe soutient son regard en grondant. Je me tourne vers Rook, choquée par son audace, et rencontre deux yeux luisants. Je me moque bien d'avoir affaire à son loup à cet instant ; je le foudroie du regard et demande sèchement :

— C'est quoi ton problème ?

Il croise les bras sans se départir de son air renfrogné.

— Les deux sont amoureux de toi. Je ne veux pas qu'ils habitent ici.

Atterrée, je le dévisage un moment sans rien dire. Il me faut une bonne minute pour retrouver ma voix.

— Tu te fous de ma gueule ?

Sur l'autre canapé, Ren ricane bêtement. Je pointe mon index vers lui avec mon regard le plus sévère.

— Toi, tu te tais, petit démon. Tout de suite. Je ne plaisante pas.

D'un geste, il fait mine de se sceller les lèvres, mais garde un sourire exaspérant. J'aimerais lui sonner les cloches, mais ce serait rejeter ma colère sur la mauvaise personne, et je le sais très bien. Je prends une profonde inspiration afin de conserver mon calme.

— Écoute, Rook, sans vouloir te vexer…

— Vous êtes ensemble ? m'interroge-t-il à brûle-pourpoint en désignant Oliver. En couple ?

Je me rebiffe.

— Non, mais qu'est-ce que ça peut faire ?

— Alors Parker et toi ?

— Non et, encore une fois, pourquoi… ?

Le loup-garou devient rouge de colère.

— Ça me dérange parce que j'aimerais avoir une chance avec toi et que le fait de venir vivre ici leur donne un avantage déloyal.

Sa réponse me laisse bouche bée. Ça devient ridicule.

— Rook, il faudrait vraiment que tu maîtrises les réactions de ton loup. Je ne lui appartiens…

Il m'interrompt d'un grognement de pure frustration :

— Ce n'est pas que mon loup, Nora. Moi aussi, je veux ma chance.

Il serre les dents et me prend la main. La douceur de son geste crée un contraste saisissant avec sa colère débordante.

Ses pensées reflètent son mécontentement : *J'aimerais qu'elle comprenne.*

— Je tiens à toi, beaucoup. *Moi*, pas seulement mon loup. J'aimerais sortir avec toi au moins une fois. Consens-tu à m'accorder cette chance ?

Mes poumons se vident d'un coup. Il attend une réponse de ma part, mais ma langue reste collée à mon palais. Je retire ma main pour ne pas entendre davantage ses pensées.

Wulf émet un long sifflement.

— Eh ben ! Certes, j'attends ce moment depuis le jour où j'ai rencontré Nora, mais je ne pensais pas que ça arriverait vraiment.

— Tu veux bien ? persiste Rook, ignorant son frère. S'il te plaît, au moins un rendez-vous. Un vrai, pas une séance d'entraînement. Laisse-moi nous organiser un tête-à-tête normal. Un dîner, peut-être un cinéma, et un baiser pour terminer la soirée.

Quelque chose s'éveille en moi. Je rêve depuis toujours de connaître un rencard normal et Rook semble tout indiqué pour cette expérience : c'est un homme drôle, décontracté – du moins, quand son loup ne joue pas les tyrans. En outre, il a raison, nous irions bien ensemble, car nous avons beaucoup en commun. Et à la simple idée de l'embrasser… je sens ma bouche devenir sèche. Il est si affectueux, si démonstratif. C'est sans doute un trait de loup. La moindre de ses caresses me rend folle ; je n'ose pas imaginer ce que ça ferait de l'embrasser.

— Je… euh…

J'aimerais accepter. J'aime beaucoup Rook, je lui fais confiance. Je voudrais faire l'expérience de ce tête-à-tête avec lui. S'il n'y avait que lui, je n'hésiterais même pas. Malheureusement, ce n'est pas aussi simple. Mon regard se pose sur Parker, puis sur Oliver. Tous deux guettent ma réaction. Le sorcier paraît même retenir son souffle.

— Nora, chérie, ce n'est qu'un rendez-vous, pas une relation exclusive, souligne Cecile d'une voix apaisante impossible à ignorer.

— Tu devrais peut-être leur accorder un rendez-vous à chacun, suggère Ren. Donne-leur à tous une chance, puis vois où ça te mène.

Je suis quasiment certaine que ça ne ferait que compliquer les choses, mais je garde cette réflexion pour moi. Après un dernier coup d'œil à Parker et Oliver, je reporte mon attention sur Rook puis expire lentement.

— C'est d'accord. (Je n'en reviens pas d'accepter cette idée insensée.) Vous aurez chacun droit à un rendez-vous, mais je ne promets rien de plus.

Rook soupire. À l'évidence, il n'est pas enchanté de me voir inclure Parker et Oliver dans l'équation. Il acquiesce cependant et parvient à sourire.

— C'est tout ce que je demande, une chance.

Je déglutis, mon cœur battant si fort que le vampire et les loups l'entendent certainement. Bien que nerveuse, je ne suis pas aussi terrifiée que j'aurais pu l'être encore quelques semaines auparavant. Rook et Wulf avaient peut-être raison quand ils m'ont traitée de menteuse avant le dîner. Peut-être suis-je finalement prête à sortir avec quelqu'un. Au moins avec ces trois hommes – je n'envisage pas un seul instant d'autres candidats.

— Merci, Nora, murmure Parker. Moi aussi, c'est tout ce que je demandais.

Oliver me donne un coup de coude amical.

— Tu sais que j'aimerais sortir avec toi, mais seulement si tu le veux aussi.

— Oui, je crois. On verra bien comment ça se passe.

Je lui tapote la jambe pour le rassurer, avant de regarder tour à tour Rook et Parker. Comment pourrai-je un jour choisir entre les trois ? N'en ayant pas la moindre idée pour l'instant, je décide de mettre cette question de côté pour me focaliser sur une affaire plus immédiate.

— Bien, maintenant que c'est réglé, revenons-en à nos moutons. Parker et Oliver vont emménager ici, un point c'est tout.

Me rendant compte que ni l'un ni l'autre n'ont donné leur avis sur la question, j'ajoute :

— Enfin, si vous êtes d'accord, naturellement.

Les deux hommes jettent de nouveau un coup d'œil à Terrance. Toujours aussi intimidant, celui-ci n'a pas bougé d'un pouce, leur signifiant du regard qu'ils n'ont pas intérêt à refuser. Oliver déglutit bruyamment et acquiesce. Parker incline la tête, le poing sur le cœur.

— Ce serait un honneur.

— Parfait, grommelle le troll.

Il tourne ensuite ses yeux étrécis vers Rook et, après un instant de réflexion, déclare :

— Tu es aussi le bienvenu mais, si tu choisis de rester avec ton frère, je comprendrai.

J'ai l'impression que mon cœur va exploser et, en même temps, j'ai envie de m'enfermer dans ma chambre pour ne plus jamais en ressortir. Rook, Oliver et Parker mettent déjà mes émotions à rude épreuve. Je n'ose pas imaginer ce que ça ferait de les avoir tous les trois sous le même toit. Non que l'idée me déplaise ; j'ai simplement très peur du résultat.

La colère de Rook s'évanouit. Il tente de masquer sa surprise, sans grand succès.

— Nous nous connaissons à peine. Pourquoi m'accepteriez-vous dans votre clan ?

Terrance hausse les épaules, comme si la réponse tombait sous le sens.

— Tu es l'un des hommes de Nora.

Je manque de m'étouffer.

— L'un de mes quoi ?! (C'est la seconde fois qu'il les désigne ainsi.) Terrance ! ce ne sont pas *mes* hommes.

Cette bourrique m'adresse un sourire si entendu que je ne trouve aucune repartie.

— Nora, trésor, dit Ren en se retenant de rire, tu viens littéralement d'accepter de sortir avec les trois en même temps.

De nouveau bouche bée, je balbutie, incapable de former une phrase :

— Je n'ai pas… Ce n'est pas… Grrr ! de la façon dont tu le présentes, on dirait un truc pervers. Je ne sors pas avec les trois en même temps.

— Oh, bichette ! lance-t-il avec un grand soupir condescendant. Mon adorable et naïve petite néréide. Ce n'est qu'une question de temps.

— Qu'est-ce que tu insinues encore ?

— Tu verras bien.

J'attends des explications, mais il n'a visiblement aucune intention de m'en offrir. Et, lorsque je lui décoche un regard exaspéré, ce petit con m'envoie un baiser.

Je me tourne vers les autres, dans l'espoir que quelqu'un m'éclaire ou prenne ma défense, et ce que je vois alors me déconcerte. Malgré son air étonné, Wulf semble réfléchir à la question. Rook, Parker et Oliver s'observent avec méfiance, comme s'ils tentaient d'évaluer leurs sentiments respectifs sur ce point, mais aucun ne semble vexé ni dégoûté. Bon, certes, Rook a l'air agacé, mais Oliver et Parker paraissent simplement circonspects. Cecile affiche un mélange d'amusement et de curiosité. Terrance arbore toujours son sourire en coin, et, pire encore, Ren et Nick font exactement la même tête. On les croirait tous de connivence.

Quand j'ouvre la bouche pour exiger des réponses, Terrance me prend de vitesse en s'adressant à Rook :

— Veux-tu rejoindre notre clan ?

J'oublie aussitôt mes questions, curieuse de connaître la réponse du métamorphe. Ce dernier consulte son frère du regard – même si nous savons tous que Wulf serait ravi que Rook l'abandonne pour s'installer avec moi –, puis considère de nouveau ses deux rivaux. Manifestement déchiré, il répond finalement :

— Je dois y réfléchir.

Terrance ne paraît pas surpris.

— Je connais les mœurs des loups-garous. Je sais que la notion de partage est difficile à accepter pour vous.

« Partage » ? « Partage » ?! QUOI ?!

— L'invitation sera toujours valable le jour où tu seras prêt.

Malgré son air maussade, Rook le remercie d'un signe de tête. Puis il se lève brusquement.

— Je dois y aller. Faut que je me transforme. J'ai besoin de courir pour me vider la tête. Wulf?

— Je te suis, frangin.

Tandis que le barman enfile son manteau et récupère les récipients de leurs plats, je m'approche de Rook au pied de l'escalier.

— Merci d'être venus, dis-je alors qu'il s'habille pour sortir. Soyez prudents, tous les deux.

Il m'attire à lui en m'enserrant la taille et me regarde avec des yeux mi-clos.

— J'aime que tu t'inquiètes pour moi, susurre-t-il.

Je ricane en roulant des yeux.

— Je m'inquiète pour chacun de vous.

Il secoue la tête et insiste :

— Tu tiens à moi.

— Évidemment.

Il resserre son étreinte en contemplant ma bouche avec envie. Je déglutis. Il penche alors la tête, effleure mes lèvres des siennes, puis dépose un infime baiser au coin de ma bouche. Je frissonne et le sens sourire contre ma joue.

— Bonne nuit, Nora, murmure-t-il à mon oreille. Merci pour ce dîner.

Je réponds d'un hochement de tête, la gorge trop sèche pour parler. Rook esquisse un rictus satisfait, puis disparaît dans l'escalier. Son petit frère lui emboîte le pas, non sans s'arrêter un instant pour m'adresser un regard filou.

— Joyeux Thanksgiving !

— Toi aussi, marmonné-je, certaine d'avoir les joues rouge pivoine.

Avant que je puisse retourner m'asseoir, Nick s'avance à son tour en enfilant sa veste. J'ai bien dit « veste », pas « manteau » – comme si la neige et le froid ne l'incommodaient pas le moins du monde. Je tente de nouveau ma chance :

— Un démon de feu. Ça existe, au moins, ces trucs-là ?

— Eh non ! répond-il avec un sourire taquin.

— Pfff ! tu ne veux pas simplement me dire ce que tu es ?

Souriant de plus belle, il secoue la tête.

— Observe-moi bien, Nora. Tu es une occulte puissante, tu devrais être capable de le percevoir toute seule.

— En te regardant ? dis-je, incrédule. Tu as l'air humain.

Il secoue la tête derechef.

— C'est plutôt une sensation, un peu comme un sixième sens. Tu vois la manière dont tu arrives à détecter la magie parfois ? Le principe est le même. Concentre-toi sur moi, mais pas avec les yeux : ressens-moi.

Que je le ressente ? L'envie me démange de faire un commentaire graveleux, mais je suis trop intriguée par l'idée de pouvoir identifier les occultes pour gâcher ce moment. Bien que n'étant pas sûre d'avoir tout saisi, je décide de tenter l'expérience. J'ai bien réussi à percer le charme d'illusion du restaurant de Skinny, et ce avant même d'avoir brisé le sort qui inhibait mes pouvoirs.

Pour commencer, j'observe Nick de manière indirecte, comme je l'avais fait pour le restaurant. N'obtenant aucun résultat, je cherche ensuite à discerner une quelconque forme de magie.

— Essaie en fermant les yeux.

Je suis son conseil et, les paupières closes, tente de focaliser ma perception sur lui. Au début, il ne se passe rien mais, après un moment, je distingue quelque chose : une sensation de picotement, de chaleur, au cœur de son être. J'ouvre les yeux avec un hoquet de stupeur.

— Tu es une créature magique !

— Une « créature » ? répète l'agent en haussant un sourcil.

Il me donne du fil à retordre, mais j'opine de la tête.

— Je crois, oui. Tu as quelque chose de… primitif… d'animal.

Nick me sort son légendaire sourire suffisant.

— C'est ce qu'elles disent toutes, commente-t-il avec un jeu de sourcils coquin.

Je lève les yeux au ciel.

— Je suis sérieuse. Es-tu… un métamorphe ?

Cette fois, son sourire se teinte de fierté.

— Bravo !

— Mais tu n'es pas un loup-garou comme Rook ou Wulf.

J'ignore comment je le sais, mais c'est pour moi une évidence. Je le sens au fond de moi.

— C'est exact, confirme-t-il.

— Alors quel genre de métamorphe es-tu ?

Il secoue la tête d'un air malicieux.

— Il est plus facile d'appréhender l'espèce générale que de reconnaître la race précise, mais tu as la force nécessaire pour y parvenir. Continue sur cette voie, entraîne-toi avec les autres, tu finiras par y arriver.

Je comprends l'idée, mais la curiosité me ronge.

— Ou tu pourrais simplement me le dire.

— Allons ! c'est beaucoup moins amusant, me taquine-t-il. Joyeux Thanksgiving, Tigresse. Le dîner était excellent. (Il retrouve sa moue railleuse.) Et le petit spectacle de fin de soirée était encore plus savoureux.

— Très drôle.

— Bonne chance pour jongler avec tous tes hommes, conclut-il, presque hilare.

— Ce ne sont pas mes… Oh et puis zut ! File ! Et casse-toi bien la figure sur le verglas dehors.

Il rit à gorge déployée puis, à ma grande surprise, me donne une bise sur la joue.

— Merci encore !

— C'est ça, au revoir.

Ren et Cecile viennent directement à sa suite.

— Vous n'êtes pas tous obligés de partir.

— Plus qu'une heure et demie avant les soldes, m'annonce l'incube. Nous devons nous préparer !

Je pouffe gentiment.

— Dans ce cas, amusez-vous bien, battez-vous avec des vieilles pour un foulard, ou je ne sais quoi.

Ren éclate de rire et me fait un gros câlin.

— Passe me voir un soir au bureau la semaine prochaine. Nous discuterons plus en détail de tes petits tracas sentimentaux.

J'accepte immédiatement. Je dois absolument en parler à quelqu'un, alors, pourquoi pas Ren ? Je me vois mal aborder le sujet avec Oliver.

— J'apporterai de la cuisine chinoise, promets-je.

— Avec double portion de nems.

— Ça marche.

Cecile le pousse gentiment vers l'escalier et se penche pour me prendre dans ses bras.

— Tâche de ne pas te tracasser, ma chérie. Le problème se résoudra de lui-même, tu verras.

Je l'espère vraiment, même si j'ignore comment c'est possible.

Après de brefs adieux, je me tourne de nouveau vers le salon. Il ne reste plus qu'Oliver et Parker, Terrance étant occupé à faire du rangement dans la cuisine. Le jeune sorcier a pris ses aises sur le canapé, les pieds en chaussettes, puisqu'il était prévu qu'il dorme ici. Parker semble partagé. Il n'a visiblement aucune envie de partir, même s'il pense le devoir. Je décide de lui simplifier la tâche.

— Avec Oliver, on compte regarder la télé jusqu'à ce que nos yeux se ferment. Ça te dirait de rester avec nous ? Tu peux t'éclipser avant le lever du soleil ou squatter une chambre d'amis pour dormir demain pendant la journée.

Un éclair de surprise illumine son visage. Il sourit.

— Si ça ne vous dérange pas, j'en serais enchanté.

— Nickel !

Je suis curieuse de passer un simple moment de détente avec Parker. Ce serait une première. Chaque fois que je le vois, c'est toujours dans le stress d'un rencard déguisé, ou en plein péril. Nous n'avons jamais eu l'occasion de nous relaxer tranquillement ensemble. Ce sera un agréable changement.

— Fais comme chez toi. Je veux dire, c'est aussi chez toi désormais. Je vais donner un coup de main à Terrance pour la vaisselle, ensuite on pourra…

Je sens la présence imposante du troll derrière moi juste avant qu'il m'interrompe :

— Pas question. Je peux m'en occuper tout seul.

— Terrance, la vaisselle s'empile jusqu'au plafond. Je ne vais pas te laisser tout nettoyer.

Il me fait les gros yeux.

— Reste dans le salon et profite de ce moment avec tes hommes.

— Ce ne sont pas *mes* hommes. Et, toi, tu n'es pas censé être le grand méchant chaperon qui fait fuir tous mes soupirants ?

Il hausse les épaules.

— Ce sont des hommes respectables, je sais qu'ils prendront soin de toi. Je suis content pour toi.

— Tant qu'ils n'essaient pas tous de s'entre-tuer, riposté-je avec un sourire narquois.

Terrance secoue la tête.

— Ils apprendront à partager, affirme-t-il.

Mais ! mais ! pourquoi tout le monde semble penser que je continuerai à sortir avec les trois ? Faute d'une réplique satisfaisante, je soupire et gagne le canapé d'un pas rageur, ignorant les gloussements de Terrance dans mon dos.

Chapitre 5

La panique me saisit. Je me mets à trembler, le souffle court, incapable de penser à autre chose qu'au poids de l'homme qui m'immobilise, le dos au sol.

— Domine ta peur, m'encourage Rook. Commence par respirer. Tu peux le faire, tu peux reprendre le contrôle, mais tu dois d'abord retrouver ton sang-froid.

Des souvenirs de mon ancien père adoptif, de mes agresseurs dans le parc et de mon ex-petit ami surgissent dans mon esprit, me paralysant. Tant d'hommes m'ont maintenue dans cette position, clouée au sol, en se tenant à califourchon sur moi.

— Respire, Nora. Une bonne et longue inspiration. Ensuite, retiens ton souffle pendant trois secondes. Tu dois réfléchir, ne laisse pas la panique te tétaniser.

J'inspire profondément, puis bloque ma respiration jusqu'à ce que mes poumons me brûlent.

— Très bien. Maintenant expire lentement, et répète l'exercice si nécessaire.

Je suis ses instructions et ma terreur se dissipe un peu à mesure que je respire.

— Tu n'as pas besoin d'être parfaitement sereine. Tu ne le seras pas lors d'une véritable agression. Cependant, l'adrénaline et la peur peuvent devenir des atouts si tu parviens à réfléchir. Reprenons : quel est ton premier réflexe quand tu te retrouves dans cette mauvaise posture ?

J'ai beau respirer, je n'arrive pas à me concentrer. Il est sur moi, me plaque au sol. Je me sens impuissante.

— Ton premier réflexe, Nora ?

— Tu devrais peut-être la laisser se relever, suggère Oliver depuis les gradins. Laisse-la se calmer, puis vous essaierez une seconde fois.

Le métamorphe secoue la tête en signe de dénégation.

— Non, un agresseur ne risque pas de la ménager. Elle doit apprendre à surmonter sa peur. (Il plante son regard dans le mien.) Tu peux y arriver. Je sais que c'est difficile, mais tu dois apprendre à maîtriser ta peur. Sans quoi, toutes les techniques que je t'enseigne ne te serviront à rien. Tu es parfaitement capable de te libérer de cette prise. Quelle est la première chose à faire ?

Il a raison. Jamais je ne saurai me défendre si je n'apprends pas à refouler ma panique. Or il est vital que je parvienne à me protéger. Chaque fois qu'on m'a agressée, je me suis retrouvée dans cette position. S'il existe un moyen de s'en dégager, alors, bordel ! je veux le connaître.

— Nora !

Sa voix sèche et autoritaire me tire brutalement de ma torpeur. Je profite de ce moment de clarté pour lever le bras et l'enrouler autour de son cou.

— Je l'attire contre moi, dis-je en collant le visage de Rook contre mon épaule.

Cette prise me procure une infime sensation de contrôle. J'inspire de nouveau.

— Parfait. Ensuite ?

— J'accroche mon pied à sa cheville.

— Bien. Maintenant, prends appui sur ton autre pied, lève la hanche et roule sur le côté.

Une dernière inspiration, puis je plante mon pied fermement au sol, projette ma hanche vers le haut…

— Et je roule, grogné-je en portant tout mon poids vers Rook pour le faire basculer sur le dos.

— Excellent ! s'exclame-t-il. Profites-en tout de suite pour t'éloigner et relève-toi.

Là, il n'a pas besoin de me le répéter. Une fois sur lui, je me jette pratiquement sur le côté et bondis sur mes pieds.

Des applaudissements s'élèvent derrière moi. J'ai beau savoir que ce sont Oliver et Wulf, que je suis en sécurité dans le gymnase du barman, j'ai malgré tout du mal à calmer ma respiration et les battements de mon cœur. Mon esprit continue de bourdonner sous le coup de la panique. D'ailleurs, maintenant que je suis libre, je me mets à trembler, comme si la peur repoussée quelques instants plus tôt reprenait subitement le dessus.

Je sursaute presque quand Rook apparaît devant moi.

— Tu as réussi, Nora, énonce-t-il calmement. (Dieu merci ! il ne cherche pas à s'approcher.) Tu t'es sortie de ce mauvais pas. Tu as repris la situation en main et tu t'es donné la possibilité de fuir. Tu as réussi ça toute seule.

Il a raison, j'ai réussi. Et c'était grisant. Je prends de nouveau le temps de respirer, me concentre sur le fait que je ne suis plus plaquée au sol. Rook est une véritable armoire à glace, c'est un putain de loup-garou, pourtant je suis parvenue à le repousser. C'est exaltant de m'en savoir capable.

Rook attend en silence que je surmonte ma panique. Il n'a pas à patienter trop longtemps. Quand je recouvre enfin mon calme, que je prends pleinement conscience de mon exploit, du pouvoir que Rook vient de m'octroyer, mes yeux s'emplissent de larmes et je me jette à son cou pour lui exprimer ma reconnaissance. Il me laisse le serrer de toutes mes forces sans tenter le moindre geste.

— Merci, murmuré-je contre son torse.

Il pose doucement sa main sur mon dos pour le caresser en faisant de petits cercles.

— Tu as été grandiose. On poursuivra l'exercice la prochaine fois, je pense que tu en as suffisamment fait pour aujourd'hui.

Ravalant la boule d'émotion qui me noue la gorge, je m'écarte de lui, soudain rompue de fatigue. L'adrénaline vient de quitter mon corps, me laissant complètement atone. Nous échangeons un sourire, puis Rook m'effleure la joue du bout des doigts. Mon pouls repart en flèche. Je sens qu'il veut m'embrasser, mais qu'il ne le fera pas. Pas tant que je ne serai pas complètement remise de ma panique et de mes émotions.

— File te doucher, dit-il en reculant d'un pas.

Cette soudaine distance me permet de retrouver les idées claires. Je le remercie encore, puis me rends promptement au vestiaire. À mon retour, Rook, Wulf et Oliver m'attendent tous sagement sur les gradins. Je tape la main que le barman lève vers moi et m'installe sur le banc, face à eux.

— Beau boulot, me félicite Oliver.

Je lui réponds d'un sourire rayonnant. À présent libérée de ma panique, je sens le poids de ce que je viens d'accomplir. Mon enthousiasme le fait glousser. Je pointe son ordinateur portable du doigt.

— Comment se passent les soldes sur Internet ? Tu as fini tes courses de Noël ?

— Oui, j'ai tout ce qu'il me faut, répond-il, ravi. Et toi, tu veux qu'on aille manger un morceau ensemble avant de faire ton shopping ?

— Je m'en suis occupée ce matin. Cela dit, je suis partante pour manger un bout avec toi avant le début de mon service.

— Tu reprends déjà le travail ? s'enquiert Rook.

Il fronce les sourcils. J'ignore si c'est par inquiétude de me voir retourner au boulot ou par jalousie parce que j'ai accepté de dîner avec Oliver. Ne tenant pas à le savoir, je hoche la tête et confirme :

— Il était temps. Je sais que ça fait à peine deux semaines, mais je me sens vraiment en pleine forme.

Il sourcille de plus belle, mais ne discute pas.

— Tu es une fae, énonce Wulf en haussant les épaules. Tu guéris un peu plus vite que la normale.

Songeant à toutes les fois où j'ai été blessée, je m'aperçois qu'il a raison. J'ai toujours connu des rétablissements spectaculaires – pas aussi prompts que ceux d'un loup-garou ou d'un vampire, mais nettement plus que ceux d'un humain.

— Enfin un superpouvoir auquel j'adhère totalement !

— Si tu retournes travailler à l'*Occulte*, tu auras besoin d'un charme de camouflage plus puissant, me fait remarquer Oliver en rangeant son ordinateur. Celui que tu as actuellement ne dissimule que ton apparence. Il est inefficace pour inhiber ton pouvoir ou masquer ton odeur. N'importe quel occulte lambda devinera que tu es une néréide.

Je hausse les épaules en signe d'impuissance. Ça ne me plaît pas plus qu'à lui mais, malheureusement, on ne peut rien y faire.

— Pas le choix. Je ne saurais pas en créer un moi-même, et Terrance ne peut pas faire plus puissant. D'après lui, les trolls n'ont pas d'aptitudes magiques très poussées en dépit de leur force considérable.

Oliver pose sa sacoche d'ordinateur, puis me dévisage longuement.

— Alors c'est sans doute à moi de le faire.

Il expire lentement, comme si le simple fait de prononcer ces mots était une épreuve.

Wulf et Rook le regardent bouche bée. Bien qu'étonnée, je ne suis pas aussi déconcertée. Je sais que le jeune sorcier s'efforce depuis quelque temps de surmonter son blocage vis-à-vis de la magie. S'il y a bien une chose qui peut le motiver à essayer, c'est ma sécurité. Je lui adresse un sourire encourageant, tout en lui offrant une échappatoire, au cas où.

— Tu en es sûr ?

Après un moment d'hésitation, il se force à acquiescer.

— Je peux le faire. Si toi tu arrives à laisser Rook te plaquer au sol, je peux jeter un sort d'illusion. (Il se lève d'un coup en m'invitant d'un geste à approcher.) Viens là.

Je m'exécute. Les deux frères nous observent dans un silence intrigué ; nous préférons tous éviter de faire ou dire quelque chose qui rendrait ce moment plus difficile pour Oliver ou minerait son courage. Lorsque je me place devant lui, il est déjà en train de s'agiter, le souffle saccadé.

— Tout va bien, Oliver. Tu n'es pas obligé…

— Non, m'interrompt-il, avant de fermer les yeux en secouant la tête. Ma psy ne cesse de m'inciter à tenter au moins un sort élémentaire. Un charme que j'aurais déjà appris à maîtriser par le passé et qui ne peut nuire à personne. C'est l'occasion idéale. Et puis ma magie est beaucoup plus puissante que celle de Terrance : je saurai masquer ton odeur.

— Certes, mais, si c'est encore trop tôt pour toi, on peut y aller plus doucement.

Il soupire.

— Tu reprends le travail ce soir, Nora. Ce sort t'évitera beaucoup d'ennuis. Je dois essayer.

Je hoche la tête en signe de capitulation. Même si je sais qu'il est difficile de se confronter à ses peurs, je sais également qu'il est important d'essayer. Je ne saurais minimiser les efforts d'Oliver. D'ailleurs, Rook et Wulf semblent également mesurer l'importance de cette étape ; tous deux retiennent leur souffle, immobiles, attendant de voir s'il va vraiment le faire.

Oliver s'avance, collant ses pieds aux miens. Je saisis ses mains tremblantes dans les miennes. Ses pensées prennent la forme d'une sorte de mantra frénétique tandis qu'il rassemble son courage pour se jeter à l'eau : *Tu ne vas pas lui faire de mal. Tu as déjà jeté des centaines de charmes de camouflage. Elle sera plus en sécurité. Tu peux y arriver. Nora a besoin de toi.*

J'esquisse un sourire réconfortant et mets ses mains sur mes joues. Ce geste l'aide à se détendre considérablement. Il ferme de nouveau les yeux, puis se penche jusqu'à ce que nos fronts se touchent.

— Tu peux le faire, Oli. J'ai confiance en toi.

Il prend une profonde inspiration, la retient un instant, puis souffle lentement. D'une voix à peine audible, il murmure :

— Bon, c'est parti.

Ses yeux restent fermés, ses mains sur mes joues, mais son front se plisse sous l'effet de la concentration. La magie se manifeste d'abord au sommet de mon crâne sous la forme d'un picotement qui, très vite, s'étend sur tout mon corps telle une couverture bien chaude. Curieusement, son sort me paraît plus lourd que celui de Terrance. D'instinct, je sens qu'il est plus puissant – et de très loin.

Oliver se remet à trembler. Sa respiration s'accélère, ses pensées s'embrouillent. La panique est en train de le gagner.

— Je vais bien, le rassuré-je. Tu t'en sors à merveille.

Apaisé par ma voix, il termine de placer le charme. Je perçois immédiatement lorsqu'il a fini et sens, inconsciemment, qu'il l'a parfaitement réussi.

— Bien joué, petit, le congratule Wulf. Tu as nettement atténué sa puissance. Son aura de séduction est beaucoup moins forte, et on ne devine plus que c'est une néréide.

Oliver ignore son commentaire. Je doute même qu'il l'ait entendu. Il tient encore mon visage entre ses mains, son front collé au mien, haletant sous l'effet du reflux d'adrénaline.

— Tu as réussi, Oli, dis-je, un sourire dans la voix.

Il entrouvre les yeux, relève la tête, mais ne me lâche pas pour autant. Son regard se pose sur mes lèvres. Il déglutit.

— J'ai besoin de t'embrasser.

Mon cœur cesse un instant de battre.

— D'accord.

Il me lève délicatement la tête, puis s'empare de ma bouche dans un baiser passionné. Rien à voir avec le premier que nous avons échangé, timide et hésitant. Celui-ci est une véritable catharsis physique et émotionnelle. Oliver enfonce ses doigts dans mes cheveux et promène sa langue sur mes lèvres pour les entrouvrir. Dès que je l'accueille dans ma bouche, il n'hésite pas à approfondir notre baiser.

Mon corps entier s'embrase. Je réponds à sa fougue en nouant les bras autour de son cou pour me presser contre lui. L'une de ses mains descend sur mon dos pour m'attirer davantage. Nous nous abandonnons l'un à l'autre, perdus dans l'instant. Je suis au paradis.

Puis un grondement sourd vient briser notre moment.

Oliver et moi nous écartons, hors d'haleine, chavirés par ce baiser. J'avais complètement oublié que nous avions des spectateurs, dont l'un se trouve être un loup territorial avec qui j'ai accepté de sortir. Au rougissement d'Oliver, je devine que lui aussi n'y pensait plus.

— Désolé, bafouille-t-il. Je me suis laissé emporter.

Je le rassure d'un sourire.

— Désolé de quoi ? Tu as réussi ! Tu t'es servi de ta magie !

Il me rend mon sourire et je l'enserre dans mes bras.

— Nora, me prévient Wulf, agrippant les épaules de son frère.

Même si Rook n'a pas l'air de lui opposer de résistance, il semble bel et bien sur le point de perdre les pédales. Son loup a pris les commandes et toise Oliver d'un regard meurtrier.

Je lâche aussitôt mon meilleur ami pour retourner auprès du métamorphe, lequel m'attrape dans la foulée et m'emprisonne sur ses genoux, contre son buste. Je tolère son geste possessif, consciente que son loup en a besoin. J'ignore en revanche comment je vais régler ce problème. Il ne peut pas continuellement se comporter comme si je lui appartenais. Si le Rook humain l'a bien compris, son loup se montre beaucoup plus récalcitrant.

— Hé ! mon grand, soufflé-je en plongeant le regard dans les yeux dorés de mon loup. Je suis là, d'accord ? Je ne t'ai pas oublié.

— Il baladait ses mains sur toi, grogne-t-il.

Je m'efforce de ne pas rougir, mais ne me laisse pas décontenancer.

— Oui, en effet.

— Il t'a embrassée.

— C'est exact, et je l'ai laissé faire.

Rook serre les mâchoires et grogne de nouveau. Je soutiens son regard, le mettant au défi de me chercher des poux à ce sujet. Après une longue minute de silence, il décide d'exprimer un autre grief :

— Il a utilisé la magie sur toi.

J'esquisse une moue moqueuse.

— C'était le but. J'en ai besoin pour me protéger.

Il fronce les sourcils, avant d'inspirer à pleines narines.

— Il a changé ton odeur.

— Je crois que c'était aussi l'intérêt. J'ai retrouvé une odeur d'humaine ?

Le métamorphe secoue la tête en signe de dénégation.

— Toujours fae. Puissante, mais ce n'est pas pareil.

Il semble encore très contrarié. Son loup est toujours à la barre. Comprenant qu'il me faut l'apaiser, je me penche vers lui pour frotter ma joue contre la sienne, copiant la façon dont il m'a marquée de son odeur par le passé.

— C'est mieux ?

Nouveau grognement, approbateur cette fois. Il reprend les devants, frottant son visage partout sur ma joue et sur mon cou. Un frisson me parcourt lorsque ses lèvres frôlent ma peau. Ses pensées n'ont rien de surprenant. Elles correspondent à ce que son loup pense tout le temps : *Elle est à moi. Ma compagne.*

— Non, le réprimandé-je en m'écartant de lui.

Il m'accorde cet espace sans me laisser quitter ses genoux.

— Je ne t'appartiens pas, Rook, je ne suis pas ta compagne. (Il grommelle derechef.) Mais j'ai accepté de sortir avec toi, tu te souviens ? Tu as droit à ton tête-à-tête.

Son regard se pose sur Oliver.

— Lui aussi.

— Oui, lui aussi. Et tu vas devoir l'accepter parce que, si tu es incapable de te dominer, je ne serai plus en mesure de sortir avec toi. Il va falloir me partager pendant un temps.

Je n'en reviens pas de sortir un truc pareil.

Rook lâche un grognement bestial. Je pose une main sur son torse pour le tranquilliser. Il la couvre aussitôt de la sienne et la serre vigoureusement.

— Je sais que ça va à l'encontre de ta nature, poursuis-je, mais j'aimerais que tu essaies. J'ai besoin de temps pour comprendre où j'en suis.

Il finit par acquiescer, non sans grincer des dents.

— Mais, pour notre tête-à-tête, il n'y aura que nous ? Tu seras à moi le temps de ce rendez-vous ?

Enfin quelque chose que je peux lui accorder.

— C'est promis.

Il prend une profonde inspiration et se calme. Ses yeux brillent toujours ; il est encore sous l'influence de son loup mais, au moins, la pulsion meurtrière est passée. Il jette un coup d'œil à Oliver.

— Il faut que tu t'en ailles.

Ça ressemble moins à une insulte qu'à un avertissement. Le sorcier opine de la tête.

— Je comprends. (Il attrape sa sacoche et se tourne vers moi avec un sourire.) Pourquoi ne laisserais-tu pas Rook t'emmener dîner à ma place ? On passe notre vie ensemble.

La bienveillance de mon meilleur ami me fait fondre. Je lui adresse un regard reconnaissant.

— Merci.

Rook, qui le considère à présent d'un air pantois, se racle la gorge, avant de marmonner un remerciement.

— Je n'aurais pas dû l'embrasser devant toi de cette façon, ajoute Oliver. Je te présente mes excuses. Tout ceci est aussi inhabituel pour moi que pour toi.

Un mélange de culpabilité et de confusion me noue la gorge.

— Je suis désolée, dis-je d'une voix étranglée. Je ne sais vraiment pas quoi faire. Je ne pense pas pouvoir choisir entre vous. Il vaudrait peut-être mieux vous dire non à tous.

— Non ! s'insurgent aussitôt les deux hommes.

Je ferme les yeux pour retenir mes larmes.

— Je ne veux blesser personne.

— Ça, c'est notre problème, pas le tien, réplique Rook.

— On te soutiendra quelle que soit ta décision, m'assure Oliver.

Je le crois volontiers sincère, mais doute que Parker et Rook se montrent aussi compréhensifs.

— Écoute, intervient Wulf. Ça finira par s'arranger, mais tu t'en soucieras une autre fois. (Le regard serein qu'il fixe sur moi apaise en partie mon trouble.) Ils savent tous parfaitement à quoi s'en tenir en te faisant la cour. Occupe-toi surtout de démêler tes sentiments, et laisse-les se préoccuper des conséquences.

Il a raison, j'ai toujours été honnête sur l'ambivalence de mes sentiments à leur égard. Ce sont eux qui s'obstinent à vouloir me séduire. Même si je m'en veux affreusement, je dois prendre sur moi.

— D'accord.

— Parfait, conclut le barman. Maintenant allez dîner, je vous verrai tout à l'heure au night-club.

Je fronce les sourcils, perplexe.

— Qui d'autre à part moi ?

Il hoche la tête vers son frère.

— Rook ne t'a rien dit ?

Perdue, je me tourne vers l'intéressé, qui sourit en réponse.

— Terrance vient de m'embaucher. Tu as devant toi le nouveau chargé d'entretien de la discothèque.

Surprise sans vraiment l'être, je ris face à sa mine réjouie.

— Tu as l'air terriblement enthousiaste pour un futur homme à tout faire.

— J'avais déjà cette fonction quand je vivais avec la meute, dit-il en haussant les épaules. C'est un travail simple et sans contrainte, ça me va tout à fait. Et puis, en étant au night-club avec toi, je pourrai aider les autres à te protéger.

Je soupire, consciente que rien ne le fera changer d'avis. D'ailleurs, pourquoi devrais-je l'en dissuader ? Il aime en effet les choses simples. Même si ce travail ne lui offre pas de grandes perspectives, c'est sans doute ce qui lui correspond le mieux.

— Dans ce cas, félicitations pour ton nouveau travail et bienvenue à l'*Occulte.* Ce sera sympa de bosser ensemble.

Chapitre 6

Les lundis soir sont un peu morts au night-club. On a très peu de clients à servir, mais je déteste me tourner les pouces. Je m'emploie donc à nettoyer le comptoir tandis que Wulf honore les quelques commandes reçues. À l'autre bout du bar, Terrance semble engagé dans une discussion très grave avec un petit groupe d'hommes. Je ne peux m'empêcher de me demander si c'est au sujet de son agression. Certains d'entre eux ne cessent de me jeter des coups d'œil.

Je les observe tout en essuyant des verres, m'efforçant de déterminer leur espèce. *A priori*, ce sont tous des faes, même si je ne saurais dire quels types. Nick avait raison : il est bien plus ardu d'identifier la race précise d'un occulte que son espèce générale. Certes, il m'a certifié que j'étais assez puissante pour y parvenir, mais je me demande si je ne galère pas à cause du charme de camouflage dont Oliver m'a entouré et qui inhibe mon pouvoir.

J'en suis encore à les scruter intensément quand Parker se laisse tomber sur le tabouret devant moi.

— Salut, bel inconnu, dis-je en mettant fin à mon exercice.

Bien que mon accueil jovial lui arrache un sourire, je perçois une certaine tristesse dans son regard.

— Qu'est-ce qui ne va pas ?

Le vampire cligne des yeux, comme surpris par ma question, puis chasse sa mélancolie.

— Oh ! rien.

Je lui sers son scotch préféré et m'accoude au comptoir, face à lui.

— Je te rappelle que je suis barmaid maintenant. C'est mon boulot d'écouter les déboires de mes clients. J'essaierai même de te filer quelques conseils. Ils ne vaudront sans doute pas un clou, mais je ferai de mon mieux.

Cette fois, j'obtiens un vrai sourire. Il prend une gorgée de scotch, puis soupire.

— Ce n'est rien. J'ai un peu de mal à m'adapter à ma nouvelle vie. Pendant des centaines d'années, j'ai été le bras droit de Henry, et c'était un travail à plein-temps. Je n'ai pas l'habitude de rester sans rien à faire.

Je vois mieux, à présent, ce que son expression trahissait. Le pauvre se sent désœuvré.

— Je suis sûre que tu trouveras très vite une solution.

Avant qu'il puisse répondre, Nick apparaît subitement et lui plaque une main sur l'épaule.

— Tu pourrais accepter le poste de sous-directeur que West t'a proposé. (Il se tourne vers moi d'un air jovial.) Pourrais-je avoir une bière, Tigresse ?

Parker lui lance un regard moqueur alors qu'il prend place à côté de lui.

— Tu n'es pas censé travailler ?

L'agent sourit éhontément.

— Que crois-tu que je fais ? Je suis un agent de terrain, je vais donc sur le terrain. De plus, j'ai reçu l'ordre exprès de te harceler jusqu'à ce que tu cèdes et prennes le poste.

Je pouffe, m'attirant l'attention de Nick.

— Ça vaut également pour vous, mademoiselle. Tu sais que la directrice aimerait…

Soudain, il ferme la bouche et m'étudie attentivement. Après un bref coup d'œil alentour, il se penche vers moi en baissant la voix.

— Qui t'a jeté ce charme de camouflage ? Il est trop puissant pour que ce soit Terrance.

Sans répondre, je pousse devant lui une chope de Démone, sa bière de prédilection. Je ne veux pas moucharder Oliver, car je sais que Nick l'enquiquinera encore au sujet de sa magie. Malheureusement, mon silence en dit trop.

— C'était Oliver, n'est-ce pas ? comprend l'agent avec un rictus machiavélique. Haha ! cette fois, il est grillé ! La directrice sera ravie quand elle apprendra qu'il s'est remis à la magie.

— Nick ! le rabroué-je, avant de respirer pour garder mon sang-froid. Ménage-le.

— Ça va pas, non ? Il faut qu'il…

— Il fait des efforts, il a surtout besoin d'encouragements. Évite de lui mettre la pression, ça ne fera que compliquer les choses. Tu anéantiras tous ses progrès. Tu dois le laisser avancer à son rythme.

Nick me dévisage un long moment.

— Tu sembles parler en connaissance de cause.

Je hausse les épaules et reprends mon torchon.

— Oui, je sais de quoi je parle, admets-je, avant de baisser les yeux sur le verre que j'essuie pour continuer : Son aversion pour la magie fonctionne de la même façon que ma phobie des contacts physiques. Je fais des efforts, mais ça doit rester selon mes conditions.

Je glisse malgré moi un coup d'œil à Parker, qui me répond d'un sourire compréhensif. J'inspire profondément, puis attrape un autre verre.

— Aujourd'hui, Oliver s'est senti suffisamment en confiance pour faire un essai et utiliser sa magie. C'était très éprouvant pour lui, mais il a réussi. C'est une victoire phénoménale. Tu ne dois pas le forcer à brûler les étapes, ce serait contre-productif.

— Soit.

Nick fronce les sourcils et prend une lampée de bière. Durant ce bref silence, la voix énervée de Terrance nous parvient du bout du bar.

— Non ! il n'en est pas question.

Leur attention de nouveau braquée sur moi, les faes lui répondent à grand renfort de gestes emphatiques. Terrance, campé dans son habituelle posture de troll menaçant, secoue la tête en les fustigeant du regard. Cédant à la curiosité, je délaisse mon comptoir pour m'approcher du groupe, Parker et Nick sur les talons.

— Tout va bien, T-rex ?

Il me jette un regard renfrogné, l'air décidé à ne rien dire. Habituée à son caractère, j'arque un sourcil et patiente. Il finit par céder avec un grommellement.

— D'autres faes se sont fait attaquer, je ne suis pas le seul.

— Juste le seul à avoir survécu, marmonne l'un des hommes, sans doute le porte-parole du groupe.

Petit et trapu, il me dit vaguement quelque chose, même si je n'arrive pas à le remettre. Il compte probablement parmi les nombreux clients que j'ai servis depuis que je travaille ici. Bien qu'il me dévisage avec sévérité, je n'ai pas l'impression qu'il soit remonté contre moi personnellement. Je lance un regard inquiet à Terrance.

— Il y a eu d'autres attaques ?

— Des morts, me corrige le petit homme.

— Combien ? intervient Nick.

Les faes n'ont pas l'air ravis de le voir s'inviter dans la conversation, mais leur représentant consent à répondre de mauvaise grâce :

— Onze, pour l'instant.

— Onze ! répété-je, choquée.

— Tous faes ? l'interroge l'agent.

L'homme grince des dents, avant d'acquiescer d'un bref signe de tête.

— Avez-vous une idée de l'identité du tueur ? s'enquiert Parker.

Il récolte à son tour un regard noir, mais le fae secoue la tête.

— Pas la moindre.

Nick serre les poings en jurant. Je le comprends ; plus d'une dizaine de personnes ont été assassinées et il n'a pas le droit d'intervenir.

— Qu'avez-vous entrepris pour retrouver le coupable ? demande Parker.

L'homme fait mine de ne pas l'entendre et, à ma surprise, change brusquement de sujet.

— Les rumeurs étaient donc fondées.

Même si je sais pertinemment de quoi il parle, je hausse les épaules et feins l'ignorance.

— Tout dépend de ce que vous avez entendu.

— Vous êtes une fae, déclare un autre homme. Une fae puissante.

— Très puissante, renchérit l'un de ses camarades.

Je hoche la tête.

— À ce qu'il paraît.

— Comment est-ce possible ? insiste le premier.

Je résiste à l'envie de rouler des yeux. Les gens n'ont pas cessé de me poser cette question ce soir. Difficile de leur en vouloir, cependant, vu que j'étais officiellement humaine la dernière fois que je suis passée. Je ferais sans doute mieux de répondre ; inutile de susciter davantage de curiosité.

— C'était un charme de camouflage. Et, avant que vous posiez la question, non, je ne sais pas qui en est l'auteur. Je suis devenue orpheline très jeune et ce sont des humains qui m'ont élevée. Le charme s'est rompu quand une louve-garou m'a mordue. Il y a encore une semaine, j'ignorais que j'étais une occulte.

Le groupe me scrute si longuement que je finis par pousser un soupir agacé et reprends la posture de Terrance.

— Il y a un problème ?

Pas de réponse. Tous se tournent vers leur porte-parole. Ce dernier remue nerveusement pendant un instant, puis s'éclaircit la voix.

— Aucun problème. En réalité, nous aurions besoin de votre aide.

Je retiens un éclat de rire. Je trouve déconcertant que les occultes persistent à faire appel à moi pour résoudre des crimes. Je ne suis qu'une femme ; certes, avec des dons utiles, mais je ne suis pas non plus Sherlock Holmes.

— Non, maugrée Terrance.

— Mais elle a retrouvé les occultes disparus, argue le fae dans un mélange d'exaspération et de désespoir. Elle a aussi aidé les loups-garous.

— Et elle a frôlé la mort chaque fois.

La colère du troll me paraît soudain affreusement légitime. Mais, surtout, je me rappelle enfin où j'ai croisé notre interlocuteur.

— Vous étiez dans l'entrepôt, ce soir-là. Vous faisiez partie des occultes kidnappés. Votre cage était à côté de la mienne.

L'air brusquement solennel, l'homme hoche la tête.

— Et je vous remercie de m'avoir sauvé.

Nick et Parker étouffent une exclamation de stupeur. Les faes ne disent *jamais* merci. Remercier quelqu'un revient à reconnaître une dette envers cette personne. Pour eux, il n'y a rien de pire. Le fait, pour cet homme, d'exprimer verbalement sa gratitude à mon endroit, devant témoin qui plus est, n'a rien d'anodin.

— Il n'y a pas de quoi, dis-je, faute d'une meilleure réponse. Ça me fait plaisir de vous revoir. Je m'appelle Nora Jacobs.

— Je suis Laagh, chef du clan brownie de Corktown. J'ai conscience d'avoir déjà une dette envers vous, mais je crains de devoir de nouveau requérir votre aide. Un membre de notre clan a été assassiné hier soir, et les meurtres se multiplient partout en ville. Nous n'avons personne vers qui nous tourner.

J'ai de la peine pour lui. Pour l'ensemble du groupe, même, car je présume qu'ils ne seraient pas là à moins d'avoir tous perdu un proche. Mais, encore une fois, je ne suis qu'une femme.

— Vraiment personne ? tenté-je. Pourquoi ne pas vous adresser aux cours d'été et d'hiver, ou je ne sais quoi ? Elles existent pour de vrai, je me trompe ?

Le visage de Laagh s'empourpre.

— Elles n'ont cure de ce monde. La plupart des faes qui vivent ici, parmi les humains, sont soit des parias, soit des réfugiés. Les cours nous ont abandonnés. Nous sommes seuls et généralement solitaires. Nos différentes races n'ont pas de figure dirigeante commune. Personne n'est disposé à agir. Vous avez retrouvé les occultes disparus, répète-t-il en m'implorant du regard. Vous pourriez nous aider à retrouver ce meurtrier.

— Vous êtes l'une des nôtres, ajoute l'un de ses compagnons d'un ton accusateur, comme s'il anticipait un refus. Vous courez le même danger que nous tant que le tueur rôde. Vous devez nous aider.

Je lève une main pour prévenir d'autres arguments inutiles.

— C'est bon, calmez-vous. Bien sûr, je ferai de mon mieux pour vous aider.

Terrance gronde, mais je le réprimande d'un regard dur.

— Il a raison, Terrance. Je suis une fae. Ça fait de moi une cible potentielle. Je sais que je prends sans doute un risque en intervenant, mais il serait tout aussi dangereux de rester les bras croisés. Non seulement je suis une fae, mais une fae apparemment puissante et célèbre par-dessus le marché. Que crois-tu qu'il adviendra quand ce tueur entendra parler de moi ?

Le troll grogne de nouveau. Un grognement furieux, menaçant. Il serre les mâchoires en fixant sur moi un regard mécontent. Je lui touche le bras, un sourire compatissant aux lèvres. Bien que sa peur pour moi domine ses pensées, il sait que mon aide peut être précieuse dans cette enquête. Je soupire et le tapote gentiment pour le rassurer.

— Je serai prudente, T-rex.

Il détourne le regard vers le bar dans un grommellement.

— Soit. Ça ne me plaît pas du tout, mais tu as raison. Tu es une cible. (Sans décolérer, il pointe son doigt vers moi.) Tu emmènes Parker. Il ne te quittera pas d'une semelle tant que ce tueur n'aura pas été appréhendé.

— Bien entendu, murmure le vampire avec une pointe de surprise dans la voix.

Il se place à mon côté, puis incline respectueusement la tête vers Terrance.

— Nous n'avons pas besoin qu'un vampire mette son nez dans nos affaires, objecte l'un des faes.

Je lui décoche un regard incendiaire et m'apprête à lui expliquer où il peut se carrer son mépris, mais Terrance me devance.

— Parker fait partie du clan de Nora, c'est-à-dire *mon* clan. Ce sont donc aussi ses affaires, et il assurera sa protection.

Les faes dévisagent le troll, bouche bée. Leur atterrement et leur dégoût flagrant le laissent indifférent. Je souris : il se moque vraiment totalement de l'opinion des autres. S'il veut accueillir un vampire dans son clan, il accueillera un putain de vampire dans son clan, un point c'est tout. Sa réaction me fait chaud au cœur, tout comme l'idée que Parker appartienne maintenant à mon clan.

Un autre détail me frappe également. Quand Terrance a déclaré que Parker me protégerait, il ne l'a pas formulé comme une suggestion. En soi, ça n'a rien d'étonnant, car mon troll n'est pas du genre à suggérer quoi que ce soit. Cependant, ça allait au-delà de ça. C'était un ordre donné à Parker par son nouveau chef de clan. Je me demande si le vampire en a conscience. Probablement. Il a appartenu à un clan toute sa longue, longue vie.

Avec un peu de chance, le fait d'avoir un nouveau clan, un chef pour le commander, dissipera la mélancolie qui le ronge depuis que Henry l'a désavoué. À vrai dire, il me paraît déjà plus joyeux qu'à son arrivée. Je suis soulagée de le savoir à mon côté pour cette affaire. Je n'apprécie pas vraiment d'être la cible d'un tueur en série et, quoi qu'en pense tout le monde, je ne suis pas une fichue enquêtrice. Parker, lui, est un pro de la sécurité. Son concours sera d'une grande utilité.

Tentant de briser le silence pesant qui s'est installé, je tape des mains et me les frotte bruyamment.

— Bon ! dis-je une fois que tous me prêtent attention. Pour être efficace, j'ai besoin d'être sur le terrain. (Je me tourne vers Laagh, croisant les doigts pour ne pas l'offenser avec ma requête.) Vous avez dit qu'un membre de votre clan a été assassiné hier soir. Pourriez-vous m'emmener sur les lieux du crime ?

Le brownie sourcille, troublé, et à raison, par ma demande, mais il ne proteste pas.

— Oui, je peux vous y conduire.

— Parfait, ce sera certainement un bon point de départ. Je n'aurai sans doute pas fini mon service avant 3 heures, donc si ça ne vous dérange pas d'attendre…

— Vas-y, Nora, me coupe Terrance. Et prends tout le temps nécessaire pour résoudre cette affaire.

Surprise, je me tourne vers lui. Il balaie mes réticences d'un geste de la main.

— Cette enquête est plus importante. Promets-moi juste d'être prudente et de ne rien faire sans Parker. (Il jette un regard noir au concerné.) Et, toi, ne la quitte pas des yeux.

Le vampire acquiesce diligemment.

— Tu as ma parole.

Chapitre 7

Nous suivons Laagh en voiture jusque dans les beaux quartiers. Situé non loin du casino et de la zone rafraîchie du centre-ville, ce coin fait partie des secteurs redynamisés de la métropole. On y trouve un semblant d'animation la nuit, ainsi qu'un nombre important de belles demeures restaurées. Nous nous engageons dans une rue résidentielle paisible, bien éclairée, soigneusement entretenue et, comble de la surprise, plutôt jolie – une rareté à Détroit, même s'il est bon de savoir que de tels endroits existent ici. L'épais manteau de neige qui recouvre les jardins confère aux lieux une atmosphère presque magique.

— C'est mignon comme tout cet endroit, reconnais-je alors que Laagh se range devant une modeste maison en brique agrémentée d'un petit jardin entretenu avec amour.

— Ce n'est pas étonnant, m'explique Parker en coupant le moteur, avant de se pencher pour contempler la maison par le pare-brise. Les brownies mettent un point d'honneur à vivre dans un milieu propre et soigné. D'ailleurs, la plupart occupent des fonctions telles qu'employés de ménage, concierges, jardiniers, *et cætera*.

Je hoche distraitement la tête tout en continuant d'admirer les environs.

— Eh bien, bravo à eux ! Dommage qu'ils ne soient pas plus nombreux dans cette ville. Elle aurait grand besoin de leur savoir-faire.

— Tu n'es pas loin de la vérité, remarque-t-il avec un petit rire. Comparée à d'autres villes, Détroit concentre une part assez importante de leur population. C'est dans leur nature de vouloir nettoyer et réparer les choses. Pour leur espèce, rénover des quartiers entiers est un rêve. Le clan de Laagh est en grande partie responsable de la récente revitalisation de Corktown.

Je cligne des yeux, hébétée.

— Voilà qui est… intéressant.

C'est fou, plus j'en apprends sur le monde occulte, moins il me fait peur. Certes, il peut s'avérer dangereux et violent, et j'ai déjà frôlé la mort plusieurs fois depuis que j'en fais partie, mais on est loin du cauchemar éveillé. On y croise des personnes formidables, et j'ai maintenant la certitude que ce sont les occultes qui font battre le cœur de cette ville.

Tandis que je continue de secouer la tête, incrédule, Parker fait le tour de la voiture pour m'ouvrir la portière.

— Venez, mademoiselle l'inspectrice, allons examiner cette scène de crime.

Nous rejoignons Laagh sur les marches du perron. Inutile d'être un génie pour deviner que la grande tache sombre devant la porte est une flaque de sang séché. Je m'accroupis à côté en soupirant. Je n'ai aucune envie de la toucher mais, si je veux obtenir une empreinte, c'est là que j'ai les meilleures chances de la trouver.

— Nora ? s'enquiert gentiment Parker.

Je me secoue, puis souffle dans mes mains glacées pour les réchauffer.

— Ça va, donnez-moi juste une seconde.

Je pose la main à plat sur le perron, en plein milieu de la tache gelée. Je me retrouve immédiatement projetée dans les événements de la veille. L'intensité de l'empreinte est telle que je me prédis déjà un retour à la réalité déplaisant quand la vision prendra fin.

Il fait nuit, le silence règne dans la rue. Un petit homme vêtu d'un pantalon noir et d'un polo vert sapin enfonce sa clé dans la serrure de la porte d'entrée. Le badge de casino épinglé à ses vêtements dit : « Kimral Bonecoat – responsable ménage ». Bien que fatigué, il semble content et vit sa petite vie sans rien demander à personne.

Au moment où il tourne la clé dans la serrure, on entend un léger sifflement, puis une flèche se fiche soudain dans son dos. L'impact le fait tressauter, et une seconde flèche vient se planter à côté de la première. Le souffle coupé, il s'effondre sur le perron, face contre terre, avant de succomber dans une lente agonie en s'étouffant avec son propre sang. Choquée par la soudaineté de l'attaque, je reste immobile, pétrifiée. Ce n'est qu'en entendant un crissement de pneus que je pense à regarder vers la rue. Je tends le cou pour tenter d'apercevoir le coupable, mais ne distingue que la silhouette fugace d'un SUV noir en train de s'éloigner avant d'être éjectée de la vision.

J'émerge du souvenir en haletant. Heureusement, Parker est là pour me rattraper.

— Nora ? murmure-t-il, fou d'inquiétude.

Il m'aide à m'asseoir par terre tandis que je reprends mon souffle.

— Je vais bien. C'est la première fois que je vois quelqu'un mourir dans une empreinte. C'était… brutal.

Je m'agrippe la poitrine, où persiste une partie de la douleur.

— « Une empreinte » ? répète Laagh, perdu.

— Tu es sûre que ça va ? insiste le vampire.

J'acquiesce à l'intention de Parker, puis me tourne vers le brownie.

— Je perçois des visions du passé, de brefs souvenirs liés à de fortes émotions. Votre ami a reçu deux flèches dans le dos.

Laagh écarquille les yeux, puis confirme d'un hochement de tête.

— Oui, des flèches à pointes de fer.

— Comme pour Terrance. Les circonstances sont exactement les mêmes. Il n'a rien vu venir, ne se doutait de rien. Et là aussi un SUV noir a pris la fuite. Malheureusement, je n'ai toujours pas réussi à obtenir plus de détails sur la voiture.

Je lâche un soupir de frustration. C'est bien la première fois depuis que j'utilise ma psychométrie pour mener des enquêtes que je me tape une vision sans le moindre indice.

— Cette empreinte ne m'a fourni aucun élément exploitable. Rien, que dalle. J'en suis au même point qu'après l'attaque de Terrance, et je peux faire une croix sur d'autres empreintes. Le tueur était mobile, je n'ai plus rien à toucher.

Je me creuse les méninges pour trouver une idée, n'importe laquelle, qui pourrait nous aider. J'ai horreur de me sentir inutile.

— Les flèches ! m'écrié-je en me tournant vers Laagh. Vous avez toujours les flèches ? Je ne sais pas pourquoi je n'y ai pas pensé avec Terrance.

Le fae met un certain moment avant de me répondre.

— Je… Oui, je les ai. (Il me dévisage en clignant des yeux.) Donc… vous avez des visions ?

Je soupire intérieurement. J'ai beau vouloir garder mes pouvoirs secrets, il m'est de plus en plus difficile de les cacher à mesure que j'aide les gens. À ce stade, pourquoi lutter ?

— Des visions du passé, oui. Parfois. Ce sont en quelque sorte des fragments de mémoire. Et ils ont une date d'expiration : deux à trois jours maximum. Avec les flèches, il me sera peut-être possible de voir qui leur a tiré dessus.

Laagh me regarde avec de grands yeux, impressionné, puis opine du chef.

— Elles sont chez moi, en face. Je vais les chercher de ce pas.

Il file de l'autre côté de la rue en nous laissant poireauter dans le froid mordant. Je resserre mon nouveau manteau autour de moi et baisse les yeux sur la tache pourpre à mes pieds. Elle me rappelle les flots de sang qui coulaient des blessures de Terrance après son attaque. Le souvenir me fait frissonner.

— Je n'en reviens pas de ne pas avoir pensé aux flèches quand on a tiré sur Terrance.

— Tu avais d'autres soucis en tête, dit Parker en m'attirant d'un bras vers lui.

À ma grande surprise autant qu'à la sienne, je me blottis contre lui, acceptant son réconfort.

— Tu as sauvé Terrance, ajoute-t-il.

Je comprends ce qu'il veut dire, mais ça ressemble quand même à une excuse. Terrance a failli se faire tuer, et pas une fois je n'ai eu la présence d'esprit de me servir de mes dons pour découvrir l'identité de son agresseur.

— Si j'y avais pensé, j'aurais peut-être pu sauver la vie de cet homme.

Parker resserre son étreinte.

— Tu ne peux pas raisonner de cette manière. Tu les aides maintenant. Nous allons résoudre cette affaire et empêcher le tueur de faire de nouvelles victimes.

Il a raison, je ne dois pas m'appesantir sur le passé. Je respire profondément. L'instant d'après, Parker m'entoure de ses deux bras pour m'enlacer encore plus fort. Je me laisse aller contre lui. Oui, je commence à prendre goût aux câlins.

Je m'écarte cependant quand Laagh revient. Il nous considère un moment, comme s'il envisageait de faire une remarque ou de poser une question, puis se ravise finalement et me tend simplement les flèches. On les a nettoyées, mais ce n'est pas grave : laver une surface n'élimine pas les empreintes.

Je prends les projectiles et fais courir mes mains sur le fût. N'obtenant aucun résultat, je passe à l'empennage, puis à la pointe. Toujours bredouille, je répète le processus. Rien, pas même un flash.

— C'est absurde.

— Rien ? s'enquiert Parker, aussi étonné que moi.

Je secoue la tête, perplexe.

— Les empreintes sont une sorte de résidu émotionnel. On pourrait croire qu'un meurtrier éprouverait un minimum de fébrilité au moment de tirer sur un être vivant.

Le vampire fronce les sourcils d'un air songeur.

— À moins que les meurtres n'aient rien de personnel et que nous n'ayons pas affaire à un règlement de comptes, ni au délire macabre d'un sociopathe. Il s'agit peut-être de contrats.

— Ce serait un tueur à gages ? hasardé-je, les yeux écarquillés.

Laagh et moi échangeons un regard horrifié tandis que Parker acquiesce lentement.

— Ou un individu si détaché que la vie n'a pas de valeur à ses yeux.

— Super, c'est rassurant. On a affaire à un tueur de sang-froid.

— Mais qui voudrait assassiner Kimral ? s'indigne Laagh. C'était un homme charmant, il n'avait aucun ennemi.

Il n'était ni riche, ni important. Il n'avait aucune raison d'être assassiné.

— Terrance non plus, souligné-je tristement.

— Il doit y avoir un lien entre les victimes, avance Parker. (Il examine les flèches, puis le sang sur le perron, avant de se tourner vers Laagh.) Avez-vous constitué un dossier sur elles ?

Le brownie secoue la tête en signe de dénégation.

— Rien de tel. Nous ne savions même pas que d'autres meurtres avaient eu lieu avant que Terrance entame ses investigations. Comme je le disais, nous sommes solitaires par nature : nous vivons seuls ou en clans très fermés, et nous nous fréquentons rarement.

Je lui rends les flèches avec un soupir, totalement désemparée.

— Je suis navrée, je…

Une terrible frustration m'envahit lorsque mon regard se pose de nouveau sur le sang à mes pieds.

— Bon Dieu ! grogné-je en regardant Parker, impuissante. Je n'ai rien, pas le moindre indice. Je ne vois pas du tout comment faire avancer l'enquête. (Je croise le regard de Laagh avec une boule au ventre.) Je suis désolée. Je ne sais vraiment pas ce que je pourrais faire de plus.

Parker s'approche pour m'étreindre de nouveau.

— Il est possible d'élucider des crimes sans pouvoirs surnaturels.

— Je ne suis pas flic, Parker. Je n'ai pas du tout les compétences nécessaires.

Il me décoche un sourire renversant et déclare fièrement :

— Alors heureusement que je suis là. Je me suis occupé de ce genre de situation pendant des siècles pour Henry. J'ai même deux diplômes en justice pénale et en gestion de sécurité.

Je ne suis pas étonnée qu'il ait plusieurs diplômes universitaires ; il a amplement eu le temps de les acquérir. Les épaules délestées d'un énorme poids, je pousse un soupir de soulagement et lui offre un sourire reconnaissant. Ses traits s'adoucissent.

— Nous trouverons une solution, Nora. Ne t'inquiète pas tant.

Il me dépose un baiser sur le front. La douce caresse de ses lèvres me fait fermer les yeux et j'entraperçois des pensées pleines d'espoir : *Elle ne recule pas. Elle n'a même pas sursauté. Commencerait-elle réellement à me faire confiance ?*

Il me libère ensuite, presque comme s'il craignait d'abuser et de déclencher chez moi un réflexe de fuite. Il attarde encore un instant son regard sur mon visage, puis le reporte sur Laagh.

— Pourriez-vous au moins nous fournir une liste des noms et adresses des victimes, ainsi que les coordonnées de leurs proches ?

Le brownie continue de nous observer avec ce même air étrange. Il acquiesce lentement.

— Merci, répond Parker.

Nouveau hochement de tête de Laagh, qui ouvre puis ferme la bouche. Il réfléchit un instant et déclare finalement :

— Un vampire et une fae. C'est…

— … surprenant, termine Parker sans me laisser le temps de préciser que nous ne sommes pas ensemble.

D'un autre côté, je lui ai bel et bien accordé un tête-à-tête romantique, alors… peut-être sommes-nous effectivement ensemble d'une certaine manière. Mais ce raisonnement s'applique-t-il aussi pour Oliver et moi ? pour Rook ? Je ne sais même plus.

— Vous appartenez vraiment au clan de Terrance ? lui demande Laagh.

Parker confirme d'un signe de tête solennel tandis que j'acquiesce avec enthousiasme et lui explique :

— Il l'a revendiqué le soir de Thanksgiving. Et il a aussi accueilli Oliver Harrington. Vous le connaissez ? Un sorcier adorable. Il travaille pour l'AFO. Ils emménageront bientôt tous les deux dans la tanière.

Le petit homme en reste pantois.

— Un troll, une fae aux origines obscures, un vampire, et un sorcier en plus ?

Sa remarque me fait glousser.

— Certes, nous formons une famille peu conventionnelle, mais une famille malgré tout.

Laagh répond par un silence. Je crois qu'il ne sait trop que dire. Il se contente de nous dévisager encore pendant une minute, incrédule, puis finit par se reprendre.

— Je vais collecter ces informations et remettrai la liste à Terrance.

Avec à peine un regard pour Parker, comme s'il le jugeait simple d'esprit ou insignifiant, il me tend directement la main.

— J'ai une dette envers vous, mademoiselle Jacobs. Si jamais vous avez besoin de quoi que ce soit, j'espère sincèrement que vous me le ferez savoir.

Son visage s'est brusquement adouci. Une lueur bien trop familière brille dans son regard. Je n'ai pas envie de lui serrer la main, mais il serait impoli d'ignorer son geste. Lorsque j'avance la mienne, il la prend à deux mains et s'incline jusqu'à la toucher de son front. Je me crispe en entendant ses pensées.

Quelle magnifique créature ! Et quelle puissance ! Elle ne devrait pas perdre son temps avec un vampire. Elle pourrait avoir tous les faes qu'elle désire. Si seulement c'était moi qu'elle choisissait. Je pourrais peut-être profiter de l'enquête pour passer plus de temps avec elle. Lui montrer qu'elle aurait meilleur compte à fréquenter ses semblables.

Je retire ma main avec un sourire forcé en me répétant qu'il n'est pas entièrement responsable de cette attirance. En revanche, son mépris envers les vampires m'agace fortement – ce qui me surprend moi-même, compte tenu de ma peur viscérale à leur égard. C'est probablement dû au fait que Parker est un vampire et que je déteste l'idée que quiconque puisse le déprécier ou lui manquer de respect.

— Navrée de ne pas avoir pu vous aider ce soir. Je suis plus utile d'habitude.

Je m'en veux terriblement de lui avoir fait perdre son temps avec ce trajet. D'autant qu'il semblait si découragé au night-club et fondait tant d'espoir sur mon aide.

— Je vous promets de ne pas laisser tomber. Faites-moi signe si vous entendez parler d'un détail qui pourrait nous servir.

Son visage s'illumine.

— Naturellement. Peut-être pourrions-nous discuter de la liste des victimes autour d'un dîner ?

Cette fois, c'est limpide : il veut un rencard. Je me fends là encore d'un sourire courtois et recule. Parker m'entoure de son bras. Tant pis si c'est un geste possessif, je suis contente qu'il soit là.

— Nora et moi avons déjà des projets pour la soirée, répond-il à voix basse.

Un avertissement clair et net. Laagh braque un regard fielleux sur lui avec une fulgurance terrifiante. Parker répond par un sifflement féroce et ses yeux rougeoient. Ça n'aura pas traîné.

— Arrêtez !

D'une main, je force le vampire à faire un pas en arrière et lui adresse un regard réprobateur, que je fixe ensuite sur Laagh.

— Merci pour votre invitation, mais j'ai déjà quelqu'un. *(J'en ai même trois…)* Parker et moi ferons tout notre possible, et je vous tiendrai au courant de nos avancées.

Sans lâcher son bras, car il semble encore méchamment à cran, j'entraîne Parker vers la voiture. Nous avons parcouru la moitié du chemin quand le brownie me lance :

— Vous êtes une fae, Nora. Vous ne devriez pas perdre votre temps avec un sale suceur de sang. Vous valez mieux que ça.

Pas question que je réponde à cette insulte.

— Bonne nuit, Laagh.

Nous quittons le quartier des brownies sans prononcer un mot. Je ne sais pas pourquoi l'attirance du fae pour moi m'agace autant. Ça ne devrait plus me surprendre : toute ma vie j'ai eu droit à la même réaction de la part de la gent masculine. Et pourtant. À force d'être traitée comme une femme normale par les hommes qui constituent maintenant mon entourage, j'en étais sans doute venue à penser que ma malédiction m'accordait un certain répit. Quelle idiote !

Parker rompt le silence, sa voix douce me tirant de mes mornes réflexions.

— Tu as faim ? Veux-tu qu'on aille dîner ?

Je me sens brusquement fatiguée, déprimée et déçue après ce déplacement inutile jusqu'à la scène de crime, dont le seul résultat aura été de faire tomber Laagh sous mon charme.

— Franchement ? dis-je d'une voix trahissant mon épuisement. J'aimerais juste rentrer à la maison.

Parker me glisse un coup d'œil, masquant ses pensées derrière un visage inexpressif. Après un moment, il acquiesce doucement.

— D'accord. Veux-tu qu'on passe au night-club récupérer ta voiture ?

Je secoue la tête en signe de dénégation.

— Je suis venue avec Terrance.

Il acquiesce derechef, puis prend la direction de notre tanière. Un nouveau silence gêné s'installe. Je fais mine de regarder le paysage par la fenêtre, tentant de mettre de l'ordre dans le chaos inexplicable de mes sentiments.

Quand nous arrivons sous le pont, Parker serre le frein à main et se tourne vers moi.

— Pardon de m'être emporté. Je n'aurais pas dû. Mais je n'ai pas apprécié la façon dont il te regardait. Pardonne-moi, s'il te plaît.

Ses excuses me prennent de court. Je n'avais pas vraiment songé à sa réaction. Sa colère m'avait paru légitime.

— Ce n'est rien, je comprends. Son attitude était déplacée. Je ne suis pas fâchée, c'est juste que… (Je le regarde dans les yeux et soupire.) Je hais ce que je suis… la manière dont j'affecte les gens. Laagh ne t'aurait jamais parlé de la sorte si je ne l'avais pas subjugué malgré moi.

Le vampire lâche un petit ricanement.

— Tu serais surprise. Les faes sont très élitistes, de manière globale. Ils se croient mieux que tout le monde et ne se privent pas de le dire. En particulier face à des vampires. La plupart des races ont peu d'estime pour nous.

Ce n'est pas faux. La première fois que j'ai rencontré Laagh, j'étais coincée dans une cage à côté de la sienne et, bien que victime des mêmes ravisseurs, il n'avait pas témoigné beaucoup de respect à l'humaine que j'étais, ça c'est certain. Il s'était montré impoli, insultant, sans se préoccuper un instant de mon ressenti.

— Tu as sans doute raison, mais ça ne change rien. Il n'était pas lui-même. Pas totalement, pas vers la fin. Et c'est ma faute. Mon pouvoir l'a ensorcelé et l'a poussé à adopter un comportement inhabituel.

— Tu n'es pas responsable.

Je crois qu'on ne s'accordera pas sur ce point. Je pousse un soupir de lassitude. Parker descend de voiture et accourt de mon côté pour m'ouvrir la portière. Il m'aide à sortir, puis m'accompagne jusqu'à la porte. Un moment de flottement s'ensuit devant le seuil. Nous nous faisons face d'un air gêné, comme deux personnes rentrées d'un rencard se demandant quelle conclusion y apporter.

Puis il lève la main pour me ramener les cheveux derrière l'oreille.

— Ne te laisse pas décourager. Les choses finiront par s'arranger. Il y a déjà un net progrès. C'est beaucoup plus facile pour moi, maintenant.

Je déglutis. Je crois deviner ce qu'il veut dire, mais je pose malgré tout la question :

— Qu'est-ce qui est plus facile ?

— De te toucher. De me maîtriser. De ne pas perdre la tête en ta présence.

Je m'accroche à ce petit espoir.

— C'est vrai que tu parais moins énamouré de moi depuis quelque temps.

Il esquisse un sourire chagriné.

— Je n'irais pas jusque-là. Disons plutôt que je suis moins consumé par mes ardeurs quand je suis avec toi.

Mon visage s'enflamme malgré le froid hivernal. Je n'en reviens pas qu'il ait dit ça.

— Mon désir n'est plus aussi impérieux, ajoute-t-il en caressant mes joues rouges d'un revers de main. J'arrive même à garder les idées claires en ta présence. Enfin, parfois.

Ma bouche s'assèche. Tant mieux s'il y arrive, parce que j'en suis manifestement incapable. Il me fait de plus en plus d'effet à mesure que nous nous apprivoisons. Surtout ses caresses. Elles m'excitent davantage qu'elles ne m'effraient à présent.

Je m'humecte les lèvres, et ses yeux suivent le mouvement de ma langue.

— Tu pensais vraiment ce que tu as dit à Laagh ? m'interroge-t-il.

J'ignore à quoi il fait référence. Il m'est impossible de réfléchir si près de lui.

— Tout à l'heure… quand tu lui as dit que tu voyais déjà quelqu'un. Tu le pensais vraiment ou c'était une manière de repousser gentiment ses avances ?

Mon cœur cesse de battre une seconde, et je réprime une montée de panique.

— Je ne sais pas. Sans doute. Je veux dire… on est plus ou moins ensemble, non ?

Une expression de tendresse pure adoucit ses traits. Il acquiesce.

— On dirait en effet les prémices d'une relation.

Un nouveau silence s'installe. Parker fixe son regard sur mes mains enfouies dans mon manteau. Après un long moment, il relève la tête en me scrutant à travers ses cils et me demande tout bas :

— Est-ce que tu *veux* être avec moi ?

Je n'arrive plus à respirer. Il est tellement beau. Ses yeux pénétrants, si plein d'espoir et de promesses, me chavirent. Le cœur battant, la bouche sèche, je sens une nuée de papillons envahir mon ventre. Malheureusement, l'anxiété et la culpabilité viennent piétiner ce tourbillon de sentiments chauds et agréables. Je détourne le regard vers la rivière.

— Je ne sais pas ce que je veux.

— En es-tu sûre ?

Je hausse les épaules, toujours incapable de le regarder en face.

— Nora.

Je ferme les yeux.

— Regarde-moi.

Comme je reste immobile, il me saisit délicatement le menton, puis ramène mon visage vers le sien. Ses pensées m'envahissent, rendant ce moment d'autant plus difficile : *Elle sait qu'il se passe quelque chose entre nous. Elle tient à moi, c'est évident. Comment lui faire comprendre ?*

— Veux-tu de moi ? demande-t-il.

Je déglutis nerveusement, la langue collée au palais. Parker attend patiemment ma réponse.

— Oui, avoué-je.

Je perçois aussitôt une explosion de soulagement et d'espoir dans son esprit. Je ferme les yeux pour résister à l'assaut de mes propres émotions. Je dois me montrer totalement honnête avec lui, quitte à le blesser.

— Oui, je te veux, Parker. Tout comme je veux Oliver et Rook. (Je secoue la tête, démunie.) Je ne sais pas comment choisir.

Il me caresse les lèvres du pouce. *Cette situation me met au supplice. Je déteste la voir souffrir. Son cœur est trop grand. Que faire ? Je ne veux pas l'oppresser, mais je ne peux pas non plus renoncer à elle. C'est impensable.*

Ses pensées me donnent envie de pleurer. Je rouvre enfin les yeux. Les larmes menacent de jaillir à tout instant.

— Nora, murmure-t-il en posant le regard sur ma bouche. Me permets-tu d'essayer de nouveau ?

Je n'ai pas besoin de lui demander des éclaircissements. Il repense à notre dernier baiser, à l'accès de panique que m'a causé son emportement. Il est convaincu de pouvoir se dominer cette fois. J'hésite. Je suis moins confiante que lui, mais je veux croire qu'il en est capable. J'ai besoin d'y croire. Et puis j'ai envie de lui, tout simplement. Il est si près, me regarde avec tant de passion ; mon corps entier réclame le sien.

— D'accord.

Parker m'observe un instant, comme pour juger si je suis réellement consentante. Puis il incline son visage et capture mes lèvres dans un doux baiser. Les sensations mêlées de sa bouche glacée et de son souffle brûlant m'électrisent. Ma peau est frigorifiée, mais une chaleur intense se propage très vite en moi. Je m'abandonne à lui en empoignant les revers de son manteau. Plaçant les mains sous mes coudes, il approfondit doucement notre baiser.

Ses pensées immédiates sont absorbées par le contact de nos lèvres, par la sensation et la saveur de ma bouche, mais il reste maître de lui-même. Dans un coin de son esprit, il demeure attentif à la situation. Il agit avec prudence, évitant tout geste brusque. Il ne veut pas risquer de m'effrayer ou de provoquer un nouvel accès de panique. Il tient à me prouver que, oui, il se maîtrise beaucoup mieux à présent. Il veut me montrer qu'une relation est possible entre nous.

C'est lui qui s'écarte le premier, bien que je perçoive sa réticence. Nous sommes tous deux hors d'haleine et, bizarrement, je me retrouve incapable de lâcher son manteau. Il me prend alors les mains d'un air attendri pour se libérer.

— Si je ne pars pas tout de suite, ce sera bientôt au-dessus de mes forces.

À court de mots, je me contente d'acquiescer.

— Va vite te mettre au chaud et verrouille la porte. Je reviendrai demain soir.

Mon cœur bondit dans ma poitrine. J'avais oublié.

— Le déménagement, balbutié-je.

— Le déménagement, confirme-t-il, un doux sourire sur le visage.

Je me mords la lèvre inférieure, et Parker recule avec un soupir.

— Repose-toi. Nous mettrons au point une stratégie pour retrouver le tueur dès mon arrivée demain.

— Tu penses vraiment qu'on peut faire quelque chose ? demandé-je avec un regain d'espoir.

Il confirme d'un hochement de tête.

— On trouvera une solution. Tu verras.

Chapitre 8

Entre mon échec sur la scène de crime, l'incroyable baiser de Parker et l'excitation de les voir emménager ici, Oliver et lui, j'ai à peine fermé l'œil de la nuit et passé mon après-midi à faire les cent pas dans la tanière. Alors que j'entame un énième aller et retour entre ma chambre et le salon, Terrance me lance depuis son bureau :

— Nora, si tu ne te calmes pas, je jure de te scotcher les fesses au canapé !

Ce n'est jamais une bonne idée d'énerver un troll, même quand celui-ci vous aime profondément. Je m'affale donc sur le canapé avec un soupir et m'empare de la télécommande. Après quelques minutes à naviguer sans but sur Netflix, j'entends sonner à la porte. Une décharge d'excitation me traverse. Enfin !

— J'y vais !

Je me précipite en haut de l'escalier et ouvre la porte avec un sourire radieux. Oliver se tient devant moi, un carton dans les bras. Je ressens une agréable chaleur en dépit de l'air glacial qui s'engouffre à l'intérieur. Oliver me fait toujours cet effet-là. Normal, c'est mon rayon de soleil.

— Salut, bredouille-t-il timidement.

Il a les joues rouges. Je ne saurais dire si c'est à cause du froid ou s'il vient de piquer un fard. Ça faisait un moment qu'il ne s'était pas montré timide avec moi. D'un autre côté, il est là aujourd'hui pour emménager chez moi. Même si on est loin de la démarche d'un couple qui emménage ensemble, ça reste un sacré pas dans notre relation. Je comprends sa nervosité, car je suis moi-même un peu stressée.

— Salut, réponds-je, avant d'aviser gaiement les flocons de neige sur son bonnet. Ça commence vraiment à tomber, hein ?

Il opine du chef.

— Je te rassure, je n'ai pas grand-chose à descendre.

— Parfait. Mettons-nous au travail.

Je tends les mains vers son carton. Il me le remet sans discuter, puis retourne à sa voiture chercher d'autres affaires. Je dévale les marches et vois Terrance sortir de son bureau au moment où je dépose le carton dans la chambre d'Oliver. À nous trois, nous arrivons à tout transporter à l'intérieur en un voyage.

— C'est tout ? m'étonné-je en contemplant les deux cartons, le panier à linge, le sac en toile et la pile de costumes de travail posés sur le lit.

Sans les meubles et ustensiles de maison qu'il n'avait pas besoin d'apporter, il a aussi peu d'affaires que j'en avais le jour de mon emménagement.

— Veux-tu qu'on t'aide à ranger, ou tu dois filer ?

Il consulte sa montre.

— J'ai quelques minutes devant moi.

— Tu as mangé ? s'enquiert Terrance, avant d'ajouter quand Oliver secoue la tête : Je vais te préparer un sandwich.

Déconcerté par sa proposition, le jeune sorcier secoue la tête derechef.

— Ne t'embête pas. Je me prendrai quelque chose en route.

J'esquisse un sourire discret, sachant parfaitement comment ça va se terminer. Sans surprise, Terrance lui oppose son regard le plus intraitable.

— Je vais te faire un sandwich, répète-t-il d'un ton qui ne laisse pas place à la discussion. Tu préfères quoi : dinde ou rosbif ?

Le pauvre Oliver reste aussi muet qu'une carpe. Je vole à son secours en répondant à sa place :

— Il préfère le rosbif.

Terrance quitte la pièce et je glousse en voyant Oliver le suivre du regard, l'air toujours aussi désarçonné.

— Tu fais partie de son clan maintenant, lui expliqué-je gentiment. De sa famille. Et Terrance prend son rôle de chef de clan très à cœur. Il s'occupera de toi que tu le veuilles ou non. Ça ne sert à rien de discuter. Crois-moi, je sais de quoi je parle.

Le jeune homme déglutit et cligne des yeux à plusieurs reprises. Je n'ai pas besoin d'entendre ses pensées pour comprendre qu'il est en proie à des émotions déchirantes.

— On finit par s'y habituer, dis-je en lui donnant une pression amicale sur l'épaule, avant d'attraper les costumes posés sur le lit.

Je suis bien placée pour savoir le bouleversement qu'on ressent quand, après des années de solitude, quelqu'un prend soudain soin de vous.

Oliver se ressaisit et, sans un mot, empoigne son sac en toile. J'accroche les costumes dans la penderie tandis qu'il entreprend de ranger ses vêtements dans la commode. En ouvrant ensuite l'un des cartons, je découvre un assortiment d'objets divers, dont une photo encadrée de lui au côté d'une jolie blonde aux cheveux bouclés, d'environ deux-trois ans plus jeune que lui. La femme a pris elle-même la photo en tenant l'appareil devant eux. De son bras libre, elle serre Oliver contre elle en adressant un grand sourire à l'objectif. Celui d'Oliver est plus hésitant, presque maussade, et s'accompagne de joues légèrement roses. Il paraît adorablement mal à l'aise et étrangement heureux à la fois.

Quelque chose s'enflamme en moi, et j'éprouve subitement une intense colère. Il me faut un moment pour comprendre que c'est de la jalousie. J'ai bien conscience que ce sentiment est tout à fait déplacé étant donné que je sors plus ou moins avec trois hommes simultanément, mais le fait d'imaginer Oliver au bras d'une autre me rend malade.

— Qui est-ce ? demandé-je en feignant la nonchalance.

Son visage s'éclaire quand il voit la photo.

— C'est Elle.

La surprise remplace la jalousie, en même temps qu'un immense soulagement.

— Elle, ta petite sœur ?

— Dans toute sa glorieuse folie ! opine-t-il.

Je ne peux m'empêcher de sourire.

— Elle a l'air sympa. Et elle paraît presque aussi adorable que toi.

Il lève les yeux au ciel, puis se remet au rangement. En examinant la photo de plus près, je remarque en effet un petit air de famille. Ils sont tellement mignons ensemble. Je suis contente qu'il ait au moins une photo de sa sœur.

Oliver a été mis à la porte du domicile familial le jour de ses dix-huit ans, renié et déshérité par ses parents. La communauté des sorciers l'a rejeté car, bien qu'étant le sorcier le plus puissant de pratiquement tout le Midwest, il refuse d'employer sa magie. Ses pairs le considèrent comme une honte et ses parents voient en lui une gêne. Ça lui est bien égal de ne plus avoir de contact avec son père et sa mère ; il n'a jamais eu de bien à en dire. En revanche, il me parle souvent de sa petite sœur.

— Je croyais que tu n'avais pas revu ta famille depuis tes dix-huit ans, dis-je en posant le cadre sur la commode. Cette photo est visiblement récente.

L'espace d'un instant, Oliver paraît affolé, puis il semble se souvenir que c'est juste moi, Nora, et que son secret n'est pas menacé.

— Je parlais uniquement de mes parents.

Il regarde de nouveau la photo, l'air lointain. Ressentant le besoin de me rapprocher de lui, je glisse un bras autour de sa taille. Il fait de même sans réfléchir, et j'appuie ma tête sur son épaule.

— Nous avons toujours été proches, elle et moi, m'explique-t-il sans détacher les yeux du portrait. J'étais effondré de devoir la quitter. Je ne l'ai pas revue pendant des années mais, quand elle a enfin atteint l'âge de quitter la maison de nos parents et d'être moins surveillée, elle a repris contact avec moi. Nous ne nous voyons pas souvent malheureusement, de crainte que la communauté des sorciers la rejette également si on s'aperçoit qu'elle me parle encore. Cela dit, nous arrivons quand même à nous retrouver en catimini de temps en temps.

— Je suis contente pour vous.

— Il faudra que je te la présente un jour, dit-il en me serrant un instant contre lui.

Une vague de bonheur m'envahit. Je n'ai jamais été assez proche de quelqu'un pour mériter d'être présentée à sa famille.

— J'en serais ravie.

À la surprise d'Oliver, je me dresse sur la pointe des pieds pour l'embrasser sur la bouche. Un simple baiser, doux, très bref, mais qui me paraît naturel à cet instant. Lorsque je recule, Oliver me dévisage avec un sourire en coin.

— C'est en quel honneur ?

Je hausse les épaules.

— Je suis contente que tu sois là. Et puis ça m'aide beaucoup d'être à l'initiative des contacts physiques. J'essaie de le faire plus souvent pour apprendre à être moins nerveuse. Pour m'entraîner, tu comprends ?

Il me gratifie d'un autre sourire espiègle.

— Moi aussi je suis content d'être là, et tu peux t'entraîner sur moi quand tu veux.

Je pouffe, puis il se penche vers moi et le rire meurt sur mes lèvres. Je vais à sa rencontre. Notre baiser a juste le temps de devenir torride avant que Terrance se racle la gorge depuis le seuil de la chambre. Oliver et moi nous séparons aussitôt. Je suis trop embarrassée pour regarder le troll dans les yeux, mais ce dernier se contente de sourire d'un air goguenard.

— Les sandwichs sont prêts, annonce-t-il, avant de s'éclipser dans le couloir.

Laissant Oliver s'habiller pour le travail, je rejoins Terrance dans la cuisine. Finalement, il a préparé des sandwichs pour tout le monde. Comme il ne fait aucun commentaire sur le baiser, je décide de ne pas revenir dessus. Je prends des bouteilles d'eau dans le réfrigérateur et m'assois devant l'îlot central. Terrance m'envoie un sandwich à la dinde.

— Laagh vient de m'appeler, raconte-t-il en faisant glisser une feuille vers moi. Voici la liste que tu as demandée. Certaines victimes n'avaient pas de famille ou de clan à contacter. Les faes sont des gens solitaires.

Je sens ma bonne humeur s'envoler en parcourant la liste. Voir les noms des onze victimes rend ces meurtres affreusement réels, et écrits ainsi, les uns à la suite des autres, leur nombre paraît écrasant. Tant de morts déjà, et c'est sur moi qu'on compte pour y mettre un terme. Je souffle lentement.

— Connaissais-tu certains d'entre eux ?

Le troll s'accoude au plan de travail, face à moi, et mord dans son sandwich.

— Quelques-uns. Uriel Rorel et Arlim Brywn appartenaient au même clan de gobelins. C'étaient deux gros profiteurs qui cherchaient souvent les ennuis. On les trouvait sans cesse fourrés dans les bars, les salles de billard, les casinos, bref, tous les endroits où ils pouvaient dénicher des humains à escroquer. De vrais gobelins, donc. Ils auraient des ennemis que ça ne m'étonnerait pas, mais les autres…

Il laisse sa phrase en suspens en secouant la tête.

— Sibia Sylveblanc était une dryade, poursuit-il. On ne fait pas plus paisible que ces créatures et elles sont très respectées parmi les faes. Abigail Arcone était une banshee solitaire mais plutôt sociable. Elle travaillait comme coordinatrice événementielle à l'hôtel de Henry et passait beaucoup de temps à l'*Occulte*. Et Kieran Traric était un sidhe puissant. Solitaire, lui aussi. Je le connaissais bien, il était garde du corps pour un riche sorcier très investi en politique. Bizarrement, son meurtrier n'a pas touché au sorcier. C'était seulement lui la cible. Je me demande encore comment le tueur a fait pour l'avoir.

Il s'interrompt brusquement et prend une autre bouchée de sandwich. Le regard fixé sur son assiette, il ferme l'autre poing d'un air morose.

Mon cœur se serre de le voir si bouleversé. Il connaissait ces gens personnellement. C'étaient ses amis.

— Je suis vraiment navrée, Terrance.

Il relève alors la tête et plonge son regard dans le mien.

— Mon instinct est de te tenir à l'écart de cette histoire, mais Laagh a raison. Personne ne nous aidera, et ce tueur doit être arrêté. (Il s'assombrit.) Retrouve-le, Nora. Retrouve-le pour que je l'étripe de mes propres mains.

Ma respiration se bloque. Que Laagh et une bande d'inconnus fassent appel à moi est une chose, mais que Terrance lui-même me demande d'intervenir c'est une tout autre histoire. J'en faisais déjà une affaire personnelle depuis son agression mais, à présent, je dois aussi retrouver ce tueur pour lui. Il en a besoin, je le lis dans son regard. Je l'entends à sa voix.

Le poids désormais accablant de ma mission me suffoque presque. Il me faut un moment pour retrouver l'usage de la parole.

— Je te le promets.

Et je le pense. Peu importe ce qu'il m'en coûtera ; je retrouverai ce tueur, point final. Je n'ai plus le choix. Je ne veux pas décevoir Terrance.

Un silence profond s'abat entre nous. Un silence qui perdure jusqu'à ce qu'Oliver entre dans la cuisine. Il est si séduisant dans son costume que j'en oublie un instant mes soucis. S'il est mignon dans ses habituels jean, tee-shirt geek et sweat à capuche, il est aussi très beau en veste et cravate. J'adore les deux facettes de sa personnalité.

Il m'embrasse sur le front, puis s'installe sur le tabouret à côté du mien. Terrance pousse une assiette vers lui tandis que je lui passe une bouteille d'eau.

— Merci, c'est vraiment très gentil, bredouille-t-il à l'intention du troll, encore un peu déstabilisé par les habitudes de la maison.

Terrance fronce les sourcils. Il n'aime pas qu'on le remercie pour ce qu'il estime être son devoir et, à ses yeux, il est maintenant de son devoir de veiller sur Oliver.

— Tiens, bougonne-t-il en lui donnant un double des clés de la maison. C'est pour toi. Et demain tu m'accompagneras à la concession auto. On échangera ton vieux tacot contre une vraie voiture.

Le sorcier blêmit.

— Non. C'est inutile. Tu n'as pas besoin de…

— Pas de discussion. Elle date de quand cette épave ?

— De 1998, répond le jeune homme en rougissant.

Terrance émet un reniflement de mépris.

— Pas fiable. On va t'en dégotter une neuve.

Oliver secoue la tête en signe de refus.

— Mais je n'ai pas les moyens…

— Je suis le patron de la concession. Je m'occuperai de tout.

— Mais…

— Il n'y a pas de mais. (Évidemment, il lui sort aussitôt son air de videur implacable.) Tu fais partie de mon clan. Il te faut une meilleure voiture, et j'en ai plein.

Interdit, Oliver se contente de le dévisager, bouche bée. Je détourne la tête pour cacher mon amusement. Terrance m'a fait le même coup le lendemain de mon emménagement.

— Demain, décrète le chef de clan.

Je laisse échapper un petit rire, car le ton de sa voix sous-entend clairement : « Sinon, gare ! »

Oliver se tourne vers moi pour implorer mon aide. Je hausse les épaules, incapable de contenir mon sourire plus longtemps.

— Tu as vu ma voiture. Tu crois vraiment que j'ai eu le dernier mot ?

— Je… euh…

Il me regarde en clignant des yeux, puis reporte son attention sur Terrance et déglutit. Je vois bien qu'il aimerait persister dans son refus, mais le troll sait se montrer intimidant quand il veut obtenir gain de cause. Il devient impossible d'argumenter.

— Eh bien, si tu insistes…

La mine renfrognée de Terrance cède immédiatement la place à un sourire satisfait, assorti d'un hochement de tête approbateur.

— Parfait, conclut-il, avant de remarquer l'assiette à peine touchée du garçon. Mange.

Oli prend promptement le sandwich.

Après son départ pour le travail, j'examine plus en détail la liste que Laagh nous a fournie. Sachant que Parker ne sera pas là avant une bonne heure et que j'aurai besoin de m'occuper en attendant, je décide de prendre de l'avance sur l'interrogatoire des proches des victimes. Les deux premiers noms sont désignés comme des sidhes solitaires. Le contact qui leur est associé n'est apparemment pas un proche, mais une « connaissance ».

— Allons-y, soupiré-je en composant le numéro.

Au bout de deux sonneries, une voix grave et feutrée répond.

— Allô ?

— Bonjour, je souhaiterais parler à Illren Kovros, je vous prie.

— C'est moi.

Sa manière de s'exprimer, si froide, si compassée, me donne la chair de poule. Elle exsude le danger. Je ne suis plus très sûre de vouloir lui parler. Je me ressaisis cependant en me rappelant que j'ai besoin de renseignements et que je n'ai aucune raison de craindre cet homme. Me raclant la gorge, je me force à poursuivre :

— Bonjour, Nora Jacobs à l'appareil. Je suis barmaid à l'*Occulte*.

— J'ai entendu parler de vous. La petite humaine qui a charmé un troll.

Hérissée par son ton condescendant, je sens le feu me monter aux joues. Heureusement qu'il ne peut pas me voir. Pour donner le change, je mets autant d'assurance que possible dans ma voix.

— Exactement. Sauf qu'en fin de compte je ne suis pas du tout humaine. Je suis une fae. Une fae puissante, à ce qu'il paraît.

— Je connais la rumeur.

Il n'a pas l'air impressionné. En soi, je m'en moque, mais son attitude hautaine m'exaspère.

— Que me voulez-vous ?

Je grince des dents et me fais violence pour paraître calme.

— Je souhaiterais m'entretenir avec vous. J'enquête sur les récents meurtres de faes qui ont eu lieu à Détroit. On m'a dit que vous connaissiez Shael Kelkas et Nei Bibella, et que vous pourriez avoir des informations susceptibles de nous intéresser.

Un long silence me répond. Je retiens ma respiration. J'ignore ce qui me rend si nerveuse. Je ne fais rien de mal ; on m'a demandé de mener les investigations.

— Pourquoi feriez-vous cela ? dit-il finalement. Que croyez-vous pouvoir apporter à cette enquête ?

Ce type commence vraiment à me taper sur les nerfs. Je ne suis pas une imbécile.

— Plusieurs clans et familles des victimes ont fait appel à moi pour tenter de retrouver le tueur, répliqué-je en laissant quelque peu transparaître mon irritation. Ils se sont tournés vers moi parce que personne ne lève le petit doigt, et que je suis déjà venue en aide à d'autres occultes par le passé.

— Les occultes disparus, énonce-t-il doctement. Et les loups-garous.

Décidément, Monsieur en connaît un rayon sur Nora Jacobs. Je perds patience.

— Si vous en savez tant sur moi, je peux savoir ce qui me vaut cet interrogatoire ?

Il répond à ma question par une autre :

— Combien vous paient-ils ?

Je lâche un rire scandalisé.

— Rien, ils n'ont pas à me payer.

— Vous voulez me faire croire que vous aidez les faes par pure bonté d'âme ?

Sa voix suinte le sarcasme. Vexée par son incrédulité, je rétorque :

— Oui, je les aurais aidés sans rien demander dans tous les cas, comme je l'ai fait pour les occultes kidnappés et les loups-garous. Cette fois, néanmoins, il s'agit aussi d'une affaire personnelle. Cette ordure s'en est prise à Terrance. Il paiera pour son crime. De plus, je suis moi-même fae, donc une cible potentielle. Si je peux contribuer d'une quelconque manière à l'arrestation de ce type, je le ferai sans hésitation, et plutôt deux fois qu'une. Je ne suis pas une propre à rien. J'ai beau ne pas être flic, je possède des dons qui me rendent utile.

Un nouveau blanc s'ensuit. Cependant, lorsque Illren reprend la parole, son dédain s'est effacé derrière une note de curiosité.

— Et ces dons sont… ?

Je serre les mâchoires, décidée à ne plus m'emporter, mais ne peux empêcher une pointe d'agacement de percer dans ma voix.

— Des dons que je n'explique pas à de parfaits inconnus.

Un petit rire se fait entendre à l'autre bout du fil. Je tressaille. Il me trouble à plus d'un titre, à la fois effrayant et sensuel.

— Très bien, mademoiselle Jacobs, susurre-t-il d'une voix suave. Nous allons d'abord faire connaissance. Retrouvez-moi à l'*Occulte* à 23 heures.

— Je vous demande pardon ?

Son brusque changement d'attitude m'interloque. Il paraît soudain amusé, presque charmeur.

— J'ai des informations qui pourraient se révéler utiles pour votre enquête. Nous en discuterons ce soir autour d'un verre.

— Attendez une seconde. (Ça ressemble drôlement à un rencard et il n'est pas question que j'aille boire un verre avec ce type.) Pourquoi ne me dites-vous pas simplement… ?

— Vingt-trois heures, ne soyez pas en retard, m'interrompt-il. Et, mademoiselle Jacobs ?

Je suis si abasourdi que je ne trouve même pas ma voix pour le rembarrer.

— Que… quoi ?

Il glousse derechef.

— Je suis impatient de vous rencontrer.

Puis il raccroche sans me laisser le temps de protester.

Chapitre 9

L'humeur de Parker s'assombrit lorsqu'il débarque en fin de journée avec toutes ses affaires et que je lui parle du fameux coup de fil. Il passe ensuite la soirée à ruminer et desserre à peine les lèvres dans la voiture quand nous nous rendons à l'*Occulte*. Terrance est déjà sur place, en train de se livrer à son activité favorite : filtrer les entrées dans la boîte.

— Parker, Nora, qu'est-ce qui vous amène ? Je croyais que vous deviez creuser du côté des familles des victimes ce soir.

— C'est le cas, dis-je, exaspérée.

— Elle s'est fixé un rencard avec Illren Kovros, répond Parker en me jetant un regard noir.

Terrance se raidit et me regarde à son tour d'un air réprobateur.

— Tu as accepté un rencard avec Illren Kovros ?!

Je lève les mains au ciel en gémissant :

— Ce n'est pas un rencard ! Et je n'ai rien fixé du tout. C'est lui qui a exigé qu'on se rencontre, avant de raccrocher sans me demander mon avis.

— Tu ne comprends pas, rétorque le vampire d'un ton sec. Illren Kovros est un homme dangereux. C'est un mercenaire, un tueur à gages. Et, à en croire sa réputation, il fait un excellent travail.

La peur m'étreint la poitrine quand je revisite l'impression qu'il m'a faite au téléphone à la lumière de cette information. Je n'ai aucun mal à imaginer cet homme en tueur. Je pâlis, une terrible possibilité me venant à l'esprit.

— Vous ne pensez pas qu'il puisse être notre coupable ?

Parker et Terrance échangent un regard inquiet. Le fait qu'aucun des deux ne réfute immédiatement cette hypothèse me glace d'effroi.

— On ferait peut-être mieux de ne pas y aller. Il y a d'autres personnes à contacter sur la liste. On pourrait par exemple rendre visite aux gobelins à la place.

Terrance secoue la tête en signe de dénégation.

— Tu as déjà accepté de le voir. Tu ne peux pas l'insulter en lui faisant faux bond.

— Sauf que je n'ai pas vraiment l'impression d'avoir donné mon accord, grommelé-je. Et si c'est lui le tueur ?

J'ai peut-être parlé un peu trop fort. Plusieurs personnes dans la file d'attente me lancent un regard intrigué. Je baisse la voix et siffle :

— Je ne peux pas aller à la rencontre d'un meurtrier.

— Nous n'avons pas le choix, soupire Parker. Il serait malavisé d'insulter Illren Kovros.

— Mais…

— Nous serons là, Terrance et moi, pour veiller au grain, me coupe-t-il en me poussant à l'intérieur.

Terrance marmonne quelque chose au videur, puis nous emboîte le pas.

— Rook et Wulf travaillent aussi ce soir, ajoute-t-il. On sera tous là pour garder un œil sur toi. En admettant qu'Illren soit le tueur, il ne tentera rien en notre présence.

— Et puis tu sauras tout de suite s'il te veut du mal, me fait observer Parker. Ton don prémonitoire t'avertira. Au premier signe de danger, préviens-nous et nous interviendrons.

Ils n'ont pas tort. Je saurai immédiatement si ce fameux Illren a l'intention de s'en prendre à moi. Et qui toucherait à une femme escortée par un vampire, deux loups-garous dominants et un troll ?

— Après tout, il m'a affirmé posséder des informations qui pourraient s'avérer utiles. Autant voir ce qu'il a à dire.

Nous nous rendons au bar de la discothèque principale. Comme nous sommes en semaine, il n'y a pas grand monde. Wulf nous accueille avec un sourire, qui s'efface aussitôt qu'il voit nos mines graves.

— Qu'y a-t-il ?

— Avec un peu de chance, rien, répond Parker. Nous avons rendez-vous avec un mercenaire fae au sujet des meurtres. Il manifeste un intérêt marqué pour Nora. Rien ne laisse soupçonner un piège, mais nous ne voulons prendre aucun risque.

Wulf acquiesce et tire un talkie-walkie de sa ceinture.

— Rook, amène-toi. Nora a besoin de renforts.

Le métamorphe ne tarde pas à nous rejoindre. Une fois que nous lui avons exposé la situation, je me perche sur un tabouret et m'efforce de prendre de longues inspirations régulières. L'heure approche, je me sens devenir nerveuse. Plus que cinq minutes.

— Au fait, comment je vais faire pour le trouver ? L'un de vous sait à quoi il ressemble ?

— Je suppose que c'est moi que vous cherchez, dit une voix feutrée juste derrière moi.

Je parviens, par je ne sais quel miracle, à ne pas sursauter, mais un frisson me trahit. Sa voix est encore plus inquiétante en vrai qu'au téléphone.

Rassemblant mon courage, je pivote pour lui faire face et laisse échapper malgré moi un hoquet de stupeur en le découvrant. Il est d'une beauté saisissante – aussi sublime que Ren, qui est tout de même un incube. Toutefois, la ressemblance s'arrête là. La beauté de cet homme a quelque chose d'effrayant. Ses traits parfaitement symétriques, un brin féminins, contrastent avec l'aura de puissance et de danger qui émane de lui. Dans ses yeux d'un violet surprenant dansent de sombres reflets d'intelligence et de secrets. Ses longs cheveux noirs rejetés en arrière révèlent des oreilles pointues. Ils lui tombent au-dessous des épaules et ont le même aspect sauvage et dépeigné que possèdent les miens depuis que ma nature fae s'est libérée. Si je devais résumer son apparence à un seul mot, je dirais : « létale ».

— Illren Kovros ? demandé-je en faisant un effort pour paraître confiante.

L'homme incline la tête en signe de confirmation sans me quitter du regard. Il reste un moment immobile, à m'étudier en silence, et son regard perçant me donne envie de disparaître sous terre. Il me détaille de la tête aux pieds, puis promène son regard scrutateur sur mes amis.

— Ravie de vous rencontrer, dis-je, me contentant de hocher légèrement la tête comme il l'a fait, plutôt que de lui serrer la main.

— Tout le plaisir est pour moi, murmure-t-il, avant de désigner d'un geste une petite section de la salle délimitée par un cordon. Si vous voulez bien me suivre, je nous ai réservé une table dans le carré VIP afin que nous puissions discuter en privé.

— Naturellement.

Je le suis obligeamment, Parker, Terrance, Wulf et Rook sur les talons. Quand nous atteignons l'entrée du coin VIP, Illren nous arrête et embrasse du regard ma petite troupe de gardes du corps. Je le vois réprimer un sourire.

— Vous êtes bien entourée, mademoiselle Jacobs.

Ne sachant que répondre, je hausse les épaules. Parker s'adresse alors à lui, d'une voix aussi mesurée et feutrée que la sienne :

— Nous n'avons pas l'intention de la laisser seule avec vous. Votre réputation vous précède, Kovros.

Illren acquiesce d'un bref signe de tête.

— Le contraire m'inquiéterait. Cependant, Mlle Jacobs n'a rien à craindre de moi.

— Peut-être, concède Parker, avant de reprendre la posture de Terrance, les bras croisés, les jambes écartées, un air de défi sur le visage. Mais cela ne change rien au fait que nous ne la laisserons pas seule.

Une lueur dangereuse traverse le regard du fae. Mon cœur se fige.

— Parker m'aide sur l'affaire, m'empressé-je de lui expliquer afin d'apaiser la tension naissante, car j'ai le sentiment qu'un affrontement prendrait vite une tournure fatale.

Illren détache lentement son regard du vampire pour le fixer sur moi.

— Vous ne me semblez pas le genre de femme à se réfugier derrière un homme… (il jette un nouveau coup d'œil au groupe derrière moi) ou quatre. C'est vous qui m'avez contacté, mademoiselle Jacobs. Je ne vous ai donné aucune raison de vous méfier de moi. Veuillez me faire la courtoisie de congédier votre escorte. Leur défiance m'offense.

Je soupire intérieurement. Je veux bien admettre qu'il est sans doute un peu grossier de solliciter l'aide d'une personne puis de se pointer au rendez-vous avec quatre gorilles.

— Soit. Les gars, vous nous laissez quelques minutes ? (Je lève une main pour prévenir toute protestation.) Je ne perçois aucun danger chez lui, mon sixième sens ne détecte rien. Il ne me veut aucun mal.

— Pour l'instant, grogne Terrance.

Je lève les yeux au ciel, retrouvant un peu de mon aplomb. Je fais assez confiance à mon don prémonitoire pour me protéger.

— S'il change d'avis, je le saurai tout de suite et vous pourrez lui tomber dessus. En attendant, s'il souhaite me parler en privé, laissez-le faire.

Ma décision les contrarie, mais ils capitulent.

— On ne sera pas loin, prévient le troll en jetant un regard mauvais à Illren. On ne la quittera pas des yeux.

Sa menace me fait sourire.

— Je n'en attends pas moins de vous, T-rex, dis-je avant de me tourner vers Illren. Si nous allions nous asseoir pour discuter ?

D'un regard, je le mets au défi de pinailler. Il hésite, comme s'il envisageait justement d'argumenter, puis il ébauche un petit sourire et lève une main vers un box vide au fond du carré VIP.

Mes grands gaillards vont se poster à divers endroits pour monter la garde, sans nous perdre de vue. Les loups-garous et le vampire nous entendent même certainement à cette distance. Je me sens comme un chef d'État entouré par ses agents secrets. Arrivée devant la table, je fais face à Illren en haussant un sourcil, puis promène mon regard dans la salle de façon ostensible en l'arrêtant sur chacun de mes amis.

— Ça vous convient ?

Illren suit mon regard, puis opine de la tête.

— C'est un compromis honnête.

Le box est composé d'une banquette en arc de cercle prévue pour deux-trois personnes maximum. Le fae arbore un petit sourire en me voyant contempler avec appréhension ce coin résolument intime.

— Prenez place, mademoiselle Jacobs.

Estimant plus sage de ne pas me montrer intimidée par lui, je m'installe dans le box et ne bronche pas lorsqu'il se glisse de l'autre côté pour venir s'asseoir près de moi. Trop près à mon goût.

Un grognement s'élève un peu plus loin dans la salle, et Illren fixe son regard étréci sur Rook.

— Il semblerait que votre ami loup ne m'apprécie guère.

— Ça ne m'étonnerait pas, répliqué-je avec un sourire narquois. Son loup m'a revendiquée comme compagne. Il s'énerve très vite quand un homme me colle un peu trop. En particulier s'il voit en cet homme une menace.

— Vous êtes la compagne du loup ? (Il hausse les sourcils, surpris.) D'après la rumeur, vous auriez plutôt un penchant pour le vampire.

Mes joues s'enflamment. Il en prend note d'un air amusé et attend que je confirme ou nie la rumeur. Dieu merci, la serveuse nous interrompt.

— Salut, Nora ! lance-t-elle en nous adressant un sourire chaleureux. Ça fait plaisir de te voir de ce côté du bar. Tu profites de ta soirée de repos ?

C'est très discutable, mais je préfère aller au plus simple et ne pas la contredire.

— Exactement.

Ma réponse doit la satisfaire, car elle enchaîne sur la commande.

— Qu'est-ce qui vous ferait plaisir ?

— Pour moi, comme d'hab, dis-je, avant de me tourner vers Illren.

— Un Feu d'Ange avec glaçons, répond-il de son inquiétante voix feutrée.

La serveuse tique, comme si elle percevait inconsciemment la menace qu'il représente. Un bref hochement de tête, puis elle se hâte de regagner le bar.

Dès l'instant où elle tourne les talons, le fae reporte son attention sur moi. Un silence gênant s'installe entre nous. Enfin, gênant pour moi, visiblement, car ça n'a pas l'air de le déranger le moins du monde de me mettre mal à l'aise. Je me cale au fond de la banquette et me racle la gorge.

— Alors, quels sont ces renseignements si secrets que vous ne pouviez pas en parler devant mes amis ?

Un petit rictus joue sur ses lèvres.

— En réalité, ils n'ont rien de secret. Je voulais simplement voir si vos gardiens allaient vous lâcher la bride deux secondes, mais il semblerait que ce soit vous qui les meniez à la baguette. Je me trompe ?

Je le dévisage en clignant des yeux, atterrée. Mais quel connard ! Une fois remise de ma sidération, je laisse échapper un rire sarcastique.

— Je ne mène personne à la baguette. C'est une relation de confiance. Si je leur dis que je n'ai pas besoin de leur aide dans une situation donnée, ils n'insistent pas. Et, inversement, s'ils n'étaient vraiment pas rassurés de me voir avec vous, ils me l'auraient dit et je les aurais écoutés. Vous savez quoi ? Peu importe. Nous sommes là pour parler des meurtres qui visent les faes de cette ville. Vous avez affirmé détenir des informations… ?

La serveuse revient avec notre commande. Curieusement, elle ne s'attarde pas pour papoter cette fois. Illren boit une gorgée de son verre en avisant ma bouteille d'eau d'un air incrédule.

— Je ne suis pas vraiment une buveuse, marmonné-je.

Il sourit et se rapproche encore en allongeant le bras sur le dossier de la banquette, derrière moi. Sa voix devient un ronronnement enjôleur. Glaçant.

— Et qu'êtes-vous exactement ? (Il se penche sur mon cou afin de humer mon odeur à la manière d'un métamorphe.) Vous avez un parfum d'été. Appartiendriez-vous à leur cour ?

Je le repousse poliment.

— Je n'en sais pas plus que vous, et je vous prie de respecter mon espace.

Il ignore mon avertissement et se remet à siroter sa boisson en me scrutant d'un air songeur par-dessus son verre.

— Vous êtes puissante.

Je souffle, agacée.

— Je sais, c'est moi qui vous l'ai dit.

— Je ne m'attendais pas à ce que vous le soyez autant.

Dans sa voix perce une curiosité teintée de reproche. Il semble attendre une réponse, mais je n'en ai aucune à lui offrir.

— On me le répète constamment, mais je ne saisis toujours pas ce que ça signifie.

— Il s'agit d'une force intérieure que tout fae possède, semblable à la dominance chez les métamorphes.

— Je vois… C'est plutôt logique.

— Voilà bien des années que je n'ai pas croisé dans cette ville de fae aussi puissant que vous, mademoiselle Jacobs.

Là encore, il attend une réaction de ma part. Il cherche visiblement à glaner plus d'informations sur moi. Il risque d'être déçu.

— Écoutez, je ne sais pas quoi vous dire. Mes racines occultes sont un mystère pour moi. Et puis je ne suis pas ici pour parler de moi.

— Et si c'était précisément la raison de ma venue ?

Ce mec commence à me taper sur les nerfs. Je lui adresse un regard incendiaire.

— Alors vous me faites perdre mon temps. J'ai un meurtrier à retrouver. Si vous n'avez pas l'intention de m'aider, je m'en vais. J'ai toute une liste de personnes à interroger, qui ne m'ennuieront sûrement pas avec ce genre de petit jeu.

Alors que je suis sur le point de quitter le box, Illren me retient par le poignet et me ramène doucement vers lui.

— Ne partez pas.

J'ai manifestement titillé son imagination : *Elle est plus fougueuse qu'il n'y paraît. Je suis très tenté de la pousser un peu juste pour la voir sortir de ses gonds. Je parie qu'elle serait fabuleuse.*

Je retire mon poignet d'un geste brusque en le gratifiant d'un nouveau regard noir.

— Ne vous avisez plus de me toucher.

Il m'accorde une fois de plus ce petit rictus agaçant qui semble indiquer que la situation l'amuse. Bizarrement, moi, je ne ris pas.

— Vous comptez m'aider, oui ou non ?

Il est sans doute imprudent de fustiger un tueur professionnel, mais cet homme m'agace comme personne. Il doit deviner que j'ai atteint mes limites, car il s'adosse à la banquette, prend une autre gorgée de son verre et, à mon grand soulagement, se décide enfin à parler.

— J'en sais très peu. Shael et Nei étaient en couple. Nous avons bu un verre ensemble au casino, ensuite ils sont partis et je suis resté sur place pour m'occuper de… certaines affaires.

— « Certaines affaires » ? Mais bien sûr. Vous voulez dire « accepter un contrat sur la tête de quelqu'un ».

Il me décoche un sourire narquois.

— Comme vous, je possède des talents recherchés.

— Juste une question. Vous arrivez à dormir, la nuit, ou vous avez quand même une conscience ?

Il hausse les épaules.

— Je n'accepte pas n'importe quels contrats. La plupart de mes cibles sont des raclures démoniaques. Avec la petite guéguerre que se livrent en permanence les hordes des quartiers est et ouest, j'ai amplement de quoi m'occuper sans avoir besoin de m'en prendre à des innocents.

— Vous éliminez des démons ?

Illren ramasse son verre et fait tournoyer son contenu avant d'en prendre une nouvelle lampée.

— Ce n'est pas un exploit. Certes, ils absorbent l'énergie humaine et peuvent manipuler l'esprit dans une certaine mesure, mais, physiquement, ils ne sont guère plus forts que des humains. Ils tuent d'ailleurs de la même façon, avec des armes humaines. Raison pour laquelle j'ai tout d'abord soupçonné des démons d'être à l'origine de ces meurtres. Seul un lâche utiliserait une arme longue portée, comme un arc et des flèches, pour éliminer sa cible. La plupart des occultes préfèrent les affrontements au corps à corps. Les démons, en revanche, ne se privent pas d'utiliser les armes à feu des humains. Ils tuent à distance. Certains faes affectionnent le tir à l'arc, mais ils emploieraient des flèches enchantées, pas des pointes en fer.

Je lève les sourcils. Si je m'attendais à ça !

— Vous pensez que ces crimes sont commis par des *démons* ? Ce serait un genre de belliciste ? Quelqu'un qui chercherait à provoquer un conflit entre démons et faes ? Je croyais qu'ils se contentaient généralement de tourmenter les humains.

— En effet, ce qui m'a très vite amené à écarter cette hypothèse. J'ai constamment l'œil sur les activités démoniaques de cette ville. Si un démon rebelle avait pris les faes pour cible, j'en aurais tout de suite entendu parler.

Je me décide à ouvrir ma bouteille d'eau et observe Illren tout en buvant.

— Alors quelle est votre théorie ? demandé-je, vu qu'il en a manifestement une.

Sa réponse me prend totalement au dépourvu.

— Des humains. Je crois que nous avons un chasseur humain dans notre ville.

J'ai un mouvement de recul, interloquée.

— Vous pensez que des *humains* ont décidé de massacrer des faes ? Pourquoi ? Comment ?

Il se penche vers moi, les yeux soudain brillants, comme électrisé par le frisson de la chasse.

— Certains humains possèdent le don de clairvoyance.

— La « clairvoyance » ?

— Leur regard perce les charmes de camouflage.

Je reste un instant muette de stupeur.

— C'est possible, ça ?

— C'est extrêmement rare. Il s'agit d'un don héréditaire, qui se transmet dans certaines familles. Ces familles ne comprennent pas les faes. À leurs yeux, ce ne sont que des monstres que la plupart des humains ne voient pas. Ils se sentent investis du devoir d'exterminer ces abominations qui n'appartiennent pas à leur monde.

» Si le coupable ne s'en prend qu'aux faes, c'est parce que les métamorphes, les vampires et les démons ont tous une apparence humaine. Ils n'ont pas besoin de se camoufler derrière un sort. En outre, le tueur utilise des armes conçues pour éliminer les faes et uniquement les faes. Je parie qu'il n'a même pas conscience que d'autres occultes existent.

Je bois encore un peu en examinant son hypothèse. Elle me paraît solide. J'ignorais que des humains pouvaient avoir ce don de clairvoyance, mais je n'ai aucun mal à croire que, si certains le possédaient, ils feraient exactement ce qu'Illren vient de suggérer. Je sais qu'à une époque, avant de faire moi-même partie du monde occulte, je n'aurais pas hésité une seconde si j'en avais eu l'occasion. Naguère, les monstres de cette ville me terrifiaient.

— Le choix des victimes est donc aléatoire, conclus-je. Le tueur s'attaque simplement aux faes qui croisent son chemin.

Illren acquiesce d'un hochement de tête et poursuit ma réflexion :

— Mais comment les repère-t-il ? Arpente-t-il la ville au volant de sa voiture jusqu'à remarquer un être qui lui paraît monstrueux ? Et, dans ce cas, comment le retrouver pour l'arrêter ? C'est là le point sur lequel je bute encore.

Je réfléchis un moment à la question, puis pousse une exclamation étouffée en frappant des deux mains la table devant moi.

— Le casino !

Illren se redresse, intrigué.

— Eh bien quoi ?

— C'est là qu'il trouve ses victimes : il fait du repérage au casino de Henry. Vous avez dit vous-même que vous preniez un verre avec Shael et Nei au bar du casino et qu'ils se sont fait tuer après leur départ. C'était pareil pour Terrance. Il revenait d'un déjeuner d'affaires là-bas lorsqu'on l'a attaqué, et Kimral, le brownie assassiné récemment, y travaillait.

Le fae sourit, impressionné par ma déduction. Je me vexerais de son étonnement si je n'étais pas si excitée d'avoir enfin une piste.

— Cela se tient, approuve-t-il. Comme cette discothèque, le casino du vampire est un lieu où beaucoup d'occultes se sentent à l'aise. À leurs yeux, c'est avant tout un établissement occulte. Nombre de faes vont y travailler ou s'y divertir. Le chasseur y est sans doute passé la première fois qu'il est arrivé en ville, dans l'espoir de glaner quelques potins, et s'est aperçu qu'il venait de mettre les pieds dans un nid de faes.

— Vous avez raison. Ça tient la route. Mais comment allons-nous… ?

— Nora.

La voix caverneuse de Terrance me fait sursauter. Absorbée par ma conversation avec Illren, je n'avais même pas remarqué sa présence. Je lui agrippe le bras.

— Terrance, je crois qu'on a trouvé une piste. On…

Ma voix s'éteint lorsque je remarque la mine sinistre du troll.

— Qu'y a-t-il ?

Il grimace, puis me montre son téléphone.

— Sublime vient de m'appeler. Il y a eu un incident au parc qui borde la rivière, dans le centre-ville. Cette fois, ils ont utilisé des armes à feu en plus des flèches. Avec des munitions en fer. Ç'a été un massacre.

J'étouffe un cri d'horreur.

— Combien de morts ?

Il déglutit péniblement avant de me répondre.

— Assez pour que l'AFO soit contactée pour nettoyer la zone. Un attentat de cette ampleur pourrait révéler notre existence aux humains. Sublime est disposé à retarder le nettoyage si tu souhaites te rendre sur place, mais tu vas devoir faire vite.

Je bondis de la banquette avant même qu'il termine sa phrase.

— Parker !

Le vampire apparaît aussitôt à côté de moi.

— Je vais chercher la voiture.

— Pourquoi feraient-ils appel à vous sur la scène de crime ? s'enquiert Illren en se levant à son tour.

— Je viens avec vous, décrète Rook.

Je lui décoche un sourire reconnaissant.

— Ton soutien sera grandement apprécié.

— Que se passe-t-il ? Comment connaissez-vous Nick Sublime ? Pourquoi l'Agence vous attendrait-elle ? s'impatiente Illren, agacé de ne pas obtenir de réponse.

Wulf s'avance vers moi en me tendant mon manteau et mon écharpe, m'épargnant un passage au vestiaire.

— Je peux les aider, expliqué-je au fae en enfilant mon manteau, avant de déchanter en me rappelant mon insuccès sur la scène du meurtre de Kimral. Enfin, je l'espère.

— Tu trouveras quelque chose, m'assure Rook en me passant l'écharpe autour du cou.

Nous gagnons la sortie. Illren me suit tout du long.

— Comment pouvez-vous les aider ?

— Je peux, c'est tout. Écoutez, merci de m'avoir parlé ce soir, vous avez été d'un grand secours, mais je dois partir maintenant.

— Je vous accompagne.

Il semble décidé. Je n'ai pas le temps d'argumenter, et je n'en ai sans doute pas vraiment envie. Il m'a été d'une aide précieuse ce soir ; on ne sera pas de trop pour cogiter sur cette affaire.

— Retrouvez-nous sur place.

Chapitre 10

Le parc municipal Milliken est un vaste jardin public de douze hectares aménagé sur la berge de la rivière Détroit, en plein centre-ville. Sa promenade, l'un des principaux centres d'intérêt touristiques de Détroit, en parcourt toute la longueur, juste au bord de la rivière. C'est un très joli parc… en journée. La nuit, désert et silencieux, il me fout les jetons, et Nick m'a conseillé un jour d'être prudente parce que les faes de la ville en ont fait leur terrain de jeux. Cela dit, maintenant que je suis moi-même une fae et que cela en fait en quelque sorte mon terrain de jeux à moi aussi, je n'ai sans doute plus de raison de m'inquiéter, et pourtant je frissonne quand nous nous garons dans le sombre parking.

Je descends de voiture en resserrant mon manteau autour de moi et rentre la tête dans mon écharpe. Une brise glaciale souffle du lac, me piquant les yeux et les poumons à chaque respiration. Si j'avais su en début de soirée que je partais pour me balader dans le parc après minuit, je me serais habillée plus chaudement. Heureusement que j'ai mis mes bottines et pas mes ballerines.

Nick m'attend à l'entrée de la Cullen Plaza, à la limite du parking. Il est entouré de plusieurs hommes – l'équipe de nettoyage, je suppose. Tous me suivent du regard alors que je m'approche, m'observant avec curiosité et une forme d'admiration que je n'ai pas l'impression de mériter.

J'entends une voiture pénétrer dans le parking, derrière moi, puis son moteur se coupe. Illren nous rattrape très vite, Rook, Parker et moi. Nick lève un sourcil en découvrant ce nouveau venu dans ma clique habituelle. N'étant pas d'humeur à m'expliquer, je me contente de hausser les épaules et demande :

— Qu'est-ce qui s'est passé ?

Son charmant visage s'assombrit.

— Ce n'est pas beau à voir, Nora. Tu es sûre de vouloir faire ça ?

Je déglutis. Si Nick Sublime me dit que c'est moche, c'est que ça doit être cauchemardesque. Cependant, j'opine de la tête.

— Quelqu'un doit résoudre cette affaire une bonne fois pour toutes et arrêter le meurtrier.

N'en attendant pas moins de moi, il acquiesce avec un léger sourire.

— Alors ne perdons pas de temps. Il se fait tard, et nous devons faire disparaître cette scène macabre avant l'aube.

Illren me saisit délicatement le poignet pour me retenir.

— Que comptez-vous faire ?

Dans un grognement sourd, Rook me libère de sa prise et s'interpose. Le fae se raidit. Il porte la main à sa hanche, comme prêt à sortir une arme. Je touche le bras de Rook pour l'inciter à reculer et murmure :

— Tout va bien. Il veut simplement m'aider.

Le métamorphe détache son regard d'Illren et se tourne vers moi d'un air morose.

— Je crois que ce n'est pas sa seule motivation. Tu as éveillé son intérêt.

Illren esquisse un sourire narquois.

— Tu as peur qu'elle finisse par préférer l'un de ses semblables à un animal tel que toi ?

Le loup-garou se jette sur lui. Je parviens de justesse à le retenir.

— Arrête, Rook! ce n'est pas le moment. (Je fustige Illren du regard.) Si vous êtes là pour créer des problèmes, vous pouvez partir tout de suite.

Le fae lance un dernier sourire moqueur à Rook, puis hoche la tête à mon intention.

— Je serai sage… pour le moment. Toutefois, il n'a pas tort: vous avez suscité mon intérêt et j'ai la ferme intention d'apprendre à mieux vous connaître.

Je lève les yeux au ciel. Comme si je n'avais pas déjà assez d'hommes dans ma vie. J'ai en permanence l'impression de me noyer dans la testostérone.

Nick vole à mon secours en jetant un bras autour de mes épaules pour m'emmener vers la rivière.

— Allons-y, Tigresse, tu as du pain sur la planche.

Je m'appuie à lui avec un soupir.

— Merci. Alors, c'est vraiment un carnage?

— Combien de morts? s'enquiert Parker en nous emboîtant le pas.

L'agent grimace et nous fait passer devant le café de la promenade, puis devant la boutique *Wheelhouse*, qui propose des vélos en location et des visites guidées.

— On a dénombré quatorze corps.

— Tant que ça?! m'écrié-je.

— Un groupe de faes d'hiver faisaient la fête au clair de lune. Giselle a entendu les hurlements et les coups de feu depuis le phare, en aval.

— Giselle… La sirène de la rivière Détroit?

Je n'ai entendu ce nom qu'une fois auparavant. Si je ne m'abuse, c'est une amie de Nick. Celui-ci acquiesce gravement.

— Le temps qu'elle arrive, les tueurs étaient déjà partis. Elle n'a rien vu et n'a trouvé aucun survivant ni témoin.

Je m'immobilise brusquement devant la grande place, confrontée à une vision d'horreur. Du carrousel jusqu'aux fontaines en arrêt hivernal, le sol est jonché de cadavres baignant dans leur sang. Le tapis de neige empourprée ne rend la scène que plus sinistre. Terrance avait raison : c'est un véritable massacre.

Je plaque une main sur ma bouche, tant pour retenir un cri d'effroi que pour contenir un haut-le-cœur. Des larmes me piquent les yeux et, lorsque Parker m'attire à lui, j'enfouis la tête contre son torse, acceptant son réconfort.

— Rien ne t'oblige à faire cela, murmure-t-il en me caressant les cheveux.

C'est faux. Même si je n'en ai aucune envie, je dois le faire. Je prends une profonde inspiration pour me ressaisir et me préparer aux empreintes effroyables qui m'attendent, puis m'écarte du vampire.

— Si, dis-je avec une fermeté qui m'étonne moi-même. Qui s'en chargera si je renonce ? L'Agence a les mains liées, et les faes se sont tournés vers moi parce que je suis justement leur seul recours.

Faisant jouer mes épaules, je me tourne de nouveau vers la scène avec détermination. Le cadavre le plus proche est celui d'une petite femme divinement belle, dotée de longs cheveux blonds et d'oreilles pointues. Bien que je ne sois pas croyante, lorsque je m'agenouille devant elle, je me surprends à lui souhaiter bonne chance pour ce qui l'attend. Ses yeux vitreux semblent me dévisager. Une image qui me donnera certainement des cauchemars cette nuit. J'ôte mes gants et lui abaisse les paupières avec déférence. À la seconde où je la touche, je me retrouve propulsée dans une vision.

Dans la nuit glaciale, un vent mordant souffle de la rivière et la pleine lune brille de mille éclats dans le ciel sans nuages. La belle fae arrive sur la place enneigée en compagnie de deux femmes tout aussi ravissantes. Elles appartiennent visiblement à la même race fae, même si je ne saurais dire laquelle. Peut-être des nymphes.

Une petite troupe de faes danse sur la place au son d'une étrange flûte d'où sort une mélodie envoûtante. Les noceurs s'arrêtent d'un coup en voyant les trois femmes approcher et les accueillent joyeusement.

— Thisei, Astrina, Cirosha ! s'exclame d'une voix chantante une petite créature aux oreilles pointues et aux ailes légères. Il était temps que vous arriviez ! Où étiez-vous ?

La fae de droite lui répond avec un sourire pudique :

— Nous sommes restées plus tard que prévu au casino. Henry Stadther nous a demandé de faire une représentation pour une table privée de gros flambeurs.

La créature ailée soupire.

— Je regrette d'avoir manqué cela. Accepteriez-vous de chanter pour nous à présent ?

La femme de droite ouvre la bouche pour répondre, mais laisse échapper à la place un petit cri et s'effondre brusquement, une flèche plantée dans le dos. Une flaque de sang se forme très vite autour d'elle. Il faut un moment à la fae de ce souvenir pour comprendre ce qui vient de se passer, puis elle pousse un hurlement horrifié. Elle a à peine le temps de prononcer le nom de son amie qu'une flèche la transperce à son tour. Son cœur a sans doute été touché, car la vision s'efface avant même qu'elle touche le sol.

J'émerge du souvenir dans un cri étouffé et m'écroule. Parker et Rook sont déjà à genoux près de moi pour m'empêcher de me vautrer par terre.

— Nora ? s'enquiert Rook d'une voix cassée.

— Donnez-moi une seconde, articulé-je, pantelante.

Je m'efforce de retrouver mon souffle tandis que le souvenir de la douleur se dissipe. Une fine pellicule de sueur me couvre le front. J'ai le ventre noué.

— Que lui arrive-t-il ? leur demande Illren.

Il s'agenouille de l'autre côté de la défunte, face à moi. Je suis étonnée de lire de l'inquiétude dans son regard.

— Que s'est-il passé ? m'interroge-t-il.

Je secoue la tête et m'appuie contre Parker.

— Une vision intense. Je morfle toujours après.

— « Une vision » ?! répète-t-il, médusé.

Je ne m'embête pas à lui expliquer. Non seulement je me sens trop patraque, mais je dois aussi rester concentrée. D'autres se chargeront de le mettre au parfum.

— Les précédentes t'ont rarement malmenée à ce point, me fait remarquer Rook, un léger grognement dans la voix.

Je tente de lui offrir un sourire rassurant, mais ma migraine est telle que je ne parviens qu'à grimacer.

— Les empreintes fatales, ça ne pardonne pas.

Le loup-garou siffle de colère et me maintient immobile lorsque j'essaie de me relever.

— Repose-toi une minute. Tu es pâle comme un linge.

Je secoue la tête en signe de refus.

— Cette fae est morte trop vite. Je n'ai pratiquement rien vu. Je dois en trouver un qui soit resté en vie assez longtemps pour assister à la scène.

— Parce que vous comptez retenter l'expérience ? demande Illren.

J'ai du mal à déchiffrer le ton de sa voix mais, dans tous les cas, sa réaction ne fait que renforcer mon obstination.

— Je recommencerai autant de fois que nécessaire, décrété-je, avant de me mettre debout en dépit de la nausée et de la migraine. Nick !

Illren s'est relevé en même temps que moi et me dévisage d'un air sidéré.

— Vous appelez Sublime par son prénom ?

Je lui décoche un petit sourire, mais Nick se charge de lui répondre :

— C'est la seule personne sur Terre autorisée à m'appeler ainsi. Qu'est-ce que tu as pour moi, Tigresse ?

Je lâche un profond soupir.

— Rien… Elle est morte trop vite. C'est toi le spécialiste des scènes de crimes. Qui, d'après toi, aurait survécu assez longtemps pour me fournir plus d'éléments ?

Contrairement à tous les autres, Nick ne cherche pas à me contredire ni à m'arrêter. Il n'hésite même pas une seconde.

— Par là.

Je traverse la place à sa suite en serpentant entre des cadavres que j'essaie de ne pas regarder de trop près. Nous nous arrêtons derrière les fontaines, devant une longue traînée de sang qui s'étend du premier bassin jusqu'au garde-fou de la rivière. Une créature de cauchemar gît contre la barrière. D'un noir d'ébène, elle possède la tête et le corps d'un cheval et la queue d'un poisson. Je n'ai jamais rien vu de tel.

— Celui-ci devrait convenir, affirme Nick en désignant les traces de sang. Apparemment, il a été touché dans la fontaine et tentait de rejoindre la rivière.

— Et *il* appartient à quelle espèce ?

— C'est un kelpie, répond une voix mélodieuse avec tristesse. Il s'appelait Santos.

Au début, je ne vois pas qui me parle, puis je me rends compte que la voix monte de la rivière. En me penchant par-dessus la rambarde, je découvre avec stupeur un groupe de personnes dans l'eau, en contrebas. Sept hommes robustes à demi nus flottent autour de l'une des plus belles femmes que j'aie jamais vues. Même avec ses yeux gonflés et rouges de chagrin, elle reste absolument magnifique. Ses longs cheveux turquoise cascadent sur ses épaules, couvrant sa poitrine nue. Sa peau, pareille à la mienne, arbore une teinte rose nacrée chatoyante, à la différence qu'elle est aussi parsemée, çà et là, d'écailles céruléennes. Elle est éblouissante. Je comprends tout de suite que je suis face à la fameuse sirène de la rivière Détroit. Je ne peux m'empêcher d'éprouver un certain émerveillement. Quelle fille n'a jamais rêvé de rencontrer une sirène ?

— Giselle ?

La fae me répond d'un sourire affligé. Elle lève soudain les bras, et l'eau, comme répondant à son ordre, la soulève dans les airs jusqu'à ma hauteur.

— Vous êtes Nora Jacobs, dit-elle en inclinant la tête. Sublime me parlait justement de vous. Pouvez-vous vraiment nous aider à retrouver les auteurs de ce massacre ?

Chassant mes propres doutes, je la rassure d'un sourire.

— Je ferai de mon mieux.

Giselle promène son regard sur la place, puis l'arrête sur le cadavre du kelpie. Des larmes viennent de nouveau inonder son visage.

— J'espère de tout cœur que vous réussirez. (Elle renifle, puis se force à sourire, avant de me détailler.) Vous êtes ravissante.

Là-dessus, elle tend la main pour me ramener une mèche derrière l'oreille. Dès l'instant où ses doigts me frôlent, elle s'exclame :

— Une cousine ?!

Prise de court, je recule hors de portée.

— « Cousine » ? répète Rook, me rappelant que j'ai une poignée d'hommes derrière moi.

La sirène me dévisage d'un air ébahi.

— J'ignorais qu'il existait encore des néréides.

Un hoquet de stupeur s'élève de l'escorte de Giselle, en contrebas, suivi de murmures excités. Cependant, la réaction la plus vive se fait entendre dans mon dos.

— Une néréide, souffle Illren. Bien sûr.

Le ton révérencieux de sa voix m'insupporte à peu près autant que le fait qu'il connaisse maintenant mon identité.

— J'apprécierais que vous gardiez le secret, lâché-je en l'avertissant du regard, avant de reporter mon attention sur Giselle. Comment avez-vous deviné ?

Elle esquisse un sourire bienveillant.

— Davis, appelle-t-elle avec un geste de la main derrière elle.

L'un de ses hommes s'élève à son côté en se laissant lui aussi porté par les eaux. Il me salue d'un petit signe de tête, puis me tend la main. En la prenant, je ressens aussitôt une étrange sensation de familiarité. D'instinct, je sais que c'est un selkie – une créature capable de se transformer de phoque en humain en se débarrassant de sa peau. Comment puis-je le savoir ? Déconcertée, je retire ma main.

— Nous autres, faes aquatiques, reconnaissons toujours nos semblables, m'explique Giselle. C'est un vrai bonheur de te rencontrer. Nous sommes si peu nombreux. Je suis contente d'avoir de la famille dans les environs.

Mon cœur bondit dans ma poitrine.

— « De la famille » ?

Elle opine de la tête.

— Les sirènes et les néréides sont cousines. Nous sommes de la même famille.

Je ne sais trop qu'en penser. C'est une notion plutôt étourdissante. Et pourtant je sens bel et bien comme un lien entre nous – une parenté instinctive. Je l'ai ressenti dès l'instant où elle m'a touchée. Une douce sensation de bonheur m'envahit et je parviens à ébaucher un sourire timide mais sincère.

— Moi aussi, je suis contente de vous rencontrer. Sommes-nous si semblables ? Connaissez-vous bien les néréides ? Parce que, moi, je suis un peu dans le flou à ce sujet.

Giselle acquiesce, son sourire toujours aussi chaleureux.

— J'étais très proche de la dernière néréide qui sillonnait les Grands Lacs. Je serais ravie de te faire part de tout ce que je sais.

L'espoir renaît en moi à l'idée de trouver enfin des réponses.

— Savez-vous quoi que ce soit sur l'aura de séduction que nous possédons ? demandé-je d'une voix où perce mon désespoir. Je n'arrive pas à la maîtriser.

Curieusement, ma question suscite chez elle une moue amusée. Elle jette un coup d'œil au groupe d'hommes qui se tient derrière moi et glousse.

— Je crois pourtant que tu es sur la bonne voie.

Première nouvelle.

— Quoi ? Comment ça ?

Un sourire lui plisse les yeux.

— Le chant d'une néréide s'apparente beaucoup à l'appel d'une sirène, et les deux se contrôlent plus ou moins de la même façon. Viens me retrouver au pied du phare demain. Je t'expliquerai tout.

L'idée de patienter jusqu'à demain pour obtenir les réponses que j'ai attendues toute ma vie me paraît insoutenable, mais il est vrai que le moment est mal choisi pour avoir cette discussion.

— Entendu, merci.

Elle m'adresse un nouveau petit sourire.

— Je m'en réjouis d'avance.

Puis elle se laisse redescendre à la surface de l'eau, et je comprends que notre conversation est terminée. Je me reconcentre alors sur ma mission et, prenant mon courage à deux mains, m'approche du cadavre du kelpie. À présent rompus à l'exercice, Parker et Rook se tiennent déjà prêts à me rattraper.

— C'est parti, murmuré-je pour me motiver, douloureusement consciente de ce qui m'attend pendant la vision et après.

Parker m'agrippe le coude tandis que Rook me caresse le dos. Illren, quant à lui, se contente de nous observer en silence. C'est maintenant ou jamais. Je souffle lentement, puis tends la main pour toucher la douce crinière de la créature.

Assis sur le rebord de la fontaine, Santos regarde un groupe de faes très légèrement vêtus danser et tournoyer au son enchanteur de la flûte. Les créatures interrompent brusquement leur ronde lorsque les trois femmes du casino approchent.

— Thisei, Astrina, Cirosha ! Il était temps que vous arriviez ! Où étiez-vous ?

Connaissant déjà la suite, je les ignore et porte mon regard plus loin pour tenter de repérer leur agresseur. Il est déjà là.

Dans l'ombre, juste à côté du café, une grande silhouette enveloppée d'un long cache-poussière noir bande son arc. Je ne connais rien au tir à l'arc, mais son arme paraît moderne, pas vraiment tirée d'un roman de Fantasy. Le genre d'arc qu'un humain emporterait à la chasse.

L'obscurité me dissimule son visage. J'aimerais me rapprocher, mais il m'est impossible de me déplacer dans les empreintes : je suis toujours coincée à l'endroit exact où elle m'amène. Tandis que je reste là, à plisser les yeux pour tenter de discerner le moindre détail utile, l'homme décoche sa flèche.

Je dois me répéter que ce cauchemar a déjà eu lieu et que je ne peux pas l'empêcher. Ça ne rend pas la scène moins pénible à regarder.

Un grand silence succède à la mort des deux premières faes. Puis des coups de feu retentissent de l'autre côté du parc et un terrible chaos s'ensuit.

Je m'efforce de faire abstraction des hurlements et des créatures qui tombent tout autour de moi. J'aperçois le second tireur : un autre homme assez grand, vêtu d'un trench-coat foncé qui lui arrive aux chevilles. À moitié caché derrière un arbre, il vide le chargeur de son fusil-mitrailleur sur les faes. Malheureusement, comme l'archer, il est trop loin et il fait trop noir pour que je le distingue clairement. Tout ce que je peux dire, c'est qu'il est grand, fin, avec des cheveux courts. Ce n'est pas suffisant.

Ses yeux étincellent dans le clair de lune lorsqu'il se tourne vers moi et tire une demi-douzaine de cartouches dans le kelpie. La vision touche à sa fin ; j'essaie d'absorber un maximum d'éléments. Derrière les tireurs, j'avise un SUV noir aux vitres teintées rangé le long du trottoir, sur le parking. Bien que ses lumières soient éteintes, son moteur continue de tourner. Impossible de voir la plaque ni de deviner le modèle exact du véhicule. Ne prêtant plus attention au kelpie, je suis surprise lorsque le souvenir s'achève.

Mon estomac se soulève. Rook et Parker devaient s'y attendre, car le vampire m'aide immédiatement à me relever pour me pencher par-dessus la rambarde et le métamorphe me tient les cheveux tandis que je vomis le contenu de mon estomac dans la rivière.

Le haut-le-cœur passé, je me retrouve à trembler comme une feuille, incapable de rester debout toute seule. La tête me tourne, je me sens au bord de l'évanouissement, mais je dois tenter ma chance une dernière fois.

— Plus près, bredouillé-je, avant de croiser le regard interrogateur de Nick. Il y avait deux tueurs : l'un avec l'arc, l'autre avec le fusil. J'étais trop loin pour voir leur visage. Il faut que je me rapproche.

L'agent grimace, dubitatif.

— Tu es sûre de pouvoir en encaisser une de plus ?

— Pas le choix. Il me manque trop d'éléments. Je dois revoir la scène.

Nick n'est pas le seul à s'inquiéter pour moi. Parker et Rook me considèrent avec le même air grave, bien qu'ils ne discutent pas. Ils me connaissent assez pour savoir que je ne m'arrêterai que lorsque j'aurai obtenu ce que je veux. Illren, en revanche, semble énervé.

— Vous n'allez tout de même pas recommencer, s'indigne-t-il d'une voix à la fois douce et sévère. Vous avez été malade, vous êtes presque tombée dans les pommes.

— Et je tournerai sans doute de l'œil cette fois, alors j'ai intérêt à en choisir un qui me donnera ce que je cherche.

Le fae semble vouloir protester, mais je ne lui en laisse pas le temps.

— Nicky ? demandé-je en tendant les mains vers l'agent.

Ce dernier s'avance et passe le bras autour de ma taille pour m'aider à marcher. Le fait qu'il ne m'ait pas envoyée chier pour l'avoir appelé par ce sobriquet en dit long sur mon état.

— Où veux-tu aller, Tigresse ?

Je désigne l'arbre du second tireur. Avec un peu de chance, il était suffisamment remonté pour laisser une empreinte. Nick me fait traverser la place, puis me soutient tandis que je laisse courir mes mains sur le tronc. Je touche tous les endroits où le tueur a été en contact avec l'arbre, mais en vain. Ces deux hommes sont les êtres les plus insensibles que je connaisse. Ils semblent dépourvus de toute conscience morale. D'un autre côté, ils sont persuadés d'éliminer des monstres. Un exterminateur s'émouvrait-il de tuer un rat ?

Je soupire et reporte mon attention sur la scène de crime. Pas moyen d'y couper, je dois passer par un autre cadavre. Une autre empreinte fatale me fera sûrement perdre conscience. En fouillant le sol du regard, je remarque un fae dans les buissons, non loin de l'arbre. Je me rapproche. Il a le torse criblé de balles.

— Je pense avoir trouvé notre candidat, murmuré-je en luttant pour ne pas chevroter. Le tireur a ouvert le feu après l'archer. J'aurai peut-être quelques secondes pour voir au moins leur visage.

— Tu ferais mieux de t'asseoir maintenant, marmonne Nick. Tu vas t'écrouler de toute façon.

J'essaie de lui adresser un sourire sardonique ; ça tient probablement davantage de la grimace. Il m'aide à m'asseoir par terre et s'accroupit près de moi.

— Le moindre détail compte.

Je hoche gravement la tête, puis saisis la main inerte du fae.

Cette empreinte commence un peu plus tôt que les autres. Le fae remarque les trois femmes du casino avant ses compagnons. Alors qu'elles approchent du parc, le SUV noir s'arrête sans bruit à l'entrée de la grande place. L'archer descend de l'arrière du véhicule et se faufile discrètement, tel un ninja, jusqu'au café. Il risque un coup d'œil au coin du bâtiment pour observer les faes en train de danser. Pendant un bref instant, il passe sous l'éclairage de sécurité du café. J'enregistre le moindre détail de son visage : ses cheveux bruns coupés court, ses yeux marron foncé, ses pommettes saillantes, son nez légèrement pointu. Je distingue aussi un tatouage dans son cou. On dirait un mot, écrit dans une langue que je ne connais pas.

Puis l'homme se cache de nouveau dans l'ombre et adresse un signal au SUV. Le second tireur descend du siège conducteur, fusil-mitrailleur à la main. Tandis que ce dernier se met en position derrière l'arbre, l'archer s'avance et décoche sa première flèche. J'essaie d'apercevoir la tête du second tireur, mais il reste dans l'ombre. Le fae de ce souvenir est sa première victime. Sa mort est si soudaine que j'ai l'impression d'être éjectée en arrière quand je sors de la vision.

— J'ai un visage, bredouillé-je, avant de sombrer dans les ténèbres.

Chapitre 11

Je me réveille dans mon lit, vêtue de mes habits de la veille. Bien que je me sente crasseuse, les effets secondaires des empreintes ont le mérite d'avoir disparu. Je me sens aussi bien reposée. Un bref coup d'œil à l'horloge m'en donne la raison. Il est 13 heures passées – autrement dit, je suis restée près de douze heures inconsciente.

Après une longue douche chaude, je me rends dans la cuisine. Mon estomac vide réclame son dû. J'ai entrepris de me préparer du pain perdu lorsque quelqu'un entre dans la cuisine.

— Tu es réveillée, énonce Rook.

Je lui adresse un sourire par-dessus mon épaule.

— Salut. Qu'est-ce que tu fais là ? Non que ça me déplaise de te voir.

— Terrance devait aller travailler, alors il m'a demandé de venir parce que tu n'étais pas réveillée, qu'Oliver était parti et que Parker dormait encore.

Il m'écarte de la cuisinière pour m'attirer dans ses bras. Je retiens mon souffle, attendant ma panique habituelle. Pourtant, tout ce que je ressens, ce sont des frissons de plaisir lorsqu'il glisse les mains autour de ma taille pour me presser contre lui.

— Comment te sens-tu ?

Le ronronnement sourd perceptible dans sa voix me donne la chair de poule.

— Bien. Beaucoup mieux.

Ma voix est étrangement rauque, car il laisse ses mains vagabonder sur mon dos en me dévisageant d'un regard incandescent.

— Euh… mon pain va cramer.

Il me donne un bref baiser, puis me libère à contrecœur.

— Tu en veux ? demandé-je en reportant mon attention sur la cuisinière.

— Non, merci, j'ai déjà mangé.

Il prend place sur un tabouret de l'îlot central et me regarde préparer mon repas dans un silence paisible. J'adore la façon dont les choses se font toujours naturellement, tranquillement, entre nous. Enfin, lorsqu'il ne met pas tout mon corps en ébullition, évidemment. Avec lui, la simple compagnie de l'autre est un plaisir en soi.

— Au fait, je suis de repos ce soir. Ça te dit qu'on se fasse quelque chose ? propose-t-il quand je m'assois à côté de lui avec mon petit déjeuner.

J'inonde mon pain perdu de sirop d'érable sous le regard amusé du métamorphe.

— Pourquoi pas. Ça t'embêterait de m'accompagner voir Giselle ? Je suis assez impatiente d'en apprendre davantage sur mes origines. Ensuite, et je sais que les chances sont minces, mais je pensais passer à l'AFO pour leur demander s'ils n'auraient pas des photos d'identité judiciaire que je puisse examiner. Voir si je peux retrouver le meurtrier.

Rook s'esclaffe.

— On a fait plus romantique comme sortie, mais je ne serais pas contre obtenir des réponses non plus.

Son commentaire sur le romantisme me fait rougir. Je m'empresse de finir mon petit déjeuner, puis nous prenons la route du parc municipal. À l'autre bout, bien loin de la place où le massacre a eu lieu, se trouvent une petite marina et son phare. Haut de près de vingt mètres, ce dernier se dresse au milieu d'une aire gazonnée ornée d'arbres épars et sillonnée d'allées offrant des bancs aux promeneurs. C'est d'ailleurs l'un de mes endroits préférés à Détroit. Même si je n'ai jamais appris à nager, j'ai toujours trouvé la proximité de l'eau apaisante. Avec le recul, je me demande si cet attrait n'est pas lié à ma nature de néréide.

Malgré un ciel gris et nuageux, la belle couche de neige tombée la veille donne au paysage un aspect pittoresque. Le phare ressemble à un grand cône blanc posé au bord de la rivière. À son pied, un cercle bétonné et bordé d'un garde-corps permet aux touristes d'en faire le tour sans risquer de tomber à l'eau.

En contournant l'édifice pour nous rapprocher de la rivière, Rook et moi découvrons Illren adossé nonchalamment à la tour. Entièrement vêtu de noir, il tranche fortement sur la blancheur immaculée du phare. Je m'arrête brusquement tandis que Rook lâche un grognement mécontent.

— Que faites-vous ici ? demandé-je en clignant des yeux, surprise.

Le fae se détache de la paroi pour venir se camper devant moi. Bien qu'il envahisse mon espace personnel, il ne fait aucun geste pour me toucher.

— Je vous attendais.

Je recule pour mettre un peu de distance entre nous.

— Pourquoi donc ?

Loin de s'offusquer de ma question, il esquisse un sourire amusé.

— Vous m'intriguez, ce qui est très rare.

J'ignore si je dois me réjouir de susciter la fascination d'un puissant assassin fae, mais je sais qu'il vaut mieux, dans tous les cas, ne pas lui montrer qu'il m'intimide. Je le laisse m'étudier à sa guise. Lorsqu'il plante ses yeux violets dans les miens, j'y décèle sa curiosité, mais également autre chose, une lueur intense que je ne parviens pas à identifier. Il semble me mettre au défi. De quoi, je ne sais pas. Je choisis de ne pas relever l'aveu de son intérêt.

— Vous ne sauriez pas comment contacter Giselle par hasard ?

Sans me quitter du regard, Illren émet un sifflement sonore.

— Elle vous attendait.

Après un bref instant, Giselle émerge de l'eau, accompagnée de la même escorte de selkies que la veille.

— Nora ! je suis ravie que tu aies pu venir.

Cette fois encore, elle commande à l'eau de la porter jusqu'à la rambarde. Je suis un peu déconcertée de la voir se servir ainsi de ses pouvoirs en plein jour. Toutefois, après un coup d'œil alentour, je me rends compte que nous sommes seuls. Il est vrai que le parc attire moins les promeneurs en décembre. Devinant mes pensées, elle rit doucement.

— Ne sois pas bête, je suis entourée d'un charme de camouflage. Vous êtes les seuls à me voir.

— Oh ! (En voilà un petit tour bien pratique.) Croyez-vous que moi aussi je serais capable d'utiliser un sort de camouflage ?

— Naturellement. Tous les faes savent créer des charmes d'illusion, et tu es une néréide, l'une des plus puissantes races de faes. Tu devrais parvenir à créer des sorts de camouflages époustouflants. Tu auras sans doute besoin d'un peu d'entraînement, mais je t'apprendrai si tu reviens me rendre visite.

Un sourire joue sur mes lèvres. Quelque chose chez Giselle m'attire irrésistiblement.

— Ce serait merveilleux.

— Formidable ! glapit-elle en tapant des mains, aussi sémillante qu'une jeune adolescente. Je sens que nous allons devenir de grandes amies. (Elle s'accoude au garde-fou et pose le menton sur ses mains.) Il me semble que tu avais des questions concernant ton aura de séduction ?

Un frisson d'excitation me parcourt. Je vais enfin avoir les réponses dont j'ai besoin. Je résiste à l'envie de me jeter à son cou.

— Oui ! Existe-t-il un moyen de l'inhiber ?

La sirène jette un petit coup d'œil à Illren et Rook, puis m'adresse un sourire espiègle.

— Pourquoi voudrais-tu l'inhiber ? Toute cette attention n'est-elle pas exquise ?

Elle m'indique d'un regard l'escorte qui l'attend en contrebas, puis glousse de nouveau et ajoute :

— Moi, je ne m'en lasse pas.

Évidemment, j'aime l'attention que me témoignent mes amis. Personne ne m'a jamais autant choyée que mes grands gaillards. C'est une sensation merveilleuse. Malheureusement, cette attention a aussi tendance à compliquer ma vie amoureuse, et s'avère tout bonnement importune de la part d'inconnus. Je secoue la tête et me livre sans retenue :

— Je dois absolument l'inhiber. Elle rend les gens dingues. Les hommes semblent incapables de se maîtriser : ils me tripotent, m'agressent, et deviennent complètement obsédés.

Giselle m'interrompt d'un geste et me détrompe d'un signe de tête.

— C'est simplement parce que ton aura est trop forte pour le moment. Mais plus tu développeras ton harem, moins tu attireras les autres.

— Mon quoi ?! m'écrié-je.

— Son quoi ?! grogne Rook au même instant.

La sirène me gratifie d'un sourire conspirateur, puis décoche un clin d'œil au loup-garou. Illren, à mon grand désespoir, ne paraît ni surpris ni troublé par sa déclaration. Lorsqu'il surprend mon regard sur lui, il s'adosse à la rambarde, un sourire narquois aux lèvres.

— Ton harem d'hommes, explique Giselle, captant de nouveau mon attention. C'est dans notre nature d'en constituer un.

Puis, comme pour illustrer ses propos, elle désigne d'un geste son cortège masculin, en contrebas. Le groupe de selkies me sourit et me fait signe de la main. Le regard entendu de certains me fait rougir.

— Vous ne parlez pas sérieusement, persisté-je, car le déni est mon meilleur ami.

Giselle soupire.

— Les sirènes et les néréides sont très semblables. L'aura de séduction dont tu parles est ton chant de néréide. Il s'agit, à l'origine, d'une malédiction.

Je cille, choquée par la violence du terme, mais surtout par sa justesse. Depuis toujours, j'ai la sensation d'être maudite.

La sirène m'accorde un regard compatissant, puis se lance dans un long récit :

— Il y a plusieurs milliers d'années vivaient trois sœurs, les plus belles créatures qui aient jamais foulé le royaume fae. Épris de ces trois femmes, le Roi de l'été voulut faire d'elles ses consorts, afin de mieux les garder auprès de lui. Mais sa proposition fut accueillie comme une insulte par les sœurs, qui refusèrent. À leurs yeux, l'attitude du roi témoignait d'un égoïsme et d'une cupidité déplacés. Elles préférèrent s'exiler dans le monde des humains plutôt que de venir vivre dans son palais pour y constituer son harem.

» Leur rejet mit le roi dans une grande colère. Il maudit les trois sœurs, les condamnant à vivre une existence de solitude sans jamais connaître l'amour véritable. Les belles faes furent si tristes et se sentirent si seules que leur magie se transforma bientôt en un chant qui appelait les hommes à elles, et ainsi naquirent les premières néréides.

» Malheureusement, la magie de ces faes était trop grande. Les hommes qui répondaient à leur appel se retrouvaient subjugués par un charme si puissant qu'ils finissaient par en mourir. Le chant des néréides était trop intense pour un seul homme. Cependant, les sœurs découvrirent très vite que, plus elles acceptaient d'hommes dans leur intimité, plus leur chant s'apaisait. Par ironie du sort, afin de connaître la relation à laquelle elles aspiraient tant, elles devaient à leur tour se bâtir un harem.

À peine a-t-elle fini son histoire qu'Illren s'adresse à moi :

— Il vous est possible de puiser consciemment dans ce pouvoir pour ensorceler des hommes. Quant à votre chant naturel… il sera toujours aussi fort que votre sentiment de solitude. Plus votre cœur sera comblé, moins vous envoûterez les hommes autour de vous.

Ces révélations me laissent sans voix. Tout le monde a les yeux rivés sur moi, attendant une réaction de ma part, bien que je ne sache absolument pas quoi dire ni quoi faire. Je recule, puis, lorsque mon dos heurte le phare, je m'y appuie de tout mon poids, comme si c'était la seule chose qui pouvait m'empêcher de m'écrouler. Rook est aussi choqué que moi. À en juger par la lueur de colère dans ses yeux, cette nouvelle le contrarie énormément.

J'ai de la peine pour lui. Les loups sont si possessifs que l'idée de faire partie d'un harem doit lui paraître inconcevable. Je devrais être aussi mortifiée que lui, et, cependant, je ne peux m'empêcher d'imaginer une vie où je n'aurais pas besoin de choisir entre les hommes que j'aime. Les sœurs avaient raison : cette attitude témoigne d'un égoïsme et d'une cupidité sans nom. Pourtant mon cœur bat à tout rompre, comme s'il sentait que le remède à sa malédiction était à portée de main. Cette légende résonne au plus profond de mon âme. Plus j'y songe, plus je ressens de toutes les fibres de mon être que c'est exactement ce dont j'ai besoin. Cette prise de conscience me bouleverse. Je déglutis péniblement.

Devinant mes pensées, Illren sourit et le voici de nouveau juste devant moi. Il retire ma main de la poche de mon manteau pour caresser mes doigts gantés de son pouce.

— On raconte que les hommes qui constituent le harem d'une néréide connaissent un bonheur sans égal, murmure-t-il en me transperçant de son regard magnétique. La magie de son chant forge entre leurs cœurs un lien si fort que des hommes tueraient pour se faire accepter d'elle.

Son intensité a quelque chose de délicieusement terrifiant. Mon cœur bat la chamade, la tête commence à me tourner. Pourtant, c'est un frisson d'excitation, non d'angoisse, qui m'étreint en me laissant pantelante. Le fae me caresse la joue. *Je sais que je tuerais sans hésitation pour connaître un tel lien.*

Un hoquet de surprise m'échappe ; j'ignore si c'est à cause de ses pensées ou parce qu'il m'effleure le coin de la bouche du bout des doigts.

Rook coupe court à ce moment électrique en s'interposant entre nous dans un grognement.

— Touche-la encore et je t'arrache le bras, crache-t-il en foudroyant Illren de ses yeux d'ambre enflammés.

Son loup a pris le dessus.

En un clin d'œil, le fae le plaque contre le phare en lui plaçant sous la gorge un couteau qui a tout l'air d'être en argent.

— Tu serais mort avant même d'avoir fait un geste, sale cabot, articule-t-il froidement, retrouvant ses réflexes de tueur.

Rook le repousse avec une force surnaturelle, le projetant contre la rambarde, puis se transforme en loup. Mon cœur s'arrête. Ils vont s'entre-tuer !

— Arrêtez !

Faisant fi de toute prudence, je me jette entre eux en levant les mains.

— Ça suffit ! Arrêtez ! Tous les deux !

Illren et Rook continuent de se toiser sans ciller. Le fae halète, le souffle court, tandis que le loup retrousse les babines en montrant les crocs. La tension est certes palpable, mais je les ai au moins empêchés de s'écharper.

— Tu vas devoir apprendre à partager, petit loup, lâche Illren d'une voix glaçante. Même si elle me rejette, sois certain qu'il y en aura d'autres. C'est la seule voie possible pour elle.

Je tourne la tête si brutalement vers lui que je me fais mal au cou.

— Même si je vous rejette ? Que voulez-vous dire ?

Illren détache les yeux de Rook pour poser sur moi un regard de braise.

— Vous avez besoin d'un harem d'hommes, tant pour tempérer la force de votre chant que pour vous protéger de ceux qui vous tueraient par peur de ce que vous êtes. J'ai l'intention de devenir l'un de ces hommes.

Le loup grogne derechef et j'écarquille les yeux, effarée.

— Quoi ?! piaillé-je.

Illren arque un sourcil, l'air de dire : « Et pourquoi pas ? »

— Vous êtes la fae la plus puissante et la plus belle de Détroit. Mais vous êtes aussi vive, intelligente et courageuse. Ce serait un *honneur* pour moi d'appartenir à votre harem.

— Oui, ben, attendez votre tour, marmonné-je en me massant les tempes.

Moi qui pensais déjà avoir trop d'hommes dans ma vie. Je ne sais absolument pas quoi faire à cet instant. Il ne parle pas uniquement de me protéger ; il me demande de l'accepter dans mon *harem*. Autrement dit, il me propose carrément de devenir mon amant – mon compagnon de vie. Comme ça, d'un coup. À l'évidence, je ne vais pas répondre : « Mais oui ! bien sûr, unissons-nous. Pourquoi pas ? » Pourtant, quelle autre solution ai-je véritablement ? Je ne peux tout de même pas rejeter un *assassin*. D'ailleurs, accepterait-il seulement ma décision ? Il me donne l'impression d'un homme qui parvient toujours à ses fins.

Comme s'il pressentait mon refus, Illren plisse les yeux de façon inquiétante. Soudain, plus vif que l'éclair, il m'attrape pour me coller à lui. J'étouffe un cri de surprise. Il glisse alors un bras autour de ma taille pour me retenir, les yeux brûlants de désir.

— Je ne resterai pas sans rien faire quand ce que je convoite se trouve juste à portée de main, et ce que je convoite à cet instant, Nora, c'est vous.

Rook gronde férocement, les oreilles couchées, la fourrure hérissée. Il est à deux doigts d'attaquer le fae. Je crois que la seule raison pour laquelle il ne lui a pas encore sauté à la gorge est parce que je n'ai pas encore cédé à la panique ni tenté de me débattre.

Mon pouls s'accélère. La peur d'être prisonnière d'un homme me contracte le ventre. Je la refoule. Illren ne me fera aucun mal et je peux facilement me libérer de cette prise. Rook m'a appris comment faire. Je résiste cependant à la tentation de m'échapper, car je ne veux pas montrer ma faiblesse à Illren. Puis je prends une profonde inspiration pour m'aider à rester forte, décidée à ne pas me laisser manipuler, et réplique :

— Vous, comme tous les hommes de cette ville.

Il réprime un sourire.

— Je ne suis pas tous les hommes de cette ville, susurre-t-il, ses incroyables yeux violets rivés aux miens.

Avant que je puisse répondre, il met subitement un genou à terre et me prend la main. J'écarquille les yeux. Je rêve ou il va me demander en mariage ?!

— Nora Jacobs, je vous fais serment de fidélité. Je suis à vos ordres, pour aussi longtemps qu'il vous siéra.

L'air se charge de magie autour de nous, me picotant la peau. Giselle et ses hommes poussent une exclamation de stupeur tandis que Rook émet un grognement. Pour ma part, je ne peux que dévisager Illren en clignant des yeux. J'espère qu'il plaisante. Pour un fae, jurer fidélité à autrui revient à se dévouer à cette personne comme un loyal sujet.

— Non, relevez-vous, dis-je d'une voix tremblante. Vous n'avez pas besoin de faire ça.

Illren me fustige du regard, puis porte le dos de ma main à son front incliné.

— Trop tard. Je vous appartiens désormais, corps et âme. Utilisez-moi, maîtresse. J'aspire à vous protéger et à apaiser votre cœur maudit.

Je secoue la tête, désemparée.

— Je ne peux pas… Vous n'êtes pas obligé…

— Bien au contraire, soutient Giselle en regardant Illren d'un air ébahi. Le vœu de fidélité constitue une promesse indissoluble. Sa magie fae l'obligera à tenir parole à moins que tu ne l'affranchisses de son serment. Néanmoins, ce serait là une terrible insulte de ta part.

Une humiliation et une honte passibles de bannissement, voire de mort.

Je deviens livide, soudain saisie d'un léger vertige. *Mais qu'est-ce qui vient de se passer ?*

Je lance un regard paniqué à Rook. Le loup se colle à ma jambe et vient loger son museau dans la paume de ma main libre en couinant. J'enfonce les doigts dans son épaisse fourrure tout en me creusant les méninges pour trouver une solution à ce casse-tête. Je ne vois aucune échappatoire.

J'essaie à plusieurs reprises de parler, mais ma voix me fait défaut. L'assassin le plus redoutable de la ville vient de se lier à moi. Que diable suis-je censée faire de lui ? Je ne veux pas d'un obligé, mais je ne me vois pas non plus lui causer « une humiliation et une honte passibles de bannissement, voire de mort. »

— Relevez-vous, je vous en prie, dis-je finalement d'une voix enrouée.

Illren s'exécute d'un mouvement souple.

— Vous êtes un peu dépassée pour l'instant, énonce-t-il calmement, et c'est sans doute la première fois que je l'entends parler d'une voix douce. Mais je vous promets que vous ne le regretterez pas.

— Que suis-je censée… ?

Il m'interrompt en me plantant un bref baiser sur la bouche, puis me libère avant que la panique n'ait le temps de me gagner.

— Je vais mettre de l'ordre dans mes affaires et je vous retrouve plus tard, maîtresse. Appelez-moi si vous avez besoin de mes services.

Là-dessus, avec un dernier sourire suffisant à l'intention de Rook, il tourne les talons et s'en va. Je le regarde s'éloigner, interdite.

Chapitre 12

Je m'affale sur le siège passager du pick-up de Rook, tellement ébranlée par les événements que je remarque à peine quand le loup-garou reprend forme humaine et enfile la tenue de rechange qu'il gardait sous son siège. Il s'installe derrière le volant, et nous restons un moment sans rien dire.

— Est-ce que ça va ? finit-il par demander.

J'acquiesce distraitement, le regard perdu dans le vide.

— Je crois. (Puis je secoue la tête.) Je n'en sais rien.

Rook soupire et m'attire vers lui en m'installant sur ses genoux, le dos à la fenêtre, les pieds sur le siège passager, avant de m'envelopper de ses bras. Prise de court, je rougis violemment, mais il refuse de me lâcher. Une légère lueur brille dans ses yeux et j'entends un grondement sourd rouler dans sa poitrine.

— Rook.

— Je maîtrise la situation, me certifie-t-il, mais sa voix rauque trahit la présence du loup. Je n'aime pas te voir contrariée.

N'ayant plus la force de lui résister – ni l'envie, pour être honnête –, je cale ma tête sous son menton et me blottis contre son torse. Il resserre son étreinte. Son loup émet de nouveau un ronronnement guttural.

— Je ne suis pas contrariée, lui assuré-je en lui caressant le bras. Je suis seulement… je ne sais pas… sans doute encore en train de digérer ce qui vient de se passer.

Il m'effleure le front des lèvres.

— Je n'aime pas ça. Ce connard vous a liés sans ton consentement et espère devenir ton amant. L'un de tes *nombreux* amants, apparemment.

Cette fois, le grondement qui lui échappe n'exprime aucune satisfaction. Il est en colère. Non, furieux. Voilà pourquoi son loup affleure à la surface. Certes, il se domine, mais tout juste. J'aimerais pouvoir le réconforter, malheureusement, je n'ai aucune réponse.

— Je suis désolée. Je ne sais pas quoi te dire.

Il me soulève le menton, et c'est le seul avertissement qu'il me donne avant d'écraser ses lèvres contre les miennes. Prise au dépourvu par ce baiser fougueux, je n'ai pas le temps d'y répondre qu'il relève déjà la tête.

— J'ai besoin de toi, Nora, confesse-t-il d'une voix si ardente que j'en frissonne. Mon loup, il… *nous* avons besoin de toi.

Il penche de nouveau la tête et, cette fois, je suis prête à accueillir son baiser. À l'instant où nos lèvres se rencontrent, la passion nous emporte. Son baiser brûlant me consume, impétueux, vorace. Sa langue tente de forcer le passage et, pour une fois, je cède sans la moindre hésitation. Je n'avais encore jamais connu un tel abandon.

Après quelques instants, il enfouit la main dans mes cheveux et m'incline la tête en arrière. Retirant mon écharpe, il s'attache immédiatement à déposer une traînée de baisers torrides sur ma gorge.

— Rook, dis-je dans un soupir, confrontée à un flot de sensations inconnues.

Sa bouche trouve mon oreille et la mordille doucement. Je laisse échapper un petit gémissement et sens un grondement de plaisir vibrer dans sa poitrine en réponse. Il plonge le nez dans mon cou pour respirer mon odeur.

— Tu sens si bon.

Son souffle chaud me caresse la peau, puis ses lèvres survolent un point sensible juste derrière mon oreille. Un violent frisson me traverse. Je suis à sa merci, incapable de faire autre chose que sentir.

Il ouvre mon manteau pour glisser une main à l'intérieur et me caresser le ventre. Je sens la chaleur de sa paume à travers mon pull. Puis ses doigts partent explorer mes côtes. Je me raidis brusquement lorsqu'ils remontent et me frôlent le sein.

Rook se fige aussitôt, relevant la tête pour voir ce qui ne va pas.

— C'est la première fois qu'un homme te touche ?

Même si son franc-parler me fait rougir, je sais que son intention n'est pas de m'embarrasser. Sa question trahit de l'inquiétude. Je déglutis péniblement et réponds :

— Avec ma permission, oui.

La lueur dans ses yeux s'atténue, ses traits s'adoucissent. Son regard est empli de compassion mais, Dieu merci ! dénué de toute trace de pitié.

— Puis-je ? demande-t-il simplement.

Mon cœur bondit, mais ce n'est pas de peur. Du moins, pas uniquement. Bien qu'effrayée, j'ai aussi terriblement envie de vivre enfin cette expérience dans des circonstances normales. Je veux savoir ce que ça fait d'accueillir des caresses au lieu de les redouter. Incapable de parler, je me contente d'acquiescer.

Rook prend le temps de m'observer, comme pour déterminer si je le pense vraiment. Puis, lentement, il porte la main à mon visage et me couvre la bouche d'un tendre baiser. Alors, tout en continuant à parcourir mon visage de ses douces lèvres, il descend la main sur ma gorge, ses doigts légers glissant telles des plumes sur ma peau. Je ferme les yeux et me détends peu à peu. Sa main atteint l'ourlet de mon pull, effleurant la peau nue de mon ventre.

— Si tu veux que j'arrête, tu n'as qu'un mot à dire, murmure-t-il contre ma tempe.

Je lui fais confiance. Il est parfaitement maître de lui à cet instant. Ses pensées sont exclusivement tournées vers moi : *Elle mérite de connaître le plaisir d'une véritable étreinte. Elle mérite d'être aimée, vénérée.*

Lorsqu'il franchit le pas et passe la main sous mon pull, me touchant d'une façon que je n'avais encore jamais acceptée jusqu'à cet instant, je prends une brusque inspiration et me cambre vers lui, envahie par un plaisir d'un genre nouveau.

— Ça va ? s'enquiert-il.

— Oui, gémis-je.

En réalité, je reste très en dessous de la vérité. Mon désir m'époustoufle. Je n'ai jamais rien ressenti de tel. Le succès de ses caresses ramène son loup à la surface et il reprend possession de mes lèvres dans un baiser enflammé. Tandis que sa bouche dévore la mienne, il continue d'explorer ma poitrine, me faisant découvrir un nouveau monde d'intimité.

Au bout de quelques minutes, il s'écarte, hors d'haleine.

— Je ferais mieux de m'arrêter, dit-il d'une voix rude.

Je suis toujours muette d'émerveillement. Je n'avais jamais été capable d'un tel niveau d'intimité avec quiconque. C'est un sentiment libérateur, qui me redonne espoir dans l'avenir.

Percevant mon émoi, Rook m'entoure de nouveau de ses bras et se contente de me serrer tendrement. Nous restons assis en silence tandis que je m'efforce de mettre de l'ordre dans mes émotions. Je suis au bord des larmes, et je ne sais même pas pourquoi. Ce sont des larmes de joie, je crois. Un reniflement m'échappe. Rook me décolle la tête de son menton pour scruter mon visage.

— Est-ce que ça va ?

J'acquiesce sans un mot.

— Tu es sûre ?

Je déglutis, puis hoche de nouveau la tête. Il laisse échapper un long soupir, avant d'essuyer l'unique larme qui roule sur ma joue.

— Allons faire autre chose.

Ce changement de sujet est pile ce dont j'avais besoin pour me ressaisir.

— Je dois passer au bureau de l'Agence.

Jetant un coup d'œil à l'horloge du tableau de bord, Rook resserre son étreinte.

— Rien ne presse. Oliver et Nick n'y seront pas avant 16 heures, et Terrance ne veut pas que tu t'occupes de l'affaire sans Parker. Nous avons un peu de temps devant nous. Trouvons une activité pour te changer les idées, juste un petit moment. On s'inquiétera du reste ce soir.

Sa proposition est bien trop tentante. Je prends une dernière grande inspiration, puis regagne mon siège. Tentant de me reconcentrer, je jette un coup d'œil circulaire dans le véhicule et lâche un éclat de rire.

— On a embué les vitres.

Rook glousse, puis me regarde d'un air espiègle.

— Je n'avais pas fait ça depuis des décennies.

— « Des décennies » ?! (J'attache ma ceinture en secouant la tête.) Dis-moi, ça ne fait pas de toi un vieux pervers ?

Le métamorphe renverse la tête en arrière et rit de bon cœur. Puis, bouclant sa propre ceinture, il m'adresse un sourire polisson.

— En général, j'évite de les prendre au berceau mais, dans ton cas, je ferai volontiers une exception.

Nous nous esclaffons derechef.

— Alors, que veux-tu faire ? demandé-je une fois notre sérieux retrouvé.

Je n'obtiens qu'un sourire en réponse.

Excitée comme une puce, je trépigne sur mon siège tandis que Rook se gare devant le marché des sapins de Noël.

— Pour de vrai ?

À ma grande honte, ces mots m'échappent dans un cri suraigu. Le métamorphe, incapable de garder son sérieux, éclate de rire.

— Les fêtes de Noël approchent, non ?

— Certes, mais, Noël, c'est comme Thanksgiving. Je n'en ai jamais connu un vrai. Je n'ai même jamais eu de sapin depuis que je me suis émancipée du système d'adoption.

— Dans ce cas, c'est toi qui le choisiras !

Je souris à m'en faire mal aux joues, puis entraîne Rook d'un pas pressé vers le marché. L'homme à l'entrée nous tend à chacun un sucre d'orge. Je déballe le mien en moins de deux et mets la canne dans ma bouche. Rook passe le bras autour de ma taille avec un petit rire attendri et nous nous promenons au milieu des sapins, blottis l'un contre l'autre.

Nous flânons dans le marché d'un pas tranquille, presque sans but. C'est une belle journée pour choisir un sapin. La blancheur du ciel nuageux, associée au manteau de neige immaculée qui recouvre le sol, contribue à nous offrir un après-midi lumineux malgré l'absence du soleil. Le vent s'étant calmé, il fait aussi beaucoup moins froid. À moins que ce soit l'homme à mon côté qui me tienne chaud. Avec la fraîcheur qui me pique les joues, l'odeur résineuse des conifères dans mes narines, la délicieuse sucette à la menthe dans ma bouche et l'homme séduisant qui me tient contre lui, cet instant est parfait. Je m'en imprègne, le cœur serré.

— Alors, quel genre de sapin cherche-t-on ? s'enquiert Rook.

La gorge nouée par l'émotion, je suis incapable de proférer le moindre son. Le loup-garou me jette un bref coup d'œil et s'arrête net.

— Qu'y a-t-il ?

Je secoue la tête en le rassurant d'un sourire.

— Rien, tout va bien.

— Tu mens, dit-il en m'agrippant les bras. Tu es à deux doigts de pleurer.

C'est vrai. Mon nez me chatouille, mes yeux s'embuent.

— C'est juste que je n'avais jamais connu ça.

— Quoi donc ? demande-t-il en lançant un regard à la ronde, comme si les sapins détenaient la réponse.

Je m'efforce de trouver les mots justes pour exprimer ce que je ressens.

— La paix, je suppose. La possibilité de passer une journée avec un homme sans avoir peur. Pour la première fois de ma vie, je suis entourée de personnes auxquelles je tiens, et je suis… heureuse.

Un sourire affectueux lui adoucit les traits et il me répond dans un murmure :

— Moi aussi, je suis heureux, Nora. Je n'avais plus éprouvé cela pour personne depuis la mort de ma compagne. Je ne croyais pas pouvoir retrouver ce sentiment un jour.

Puis il écarte les cheveux de mon visage, me force à lever le menton et plonge son regard dans le mien. Je me perds aussitôt dans l'azur de ses yeux.

— Je suis amoureux de toi, Nora.

Sa déclaration déclenche une envolée de papillons dans mon ventre. J'ai l'impression que mon cœur va exploser de bonheur. Ses sentiments sont authentiques. Certes, mon aura de séduction l'a peut-être attiré et poussé à baisser sa garde au début, mais il n'est pas sous son emprise. Je sais faire la différence. Sa considération à mon égard est sincère. Je veux sauter le pas à mon tour, lui avouer ce que je ressens. La vérité sort sans effort.

— Moi aussi, je suis amoureuse de toi.

Il se fige, manifestement surpris. Un sourire se dessine sur ses lèvres, puis il incline la tête vers moi pour prendre ma bouche dans un lent baiser, à la fois doux et sensuel. Je noue les bras autour de son cou et il m'enlace par la taille, me hissant sur la pointe des pieds.

— Mmmh ! fait-il en dardant sa langue sur mes lèvres. De la menthe. Tu as un goût de Noël.

Je ris. Il me libère, puis me prend la main pour reprendre notre errance parmi les sapins. Nous mettons une bonne demi-heure à trouver l'arbre idéal, que nous sanglons ensuite à l'arrière du pick-up de Rook. Sur le chemin du retour, nous faisons une halte afin d'acheter des décorations et en profitons pour rapporter le dîner.

Après le repas, nous nous lançons dans la décoration du sapin sur un fond de musique de Noël. Avec ses trois mètres de haut, l'arbre que nous avons choisi est assez grand et assez large pour nous cacher l'un à l'autre. La pose de la guirlande lumineuse requiert un véritable travail d'équipe. Nous nous la passons tour à tour pour l'enrouler autour du sapin en partant des branches les plus basses.

— Quel est ton film de Noël préféré ? demandé-je alors que nous progressons vers le sommet.

— *Maman, j'ai raté l'avion*, répond Rook du tac au tac.

— Vraiment ? m'étonné-je en me penchant pour lui passer le chapelet d'ampoules. Je te voyais plutôt fan du *Sapin a les boules*.

Il prend la guirlande en me décochant un grand sourire.

— Certes, c'est un classique, mais personne n'arrive à la cheville de Kevin McCallister. On parle quand même du gamin de huit ans le plus *badass* de la Terre !

Je ris à gorge déployée.

— Et toi ? enchaîne-t-il en me rendant le fil de l'autre côté. C'est lequel ton préféré ?

— N'importe quel film de Noël sur Netflix. J'ai un faible pour les téléfilms ultracucul et téléphonés.

J'accroche avec un soin méticuleux le cordon à chaque branche. C'est la première fois que je décore un sapin, mais je pense pouvoir affirmer sans me tromper que j'appartiens au club des fondus de guirlandes : plus il y en a, mieux c'est.

Rook tend la main, attendant que je lui passe le relais.

— Sérieux ? Je ne te croyais pas si fleur bleue.

Je lui confie la guirlande, puis lui apporte le petit escabeau pour lui permettre de la fixer au sommet du sapin. Même avec le marchepied, la cime de l'arbre est trop haute pour moi.

— C'est un plaisir coupable, admets-je. Ces films portent toujours sur la quête de l'amour et les miracles de Noël. Le genre d'histoire qui fait rêver n'importe quel orphelin.

Rook perd son sourire et baisse les yeux sur moi du haut de son escabeau.

— Ton enfance a toujours été si malheureuse ?

Je hausse les épaules, puis ramasse une boîte d'ornements.

— Parfois, c'était un cauchemar. Parfois, ça allait. Mais je me suis toujours sentie seule.

Il hoche la tête d'un air pensif, tentant sans doute de s'imaginer l'enfance que j'ai pu connaître. Nous poursuivons la décoration de notre sapin pendant un moment dans un silence paisible. Alors que je dispose délicatement des cheveux d'ange sur les branches, Rook s'approche et m'enlace par-derrière. Je m'attends à être submergée par ma panique habituelle, mais non, il ne se passe rien.

— Plus jamais, murmure-t-il contre mon cou.

Je pivote entre ses bras pour lui faire face et pose les mains sur son torse.

— Plus jamais quoi ?

Il contemple mon visage comme pour s'imprégner de chaque détail. Ses bras se resserrent sur ma taille.

— Si tu veux bien de moi, je jure que plus jamais tu ne te sentiras seule.

Je sens mon cœur fondre. Il essaie vraiment de me tuer aujourd'hui avec ses déclarations romantiques et ses baisers époustouflants. En parlant de baisers, il baisse la tête pour m'en voler un.

Un raclement de gorge se fait entendre derrière nous. Je me fige instantanément. Debout sous l'arche du couloir, Parker nous regarde avec un visage impassible.

— Bonsoir, murmure-t-il.

Il sourit, mais l'expression paraît forcée. Alors que je tente de m'écarter de Rook, ce dernier me garde obstinément dans ses bras.

— Rook, le préviens-je à voix basse.

Le métamorphe grince des dents, puis consent à me lâcher.

Génial, maintenant, les deux sont contrariés. Une boule se forme dans mon ventre. Et comment suis-je censée me constituer un harem ? Comment puis-je honnêtement demander à ces hommes de me partager quand il est évident que ça les dérange ? Si les rôles étaient inversés, et qu'ils voulaient fréquenter d'autres femmes que moi, je serais terriblement jalouse moi aussi. Toutes les explications du monde au sujet des besoins inhérents à leur espèce ne suffiraient pas à me convaincre. Il vaudrait peut-être mieux renoncer. Je crois que je préfère vivre avec ma malédiction que leur faire du mal.

Il y a un moment de flottement durant lequel nous nous dévisageons sans rien dire. Parker rompt le silence en premier.

— C'est donc lui que tu choisis ?

Ce n'est ni un reproche, ni une accusation. Il s'emploie même à masquer sa déception et sa peine derrière un visage stoïque et une voix mesurée.

Rook m'observe attentivement, guettant ma réponse. Mon silence ne tarde pas à le froisser. Lorsqu'il me prend la main, le flot houleux de ses pensées me submerge : *Après les merveilleux moments que nous venons de passer, elle n'arrive toujours pas à choisir ? Cette journée a été parfaite. Nous sommes faits pour être ensemble, c'est évident. Pourquoi ne le voit-elle pas ? Elle a dit elle-même qu'elle était heureuse. Elle a admis ses sentiments pour moi ! Dois-je en conclure qu'elle ne le pensait pas ?*

Je serre sa main, un sanglot coincé dans la gorge.

— Bien sûr que je le pensais.

Baissant les yeux sur nos mains jointes, Rook se rend subitement compte que je lis dans ses pensées. Il me lâche aussitôt et recule. Sa réaction me blesse plus qu'elle ne le devrait.

Il me dévisage, m'implorant silencieusement de le choisir, et je ne peux que le regarder avec impuissance, incapable de lui offrir ce qu'il désire. Je perçois le moment exact où il comprend que ce choix m'est impossible.

Son désespoir se mue en colère. Il s'empoigne les cheveux à deux mains et me tourne le dos. Mes yeux s'embuent. Je ne tiens pas à pleurer devant eux, mais il devient difficile de contenir mes larmes.

Rook fait soudain volte-face en serrant les poings le long du corps. Il ferme les yeux et déclare d'une voix grave :

— Je n'aime pas cette histoire de harem, Nora. Je ne pense pas y arriver. (Lorsqu'il rouvre les yeux, j'y lis un profond chagrin.) Les loups ne sont pas faits pour partager.

Mon cœur se déchire. Pourquoi fallait-il que les choses deviennent si compliquées ? J'aimerais, plus que tout au monde, exaucer le vœu de Rook, mais un seul regard à Parker, qui observe en silence notre face-à-face avec sa patience ordinaire, me suffit pour savoir que j'en suis incapable.

Je regarde le loup-garou en secouant la tête, essayant de lui faire comprendre le dilemme qui me tiraille.

— Je suis désolée. Ce n'est pas dans ma nature à moi non plus de sortir avec plusieurs personnes. Ce n'est même pas dans ma nature de sortir avec quelqu'un tout court.

Rook fixe ses yeux furieux sur le plafond et inspire profondément.

— Si, justement, c'est dans ta nature, ou nous n'en serions pas là.

D'accord, je comprends, il est en colère. Cependant, il n'est pas le seul affecté par cette situation inextricable. Excédée, je lève brusquement les bras.

— Et que suis-je censée faire, Rook ? C'est sans issue. J'ignore comment on en est arrivés là, mais je tiens à chacun de vous si profondément qu'il m'est impossible de choisir. Jamais je n'attendrai de toi que tu me partages comme

Giselle l'a décrit, mais je suis aussi forcée de reconnaître qu'elle a raison. Depuis que je vous ai rencontrés, ma vie va de mieux en mieux. Je me fais beaucoup moins reluquer et aborder. Je n'ai plus à subir en permanence les avances, les attouchements ou les menaces de parfaits inconnus. Je me sens enfin en sécurité ! Pas un seul parmi vous n'a manifesté de comportement obsessionnel.

Rook ricane en lançant un regard noir à Parker.

— Je ne suis pas de cet avis.

— C'est pourtant la vérité, persisté-je. La relation que j'ai avec chacun d'entre vous est plus vraie que tout ce que j'ai pu connaître. Je ne veux pas vous blesser, et je ne tiens pas particulièrement à me constituer un harem entier, mais je ne veux pas non plus renoncer à ce nouveau bonheur. Je ne veux pas revenir en arrière et vivre dans la crainte des hommes que je charme malgré moi, avec la certitude de finir ma vie seule. Alors, vas-y, je t'écoute. Qu'est-ce que je suis censée faire ?

Rook n'a pas de réponse. Il souffle, irrité, puis ferme les yeux en secouant la tête. Lorsqu'il les rouvre, ses iris brillent d'un éclat doré.

— Je dois y aller, lâche-t-il.

Puis, sans un mot de plus, il disparaît dans l'escalier. Je tressaille en entendant la porte claquer violemment et ferme les yeux. Des larmes me brûlent les paupières. J'appuie mes paumes contre elles en inspirant profondément. Malgré mes efforts, un reniflement m'échappe.

Des mains prévenantes me saisissent par les épaules, puis la douce voix de Parker souffle à mon oreille :

— Nora ?

Je m'écarte de lui et me laisse tomber sur le canapé dans un grand soupir. Il me rejoint, posant un bras derrière mes épaules, sur le dossier, l'autre main sur mon genou.

— Parle-moi.

Je renverse la tête en arrière sur son bras, me frotte le visage et regarde le plafond en gémissant. Je n'ai plus envie de discuter, mais il ne me laissera pas m'en tirer sans une explication.

— Nous avons rendu visite à Giselle aujourd'hui et, d'après elle, le seul moyen pour moi d'atténuer mon chant naturel de néréide, c'est de me constituer un harem. Apparemment, plus je prendrai d'amants, moins j'ensorcellerai les hommes malgré moi.

Un silence s'installe entre nous. Après cet aveu, je ne vois pas comment je pourrai un jour le regarder en face. Cependant, le poids de son regard finit par me faire céder et je reporte mon attention sur lui. Il m'observe fixement, comme s'il tentait de déchiffrer mes pensées. Je lui souhaite bien du courage ; moi-même je suis confondue par le désordre qui règne dans ma tête.

Pas moyen de deviner ce qu'il pense de toute cette histoire. Son visage est redevenu un masque impénétrable. Je devrais sérieusement songer à l'emmener à Vegas ; il ferait un malheur au poker.

— Et qu'est-ce que cela t'inspire ? me demande-t-il prudemment.

Ha ! Je n'en ai pas la moindre foutue idée.

— Je me sens déroutée, réponds-je, avant de détourner le regard pour admettre l'entière vérité : Ou, plutôt, je suis déroutée que cette idée ne me rebute pas autant qu'elle le devrait.

Je risque un coup d'œil vers le vampire, qui m'encourage d'un signe de tête à continuer. Je hausse les épaules et confesse :

— Je sais que ça fait de moi la pire des garces, mais je vous veux tous. Quand Giselle m'a expliqué de quoi il retournait cet après-midi, je ne sais pas, ça m'a paru parfaitement logique et normal. Comme si ça mettait au jour quelque chose que mon corps a toujours su instinctivement.

Parker acquiesce de nouveau. Apparemment, ma réponse ne le surprend pas. En revanche, je n'arrive toujours pas à déterminer ce qu'il en pense.

— C'est dans ta nature, énonce-t-il simplement.

— Ça va pas, non ? Ce genre de relation n'a rien de naturel.

— Pour les humains, peut-être. (Il s'assure d'accrocher mon regard avant de poursuivre.) Mais tu n'es pas humaine, Nora. Peu importe la manière dont on t'a élevée, tu ne peux pas museler ton instinct.

J'aimerais le contredire, mais il me coupe la parole dès que j'ouvre la bouche :

— Les vampires sont des créatures sensuelles.

Je ravale mon argument, prise au dépourvu par cet apparent coq-à-l'âne. Il me caresse délicatement la cuisse pour appuyer son propos.

— Il est très rare pour un vampire de s'unir à une personne. Nous vivons en clans, car nous sommes des êtres sociaux mais, en dehors des liens de sire, nous n'entretenons pas de rapports affectifs étroits. Le sexe n'a rien de sacré pour nous. La nature nous a simplement faits ainsi. C'est tout l'inverse pour les loups-garous. Leur instinct leur dicte de trouver un partenaire pour la vie. C'est inscrit dans leurs gènes.

Me voyant sourciller, Parker me saisit le menton et passe le pouce sur mes lèvres comme pour imprimer un sourire sur mon visage.

— Tu appartiens à une tout autre espèce, Nora. Cet instinct fait partie de toi. Le fait qu'il soit différent du mien ou de celui de Rook ne le rend pas anormal.

— Peut-être, marmonné-je, mais il a quand même un sacré don pour me pourrir la vie.

Parker réprime un sourire, mais ses yeux pétillent d'amusement.

— Ce n'est pas faux. Cela dit, rien ne t'oblige à régler tout ça ce soir. Tu es pratiquement étrangère à toi-même, tu as passé ta vie à réprimer ton instinct primaire. Prends le temps de creuser tes émotions, tes sentiments. Apprends à connaître ta nature profonde. Ensuite, seulement, nous pourrons nous soucier de savoir quels hommes accueillir dans ton harem.

Je blêmis. Puis, remarquant son grand sourire, je lui donne une tape sur le bras pour le punir de sa taquinerie. Il glousse et se penche vers moi pour m'embrasser le front.

— Tout finira par s'arranger. Ne te tracasse pas autant.

Je soupire. J'ignore si je partage son optimisme mais, une chose est sûre, je me suis suffisamment pris la tête avec ça aujourd'hui. Et puis j'ai des soucis plus importants dans l'immédiat.

— Tu as raison, n'en parlons plus. De toute façon, il faut qu'on passe à l'Agence. On a un tueur à attraper.

Chapitre 13

Je suis presque tentée de faire demi-tour lorsque je pénètre dans les locaux de l'AFO et vois Henry et deux autres vampires plongés dans une discussion animée avec la directrice West près de l'accueil. Je recule d'un pas, mais Parker bloque ma retraite. Il pose une main au bas de mon dos, comme pour me signifier qu'il ne me quittera pas d'une semelle et me protégera au besoin. Je ne me sens pas nécessairement menacée par Henry ; je n'ai simplement aucune envie d'avoir affaire à lui. La journée a été trop longue et riche en émotions.

Le maître vampire nous tourne le dos, tellement remonté qu'il ne s'avise même pas de notre arrivée.

— Six de mes employés sont morts, Madison. Six ! En deux semaines ! Sais-tu quelle image cela donne de moi ?

Je ricane tout bas. Évidemment, Henry ne se soucie que de sa réputation. Quel trou du cul !

Malheureusement, les vampires ont une ouïe surdéveloppée. Henry fait volte-face, visiblement prêt à m'incendier. Puis il se rend compte que c'est moi et son attitude change du tout au tout.

— Nora, me salue-t-il d'une voix posée avant de tendre la main vers moi.

— Ne me touche pas, Henry, dis-je avec un mouvement de recul.

Ses yeux rougeoient un instant, mais il domine sa colère et se fend d'un sourire.

— Comment vas-tu ? Tu m'as beaucoup manqué. (Son commentaire me fait lever les yeux au ciel, réaction impolie qu'il choisit d'ignorer.) Que fais-tu ici ? J'espère que tout va bien.

La directrice met son grain de sel dans la conversation avant que je puisse répondre.

— Henry, Nora sera peut-être en mesure de t'aider.

Je la regarde en clignant des yeux, atterrée. Il n'est pas question que j'aide Henry de quelque manière que ce soit. Plutôt crever. Madison m'adresse un sourire radieux sans prêter attention à l'hostilité qui émane de moi.

— D'après Sublime, vous enquêtez avec les faes pour identifier l'auteur des meurtres. Henry s'efforce lui aussi d'élucider cette affaire. Peut-être pourriez-vous joindre vos efforts ?

Je grince des dents. Je n'ai rien contre la directrice, mais je ne tiens pas du tout à avoir Henry dans les pattes. Le regard du maître vampire s'illumine et ses lèvres s'étirent en un sourire presque carnassier.

— Je serais enchanté de…

— Non, le coupé-je avec un geste catégorique de la main. Hors de question.

Il se hérisse et me réprimande :

— Ne sois pas si mesquine, Nora. Des gens sont en train de mourir. Tu peux tout de même oublier nos différends le temps de…

— Comme si tu en avais quelque chose à foutre que des gens meurent. La seule chose qui te préoccupe, c'est que ces meurtres sont tous liés à ton casino. C'est pour ta réputation que tu t'inquiètes, rien d'autre. Tu ne penses qu'à te couvrir.

Ses yeux flamboient de colère, mais il se reprend très vite.

— C'est faux, je m'inquiète aussi pour toi, argue-t-il, avant de m'examiner de la tête aux pieds. Je constate que la rumeur était vraie : tu es une fae. Autrement dit, tu cours un grand danger en ce moment, et je ne supporte pas l'idée qu'il puisse t'arriver malheur.

De nouveau, il tente de me prendre la main, mais je la mets promptement derrière mon dos. Je recule contre l'épaule de Parker en fusillant Henry du regard.

— Tu n'as pas à t'en faire. J'ai déjà plein d'amis pour veiller sur moi.

— Oui, tous tes hommes se sont très bien occupés de toi, articule-t-il en plissant les yeux. Paraît-il.

Sa jalousie se voit comme le nez au milieu de la figure. Il faudra que je pense à redire à Terrance combien je l'aime. Toutefois, estimant plus sage de ne pas trop provoquer le maître vampire, je choisis de ne pas relever sa pique et reviens au sujet initial :

— Je refuse de travailler avec toi. Je ne te fais pas confiance. Néanmoins, si tu as des renseignements à me donner, tu peux m'en faire part maintenant. Je tiendrai la directrice West au courant des progrès de mon enquête, et elle-même pourra te les notifier.

Bien que Madison semble apprécier de se voir incluse dans la boucle, Henry ne partage pas son enthousiasme. Il ouvre la bouche, sans nul doute pour continuer à débattre, mais, n'étant pas d'humeur à supporter son cinéma, je lui coupe l'herbe sous le pied.

— As-tu des informations utiles à me communiquer ?

Il serre les mâchoires et ferme les poings.

— Non, je n'ai rien. Aucun des meurtres n'a eu lieu dans mon établissement. Je me suis entretenu avec tous mes employés, mais je n'ai aucun suspect et je n'arrive pas à comprendre pourquoi quiconque s'en prendrait à mon personnel. C'est d'ailleurs pour cette raison que je viens demander l'aide de l'Agence.

Je secoue la tête pour le détromper.

— Ils ne ciblent pas spécifiquement tes employés.

Henry se raidit, troublé.

— Qu'as-tu appris ?

J'aimerais en effet me montrer mesquine et garder ces informations pour moi ; cependant, la priorité est de mettre fin à ces meurtres. Je ne compte pas faire équipe avec Henry mais, si de son côté il s'efforce aussi de retrouver le tueur, je ne suis pas trop orgueilleuse pour partager mes découvertes. Après un bref coup d'œil à Parker, j'acquiesce à l'intention du maître vampire.

— Nous pensons avoir affaire à des chasseurs humains doués de clairvoyance.

Henry rentre le menton, interloqué. La directrice West lève les sourcils, l'air à la fois surprise et impressionnée par mon rapport.

— Cela expliquerait pourquoi toutes les victimes jusque-là ont été des faes.

J'opine du chef, puis reporte mon attention sur Henry.

— Ils ont compris que ton casino constituait un lieu de prédilection pour les faes. Ils s'en servent pour repérer leurs victimes. Il faut que tu préviennes tes employés et tes clients faes. Ils ne seront pas en sécurité là-bas tant que nous n'aurons pas coincé les meurtriers.

Je suis étonnée de le voir hocher la tête d'un air soucieux. Plus étonnée encore qu'il accepte de suivre mes consignes.

— Ce sera fait. Et je donnerai congé à mes employés faes en attendant que le problème soit résolu. Mais nous devons au plus vite régler cette histoire. Aurais-tu d'autres éléments utiles pour moi?

— Pas des masses, reconnais-je dans un soupir. Les suspects sont deux hommes avec un SUV noir aux vitres teintées. L'un d'eux doit avoir la vingtaine. Il a…

— Tu l'as vu?!

— Oui, j'ai pu voir son visage en relevant une empreinte psychique sur l'une des victimes du parc. L'homme que j'ai aperçu faisait près d'un mètre quatre-vingts. Il était plutôt élancé, avec des cheveux bruns coupés court et des yeux marron. Oh! et il avait aussi un tatouage sur le cou. (J'indique l'endroit exact sur le mien.) Des mots, mais je n'ai pas reconnu la langue. Je n'ai pas bien vu le second tireur.

Une étrange lueur avide brille soudain dans son regard.

— Montre-moi, dit-il en tendant aussitôt les mains vers ma tête.

Je les repousse d'une claque.

— Même pas en rêve! Je ne te laisserai plus jamais entrer dans mon esprit.

— Mais tu as vu le tueur…

Il s'avance en levant de nouveau les mains, une expression presque fanatique sur le visage.

— Ne t'approche pas! craché-je en m'abritant derrière Parker.

Non, je n'éprouve aucune culpabilité à me servir de lui comme d'un bouclier. D'ailleurs, Parker bombe le torse et redresse les épaules, prêt à me défendre si le vampire obsédé fait un pas de plus.

Voyant son ancien lieutenant se dresser entre lui et moi, Henry devient fou de rage. Ses yeux rougeoient, ses crocs s'allongent.

— Je t'ai épargné la dernière fois, par égard pour Nora, siffle-t-il. Je ne serai pas aussi clément cette fois-ci.

Parker répond à la menace en revêtant à son tour ses traits vampiriques.

— Tu ne la toucheras pas.

Surgissant de nulle part, Nick s'interpose pour les empêcher de s'entre-tuer.

— Ça suffit ! Henry, tu ferais mieux de partir. Nora te contactera lorsqu'elle aura plus d'éléments.

Si Parker obtempère immédiatement, Henry, quant à lui, décide de reporter sa fureur sur l'agent. Mauvais calcul. Au premier sifflement de colère, Nick entame une métamorphose qui, comme j'ai eu l'occasion de le voir à plusieurs reprises, ne révèle qu'une partie de sa nature métamorphe. Des écailles noires apparaissent sur ses bras, ses pupilles se réduisent à de minces fentes. Le plus terrifiant, cependant, c'est la puissance qui se dégage de lui. Elle inonde la pièce d'une chaleur intense, me laissant paralysée par une peur indicible.

— Tu veux vraiment te mesurer à moi ? demande-t-il à Henry.

À sa place, je m'écraserais sur-le-champ. De tous les êtres surnaturels que j'ai pu rencontrer, Nick est le plus redoutable. Si jamais il déployait contre moi la pleine force de sa fureur animale, je me pisserais dessus.

Bien que vert de rage, Henry garde le silence, lance un dernier regard mauvais à Parker, puis quitte les lieux suivi de ses deux hommes, claquant la porte derrière lui.

— Gros con, marmonne Nick.

Je me tourne vers lui pour lui tapoter l'épaule en signe de reconnaissance.

— Merci de…

Je m'interromps avec un hoquet de stupeur. Sa nature exacte de métamorphe m'apparaît enfin et elle est ébouriffante.

— Tu es un dragon !

L'agent rit doucement, avant de reprendre totalement forme humaine.

— Si tu voyais ta tête.

— Tu… es… un dragon ! (Je ne me remets pas de cette révélation effarante.) Je croyais que c'était un mythe !

— Un peu comme les néréides ? réplique-t-il avec un sourire malicieux.

Certes, il n'a pas tort, mais quand même : un vrai dragon !

— Ça t'arrive de te transformer totalement ? Genre, avec les ailes, la queue hérissée de pointes, et tout ? Tu peux cracher du feu ? Tu fais quelle taille ?

Les autres éclatent de rire et Nick appuie sa main sur mon épaule avec une pression amicale.

— Un jour, je te montrerai.

J'écarquille les yeux, transportée à l'idée de le voir sous sa forme de dragon.

C'en est à tel point que Parker doit me traîner jusqu'au portemanteau et me retirer lui-même mon blouson pour m'arracher à mon hébétement. À peine suis-je débarrassée de ma panoplie hivernale que la directrice West se présente de nouveau devant moi, un sourire amène aux lèvres.

— Nora, que nous vaut cette charmante visite ? J'espère que ce n'est pas au sujet des meurtres de faes. Je ne peux vraiment pas vous aider sur cette affaire. J'aimerais, mais…

— Ne vous inquiétez pas, madame la directrice, dis-je gentiment. Je suis ici pour parler d'un problème de garçons avec l'expert de la ville.

En soi, je ne mens pas. J'ai bel et bien l'intention de cuisiner Ren sur cette histoire de harem. Mon petit doigt me dit qu'il était parfaitement au courant et a omis de m'en parler. Et si, par hasard, je me retrouve à passer en revue des clichés judiciaires durant cette conversation, disons que la directrice n'est pas obligée de le savoir.

West suit mon regard vers l'incube et s'esclaffe.

— Très bien, je vous laisse discuter. J'ai été ravie de vous revoir. Nous devrions déjeuner ensemble une prochaine fois. Peut-être lorsque ces problèmes faes auront été résolus.

J'esquisse un petit sourire chafouin. Si elle propose d'attendre que cette histoire soit réglée, c'est uniquement parce qu'elle aimerait que j'intègre l'Agence et qu'elle sait pertinemment que je ne l'envisagerai pas un instant si cela implique de laisser tomber les faes.

— Nous verrons, réponds-je d'un ton évasif.

Elle riposte avec un rictus confiant.

— Je vous aurai un jour.

Là-dessus, elle prend congé d'un signe de tête et disparaît dans le couloir qui mène à son bureau. Parker et moi nous retrouvons seuls avec Nick et Ren. Darla est probablement en repos, ce soir, et Oliver doit être dans son bureau. C'est le seul, à part Madison, à disposer d'une pièce séparée. D'après lui, cela s'explique par le fait que la directrice a besoin de son adjoint à proximité mais, pour les autres, c'est surtout parce qu'il est son préféré. « Le chouchou du bureau », comme l'appelle Ren.

Tandis que Parker s'installe dans l'un des fauteuils de la réception, je gagne le poste de travail de Nick. À présent bien calé dans son siège, les bras croisés, les santiags sur le bureau, l'agent me regarde d'un air interrogateur, étonné que je n'aille pas directement voir Ren comme je l'avais annoncé.

— Que puis-je pour toi, Tigresse ?

Son petit air suffisant m'arrache un sourire en coin et, d'un geste, je dégage ses pieds du bureau. Il bascule brusquement en avant avec un juron. Ramassant son chapeau tombé par terre pour m'en coiffer, je réponds :

— J'ai une question.

Il penche la tête de côté, puis lève les yeux vers le chapeau sur ma tête et son expression se fait coquine.

— Très sexy. Il faut absolument qu'on te trouve des santiags.

— Je crois que je me passerai des peaux de serpent.

Je lui remets son chapeau sur la tête, puis m'assois sur le bord de son bureau, à la place de ses pieds. Je dois pousser un amas de papiers pour me faire de la place, mais ceux-ci sont de toute façon déjà en désordre. Je serais d'ailleurs surprise que Nick ait lu un seul de ces documents.

Amusé par mon audace, il se carre de nouveau dans son fauteuil, les mains derrière la tête.

— Pour ma part, je pense que tu devrais choisir Oliver. Il est adorable et gentil comme tout.

Je laisse échapper un ricanement.

— Ce n'est pas *du tout* la question que j'allais te poser.

— Celle-là, elle sera pour moi, lance Ren. Pas vrai, Nora ?

Je lui lance un regard sévère en pointant mon index vers lui.

— Je m'occupe de vous dans une minute, monsieur, et ça va barder.

— Qu'est-ce que j'ai fait ? demande-t-il avec une bouille innocente.

— T'inquiète, ça arrive. Je finis d'abord avec Nick.

Lorsque je reporte mon attention sur le métamorphe, celui-ci lève de nouveau un sourcil, attendant que j'en vienne au fait.

— L'Agence conserve-t-elle des casiers judiciaires comme la police humaine ? ou, plus précisément, des photos de toutes les personnes arrêtées ?

Il laisse tomber ses bras pour les croiser avec nonchalance devant lui.

— Oui, répond-il en me scrutant avec une méfiance parfaitement légitime. Nous tirons le portrait de tous les individus que nous appréhendons.

— Nickel. Je peux les voir ?

— Si cela concerne les meurtres des faes, tu sais que je ne peux pas m'en mêler. West me tomberait dessus en moins de deux. J'ai encore eu droit à un rappel à l'ordre la nuit dernière *avant* et *après* avoir aidé au nettoyage du parc. Je n'ai pas le droit de mettre le nez dans cette affaire.

Je ramasse un stylo sur son bureau et me mets à le faire cliqueter d'un air détaché.

— Qui te parle des faes ? Je demandais simplement si vous faisiez des photos d'identité judiciaire. Supposons que celles-ci soient affichées sur ton ordinateur pendant que tu prends une petite pause-café, par exemple, et que, par le plus grand des hasards, je sois assise à ton bureau à ce moment-là, ce ne serait pas outrepasser tes fonctions, n'est-ce pas ?

Je continue de faire cliqueter le stylo, attendant de voir s'il accepte ce marché tacite. Il réfléchit un moment, puis me gratifie d'un grand sourire.

— Je vois que tu embrasses déjà ton héritage.

— Hein ?

— Les faes sont des créatures fourbes, qui adorent exploiter ce genre de failles.

Je me mords les lèvres pour réprimer un sourire. Je ne suis pas sûre d'apprécier qu'il me compare aux faes. Certes, en principe, j'en suis une, mais ça me fait encore un peu flipper. Nick, en revanche, s'en amuse beaucoup visiblement. Il paraît même fier de moi.

Il s'étire alors, révélant des abdos parfaitement sculptés sous son tee-shirt Black Sabbath.

— Maintenant que j'y pense, j'aurais bien besoin d'un café.

Après quelques clics sur son ordinateur, il se lève puis s'en va, laissant son bureau sans surveillance. Je lui souris de toutes mes dents au passage et il me répond d'un clin d'œil discret. Je m'installe aussitôt dans son fauteuil. Comme je m'y attendais, le fichier des casiers judiciaires est ouvert sur l'écran.

— Merci, Sublime! lancé-je, tandis qu'il se dirige vers la salle de pause.

— Je ne vois pas du tout de quoi tu parles, beauté!

Chapitre 14

Après un quart d'heure à faire défiler les clichés sur l'écran, je sens déjà mes yeux fatiguer. Je me renverse dans le fauteuil en me frottant les yeux de la paume des mains.

— Mince ! je ne pensais pas qu'il y avait autant de criminels occultes dans cette fichue ville.

— Pourquoi crois-tu que Détroit faisait partie des villes choisies quand l'AFO a été créée ? commente Ren en se détachant volontiers de son bureau pour papoter avec moi. Il y a beaucoup d'occultes par ici, dont les trois quarts manigancent quelque chose.

— Au moins vous ne risquez pas d'être au chômage, ironisé-je en examinant une nouvelle série de visages patibulaires.

Je commence à désespérer de trouver mon suspect. Je savais que mes chances étaient minces, mais pas à ce point.

— Ça c'est sûr… même si, vu mon salaire, je ne suis pas loin du chômage, soupire l'incube, avant de tendre le cou vers l'entrée. Parker, trésor, tout va bien pour toi ? Tu veux un café ? une collation ? un massage à l'huile de coco avec un petit bonus final… ?

Oliver choisit ce moment pour sortir de son bureau.

— Ren, on a déjà abordé la question du harcèlement sexuel un million de fois. Tu ne peux pas tenir de tels propos. Salut, Parker. Qu'est-ce que tu fais… ? Oh ! salut, Nora. Qu'est-ce que tu fais là, toi aussi ?

Je lève la tête en entendant mon nom et lui adresse un grand sourire.

— Rien du tout. En tout cas rien qui concerne les meurtres des faes.

Il secoue la tête avec un petit rire, mais ne m'interroge pas davantage. Il s'approche pour déposer un classeur de plus sur la pile de dossiers du bureau de Nick.

— Content de te voir réveillée. (Il se passe la main dans les cheveux, scrutant mon visage à la recherche de signes de fatigue ou de faiblesse.) Tu as dormi longtemps. Ça va ?

Je me cale contre le dossier du fauteuil et le rassure d'un sourire.

— La nuit dernière a été éprouvante, mais je vais bien maintenant.

— Tant mieux, dit-il en se penchant pour me donner un petit baiser sur la bouche.

Je suis étonnée qu'il m'embrasse si spontanément et, surtout, qu'il le fasse ainsi en public. Ren pousse un soupir rêveur.

— Ce que vous êtes chou tous les deux ! Bon, on peut parler de tes problèmes d'hommes maintenant, s'il te plaît ? Je n'en peux plus d'attendre ! Pourquoi es-tu fâchée contre moi ?

Je fixe sur lui des yeux étrécis. Après mon long tête-à-tête avec l'armée de criminels paranormaux sur l'écran, ça m'était complètement sorti de l'esprit.

— Tu savais, n'est-ce pas ? dis-je d'un ton réprobateur. Tu savais, et tu n'as rien dit.

— Je savais quoi ? demande-t-il, déconcerté.

Je reporte mon attention sur l'ordinateur.

— Je suis allée voir Giselle cet après-midi, avec Rook. Elle nous a appris beaucoup de choses sur les néréides.

— Oh ! pépie l'incube en tapant des mains. Alors ça y est ? Tu sais maintenant pour ton harem ? Super ! Je meurs d'envie de t'en parler depuis un moment.

Je me retiens à grand-peine de bondir de mon fauteuil en pointant vers lui un doigt accusateur.

— J'en étais sûre ! Tu savais et tu ne m'as rien dit !

— Évidemment que je savais, lance-t-il joyeusement. Tu as vu le harem de Giselle ? Ce n'est pas le genre de chose qui m'échappe. Dans ton cas, j'avais encore des doutes mais, en voyant comment se développait ta relation avec tes charmants soupirants, je me suis dit que, étant donné la parenté entre néréides et sirènes, ça se goupillerait un peu de la même façon.

— Un « harem » ? répète Oliver, naturellement surpris.

— C'est un truc de néréide, lui explique Nick.

De retour dans la salle, il boit tranquillement son café, adossé au mur. Il n'est pas étonné non plus, l'enfoiré, et éclate de rire en me voyant sourciller.

— Je suis là depuis suffisamment longtemps pour me souvenir de la dernière néréide des Grands Lacs.

Je cligne des yeux, oubliant un instant ma rancœur.

— Mais, tu as quel âge ?

Il esquisse un sourire par-dessus son gobelet.

— Je suis jeune dans l'âme. Et puis Giselle et moi avons été très proches. Elle m'a même demandé une fois de rejoindre son harem.

C'était donc ça. Il a un jour mentionné en passant qu'elle supportait mal le rejet. Je n'avais pas compris qu'elle avait voulu l'ajouter à sa ribambelle d'amants. Cette histoire m'intrigue, mais je suis surtout curieuse de savoir comment ça se passerait – une sirène avec un dragon. Je résiste à l'envie de l'interroger sur les mécanismes de l'accouplement chez les sirènes.

— Et vous n'avez pas pris la peine de m'en parler parce que… ?

— Tu as grandi chez les humains, répond Ren comme si cela suffisait à tout expliquer. J'avais bien trop peur que tu t'en prennes à moi si je t'annonçais la nouvelle.

Je lève les yeux au ciel et secoue la tête, exaspérée, avant de me tourner vers Nick. Ce dernier n'affiche pas le moindre remords.

— Ça se mettait déjà en place naturellement de toute façon. Si j'avais abordé le sujet, tu aurais sans doute pris peur et rejeté l'idée alors qu'il est important, au contraire, que tu l'embrasses.

Oliver lève la main pour poser une question, le regard errant entre nous trois.

— Euh… vous voulez bien me dire ce qui se passe ? C'est quoi cette histoire de harem ?

Oh non ! Je n'ai aucune envie d'en blesser encore un avec cette conversation. Malheureusement, il ne sert à rien de repousser l'inévitable.

— Assieds-toi.

Il attrape le fauteuil inoccupé de Darla pour prendre place à côté de moi. J'entreprends de lui résumer tout ce que Giselle m'a expliqué. À la fin, il semble aussi choqué que je l'étais. Incapable de le regarder en face, je me concentre de nouveau sur les clichés judiciaires. Je ne veux pas savoir ce qu'il pense de cette idée – et donc, de moi.

— Vous voulez dire que Nora devrait devenir l'amante… de chacun de nous ?

Je relève les yeux juste à temps pour le voir rougir comme une tomate. Il dévisage Ren et Nick d'un air circonspect.

— Vous ne trouvez pas ça un peu pervers ?

— Pas vraiment, répond l'incube en haussant les épaules. C'est simplement dans la nature des néréides.

Honteuse, je grimace et fuis de nouveau le regard brûlant d'Oliver.

— Il est essentiel qu'elle l'accepte, insiste Nick, si elle ne veut plus être constamment la proie des hommes qui croisent son chemin.

— C'est de moins en moins fréquent maintenant, balbutie le jeune sorcier.

Je lui jette un coup d'œil à la dérobée, essayant de deviner ses pensées. Il serait très tentant de le toucher pour savoir exactement ce qui se passe dans sa tête, mais je me refuse à violer son intimité de la sorte.

Nick prend une nouvelle gorgée de café, avant de souligner d'un ton flegmatique :

— C'est moins fréquent parce qu'elle a déjà commencé à bâtir son harem. À ton avis, qu'est-ce que vous êtes pour elle ? Toi, Rook, Parker, Terrance, et même Ren.

— Ren ?

Bien qu'Oliver soit aussi incrédule que moi, je me charge d'énoncer l'évidence :

— Mais Ren est gay. Et je n'ai pas ce genre de relation avec Terrance.

Jusqu'à présent, Parker est resté en retrait de la discussion. Plus tôt dans la soirée, il m'a assuré que je n'étais pas responsable, que c'était seulement mon instinct naturel. Même s'il n'a pas paru répugné, il n'a pas spécialement accepté de faire partie de mon harem non plus. Poussé par la curiosité, il pose la question qui nous brûle les lèvres.

— Qu'entends-tu quand tu dis que Terrance et Ren font aussi partie de son harem ?

Le métamorphe tire une chaise, la retourne et l'enfourche, comme s'il se préparait à une longue conversation.

— L'aura de séduction d'une néréide n'opère pas de la même façon que celle d'une sirène, voire d'un succube ou d'un incube.

Je m'adosse à mon fauteuil, oubliant un instant les photos pour écouter son exposé. Oliver croise mon regard et me prend la main en entrelaçant nos doigts, un doux sourire sur les lèvres. Juste avant de reporter son attention sur Nick, il m'adresse une pensée : *Ne t'inquiète pas. On trouvera une solution.*

— Quelle est la différence ? demandé-je à Ren, moi-même dévorée par la curiosité.

— Les démons de la luxure attirent leurs proies grâce aux hormones. Notre pouvoir de séduction est physique. Celui d'une sirène est mental : elles hypnotisent leurs victimes pour en faire leurs esclaves.

Le terme me fait ciller. Est-ce ce que j'inflige à mes amis ? Sont-ils mes esclaves ? Seraient-ils incapables de me quitter même s'ils le souhaitaient ?

— Les néréides sont différentes, reprend Nick. Votre pouvoir de séduction est émotionnel. Vous touchez le cœur des hommes. En gros, tu exacerbes le désir le plus profond d'un homme à ton égard.

C'est comme si une lumière s'allumait brusquement dans ma tête. Soudain, je sens un flot d'excitation m'envahir. Une excitation mêlée de soulagement, car je commence enfin à comprendre qui je suis. Tout s'explique à présent.

— C'est pour ça que les réactions varient tellement d'une personne à l'autre. Prenez Terrance et Henry par exemple. La première fois que j'ai rencontré Terrance, j'étais blessée et menacée. Son plus grand désir à mon égard, à ce moment-là, était de me sauver ; du coup, j'ai déclenché son instinct protecteur. Henry, en revanche, a d'abord eu connaissance de mes pouvoirs et m'a tout de suite vue comme un outil. Il voulait me contrôler, me posséder.

— D'où le kidnapping et l'obsession démesurée, complète Oliver.

Nick lance son gobelet vers la petite poubelle, de l'autre côté de la pièce. Sous mon regard ébahi, le verre en carton tombe pile dans la corbeille.

— Le désir sexuel n'a rien de compliqué, poursuit-il. C'est un appétit physique. Les hormones associées au sexe suffisent donc à satisfaire un démon de la luxure. Mais les néréides ont besoin d'*amour*, et, ça, c'est une autre histoire. L'amour revêtant de multiples visages, les néréides ont besoin de le connaître sous toutes ses formes pour être véritablement comblées. Voilà pourquoi elles rassemblent tant d'hommes différents autour d'elles. Chacun des membres de ton harem t'aimera à sa manière, mais tous ne seront pas des partenaires sexuels.

Mes joues s'enflamment. Malgré cela, Nick continue ses explications comme si ma future vie amoureuse avec de multiples amants était un sujet banal. Il désigne d'un geste le secrétaire de l'Agence.

— Ren t'offre l'amitié. Rook, le soutien d'un compagnon. Terrance, une forme d'affection paternelle. Parker est en grande partie guidé par sa lubricité, et avec Oliver on a…

Je jette un coup d'œil à l'intéressé.

— Un dévouement total, termine le sorcier.

— Un béguin monstre, déclare Ren au même instant.

Nick ricane et tranche :

— Il est complètement à sa botte.

Oliver sourit, insensible à leurs moqueries. On dirait même au contraire qu'il en est fier.

— Je t'ai vue endurer tant d'épreuves pendant si longtemps, dévoile-t-il. Mon plus grand désir te concernant était de te voir heureuse. C'est pour ça que je ferais n'importe quoi pour te voir sourire.

Mon cœur se serre. Après cette déclaration, une question s'impose inévitablement. J'ai honte de la lui poser, mais je dois savoir.

— Même si, pour cela, tu dois me partager avec d'autres hommes ?

Mon estomac se tord d'appréhension. Toutefois, Oliver ne réfléchit même pas. Il me regarde droit dans les yeux et me rassure d'une petite pression de la main.

— Si c'est ce dont tu as besoin.

— Comme ça, sans discuter, tu acceptes de la partager avec d'autres hommes ? s'étonne Parker.

Le sorcier répond en haussant les épaules :

— Si ça permet de la protéger, de lui apporter la sérénité, oui, sans la moindre hésitation.

Il l'affirme avec une telle évidence, une telle conviction, que j'en reste pantoise. Il rougit, embarrassé.

— Je ne voudrais pas te partager avec n'importe qui, nuance-t-il plus timidement. Mais ça ne me dérange pas de te partager avec Parker. Et Rook. Ce sont des hommes bien. Je sais qu'ils tiennent à toi et te témoigneront le respect qui s'impose.

Mon cœur se gonfle de gratitude, de soulagement et d'amour. Je ne sais vraiment pas ce que je ferais sans Oliver dans ma vie. Comme s'il devinait parfaitement mon émoi, il exerce une nouvelle pression rassurante sur ma main et ajoute :

— Je n'ai jamais rencontré un cœur aussi grand que le tien. Il y a bien assez de place pour nous trois.

Un long silence s'ensuit. Tout le monde a le regard braqué sur nous deux. Gênée par toute cette attention, je bafouille :

— Et Nick dans tout ça ?

— Eh bien quoi ? demande le concerné en arquant un sourcil.

— De quelle manière mon pouvoir t'affecte-t-il ?

Pris de court, l'agent se redresse en sourcillant.

— Je ne crois pas que tu m'affectes réellement.

Ren laisse échapper un fort éclat de rire.

— Ha ! fait-il en pointant Nick du doigt. Tu parles, tu es complètement sous le charme. Tu es une vraie peau de vache avec tout le monde sauf avec elle. Elle te mène par le bout du nez !

Fronçant les sourcils de plus belle, le métamorphe balaie la salle du regard afin de jauger la réaction de chacun face à ces accusations. Nous sommes tous forcés d'acquiescer – même moi. J'ai en effet remarqué qu'il se montrait nettement plus sympa avec moi qu'avec les autres.

— Pourtant je n'éprouve pas le moindre désir à ton égard, proteste-t-il.

Une nouvelle voix se joint à la conversation.

— Bien sûr que si.

Nous nous tournons d'un même mouvement vers le fond de la salle. Debout à l'entrée du couloir, la directrice West observe notre débat. Un sourire infime joue sur ses lèvres et ses yeux pétillent d'amusement.

— Vous la voulez comme équipière.

Nick rentre le menton, abasourdi.

— C'est absurde ! nie-t-il en secouant vivement la tête. Je travaille seul.

Le sourire de la directrice s'affirme tandis qu'elle riposte :

— Et pourtant vous ne cessez de lui demander son aide et de l'inviter sur vos enquêtes.

Elle s'avance en me décochant un clin d'œil. Son regard complice n'échappe pas à l'agent, qui se renfrogne davantage.

— Parce qu'elle est utile, tout simplement. Elle n'est pas chiante, elle possède des dons très pratiques, elle est intelligente et elle a l'esprit de déduction d'une véritable enquêtrice.

— Oui, on peut dire que ça en fait la partenaire idéale, opine West.

Nick promène son regard entre nous deux pendant un moment, avant de se figer brusquement, bouche bée, lorsqu'il prend conscience de la vérité. Il cligne des yeux à plusieurs reprises, sidéré. Puis il se tape le genou.

— Ben ça alors !

Il se lève de sa chaise, s'approche de moi d'un pas nonchalant et enfonce de nouveau son chapeau sur ma tête en s'appuyant contre son bureau.

— Elle a raison, tu ferais une excellente équipière. Que dirais-tu de venir travailler pour l'Agence, histoire d'officialiser la chose ? Sublime et Jacobs, le nouveau duo de choc.

Je lui rends son sourire facétieux.

— Je ne sais pas. Je trouve que « Nick et Nora », ça sonne beaucoup mieux.

Je m'esclaffe devant sa grimace. Il secoue la tête, désabusé, mais se fend d'un petit sourire et me donne un coup de coude.

— Qu'en dis-tu, partenaire ? Prête à devenir une vraie enquêtrice ?

L'espace d'une seconde, je suis tentée d'accepter. Puis mon regard se pose de nouveau sur l'ordinateur de Nick et je vois mes espoirs anéantis. J'ai atteint la dernière page des photos d'identité judiciaire, sans trouver mon coupable.

— Tu parles d'une enquêtrice ! Je n'arrive même pas à aider les faes. Je ne leur ai été d'aucune utilité jusqu'à présent.

— Hé ! ce n'est pas vrai, me contredit aussitôt Oliver. Tu as su trouver où ils repèrent leurs victimes. On peut maintenant prévenir les faes pour leur conseiller d'éviter le casino.

— Tu as obtenu le visage de l'un des suspects, renchérit Nick.

Jetant un nouveau coup d'œil aux clichés judiciaires, je sens un profond sentiment de frustration m'envahir.

— À quoi ça nous sert si je suis la seule à le connaître ? (Je désigne d'un geste l'ordinateur de Nick.) Je ne l'ai pas trouvé là-dedans. Un visage anonyme ne nous avance à rien.

Nick s'écarte de son bureau et se met à faire les cent pas.

— S'il s'agissait de mon enquête, et j'insiste sur le fait que ce n'est pas le cas et que je ne cherche pas à l'aider, dit-il avec un regard appuyé à la directrice, et qu'un témoin avait vu mon suspect mais ne le reconnaissait pas dans la base de données, je demanderais à un dessinateur de réaliser son portrait-robot.

Je me redresse, intéressée, mais la directrice West sape aussitôt mon optimisme.

— Ce serait en effet la prochaine étape logique. Malheureusement, notre portraitiste n'est pas autorisé à vous prêter ses services.

Elle m'adresse un sourire contrit, qui dénote lui aussi une certaine frustration.

— On pourrait demander à Elle, suggère Oliver d'une voix pleine d'espoir.

— À ta sœur ?

Il acquiesce avec enthousiasme.

— C'est une véritable artiste et elle a ce don, qui ressemble un peu à un tour de prestidigitation, où elle arrive à reproduire une image tirée de ton esprit. Rien à voir avec la méthode invasive de Henry, ça revient plutôt à voir ce que tu lui projettes. Ce ne sont que de simples images et il faut vraiment que tu te concentres dessus pour qu'elle les capte. N'accepte jamais de jouer aux cartes avec elle, elle en profite toujours pour tricher.

Je ne peux m'empêcher de sourire au vu de la fierté qui se lit sur son visage. Son regard s'emplit toujours d'affection quand il parle de sa petite sœur. Elle a vraiment de la chance. Cela dit, moi aussi, puisque Oliver m'aime tout autant.

— Donc, si je lui projette le visage de l'homme que j'ai vu, elle pourrait le dessiner ?

Il confirme d'un hochement de tête.

— Ce sera même sûrement plus fidèle que le travail d'un technicien judiciaire, car elle s'appuie directement sur ton souvenir au lieu d'interpréter une description. Et puis... (il lance un regard à la directrice) elle n'est pas affiliée à l'Agence.

West pince les lèvres comme si elle envisageait de refuser mais, en soi, il a raison.

— Oliver, soupire-t-elle. C'est une idée excellente, et si ta sœur est aussi douée que tu l'affirmes nous devrions sérieusement songer à recourir à ses talents à l'avenir, mais tu sais très bien que tu n'as pas le droit d'intervenir dans l'affaire.

Il lui répond avec un petit sourire un tantinet impertinent.

— Je n'ai pas l'intention de m'en mêler. Je vais simplement présenter ma sœur à ma petite amie. Depuis le temps qu'elle me tanne pour rencontrer Nora. Ce qu'elles décident de faire ensuite ne regarde qu'elles.

Je n'entends pas la réponse de la directrice West, trop interpellée par le terme qu'il vient d'employer. J'ai l'impression que mon cœur se met à chanter : Oliver me considère comme sa petite amie. J'aurais sans doute arboré un grand sourire niais si Parker n'avait pas été là. En regardant de son côté, je m'aperçois qu'il m'observe attentivement. Aussitôt, l'euphorie cède la place à la nervosité. Pourtant, à ma grande surprise, le vampire m'adresse un clin d'œil discret. Dois-je comprendre que l'officialisation de ma relation avec Oliver ne le dérange pas ? Se considère-t-il lui aussi comme mon petit ami ? Il n'a toujours pas exprimé d'opinion, dans un sens ou dans l'autre, sur cette histoire de partage.

— Alors, qu'en dis-tu ? me demande Oliver d'un air conspirateur. Tu veux rencontrer ma petite sœur ?

Mon visage s'illumine d'un grand sourire.

— Avec joie.

— Super ! Je vais voir si elle est disponible demain.

Chapitre 15

Lorsque la directrice West nous invite gentiment à quitter l'Agence afin de laisser ses employés travailler, Parker insiste pour que nous retournions à la maison. Il est un peu tôt pour rentrer, surtout pour des occultes, mais il est vrai que des tueurs de faes rôdent dans les parages. Nous serons plus en sécurité chez nous.

À peine descendue dans le salon, je me mets à arpenter nerveusement la pièce. Parker s'approche doucement derrière moi et me saisit les épaules.

— Détends-toi, chuchote-t-il.

Son souffle dans mon oreille me déclenche un violent frisson.

— Impossible. J'ai la sensation de devoir faire quelque chose.

Il entreprend de me masser les épaules. La pression de ses doigts sur mes muscles est si divine que, malgré mon besoin impérieux de retrouver le tueur, je sens mes yeux se fermer irrésistiblement et mon corps se décontracter peu à peu.

— Tu ne peux rien faire de plus pour le moment, murmure-t-il d'une voix suave. Tu as rendez-vous demain après-midi avec la sœur d'Oliver. Il ne reste plus qu'à attendre.

Délaissant mes épaules, il repousse mes cheveux sur le côté.

— Nous pourrions regarder un film, dit-il en déposant un doux baiser sur mon cou.

Je tressaille de nouveau dans un soupir alangui. Mon corps entier s'éveille, comme si le baiser de Parker en électrisait chaque cellule. Son contact m'a toujours fait cet effet. Enhardi par ma réaction, il se met à explorer tendrement mon cou de ses lèvres. Je penche la tête pour lui offrir un meilleur accès et gémis tandis qu'il m'embrasse et me suçote la peau. Une chaleur torride se répand dans mon bas-ventre. Le désir devient une torture.

Impatiente de sentir sa bouche sur la mienne, je me retourne et noue les bras autour de son cou. J'aperçois à peine la lueur enfiévrée de son regard avant que nos bouches s'écrasent l'une contre l'autre avec force et passion.

Sans que je m'en rende compte, il m'entraîne de l'autre côté de la pièce. Ce n'est que lorsque je sens le poids de son corps sur le mien que je me rends compte que nous avons basculé sur le canapé. La panique me saisit. Mon cri étouffé ressemble presque à un appel de détresse.

— Parker !

Heureusement, il se dégage tout de suite, et je parviens à retrouver mon calme avant que la panique m'emporte. Cependant, je m'en veux terriblement à présent. J'ai tout gâché. Suis-je condamnée à ne jamais avoir d'amant ?

— Pardon, bafouillé-je.

Parker me considère un instant, puis se relève et me tend les mains sans un mot. J'ignore ce qu'il a en tête, mais je le laisse m'emmener de l'autre côté de la table basse. Là, à ma grande surprise, il m'entraîne sur le tapis avec lui et s'assoit, jambes tendues, avant de m'installer à califourchon sur lui.

La peur que je ressens cette fois est très différente. Il ne me cloue pas au sol, je n'ai pas la sensation de me faire agresser. Je suis simplement nerveuse.

— Parker, qu'est-ce que… ?

— Embrasse-moi.

Je secoue frénétiquement la tête, le cœur tambourinant. Comment me suis-je retrouvée dans cette situation ? Il ne s'attend tout de même pas à ce que je lui fasse l'amour maintenant ?

Il doit deviner mes pensées, ou, plus probablement, percevoir ma panique, car il ajoute :

— Tu n'es pas obligée de faire quoi que ce soit d'autre. Je voudrais juste que tu m'embrasses.

Ma bouche s'assèche. Mon souffle se raccourcit. Je ne suis pas prête à faire l'amour, mais je n'ai pas non plus envie de m'arrêter là. Je ne m'étais encore jamais retrouvée dans cette position avec un homme. La sensation de son corps sous le mien a quelque chose de grisant.

Ses mains remontent le long de mes cuisses, m'embrasant la peau sous mon jean. Je hoquette lorsqu'il les glisse sous mon tee-shirt pour me caresser les côtes du bout des doigts. Je frissonne au contact de sa peau contre la mienne. Puis il passe les mains dans mon dos pour m'attirer doucement à lui.

— Embrasse-moi, Nora.

Mes pensées s'embrouillent, enivrées par toutes ces sensations. Le désir finit par prendre le pas sur la peur. J'approche ma bouche de la sienne.

Bien que je le domine physiquement, il devient très vite maître du baiser, qui se transforme en un ballet lent et sensuel. Sa langue caresse langoureusement la mienne. Mon corps réagit instinctivement et je m'accroche à son cou, pressant ma poitrine contre son torse. Parker s'enflamme. L'idée d'un simple baiser devient secondaire dans son esprit. Ses pensées se concentrent sur moi, sur l'effet que je lui fais.

Il attend ce moment depuis si longtemps, il craint que son désir ne le consume de nouveau.

Je recule aussitôt.

— Non, halète-t-il, les mains levées en signe de reddition. Ne t'arrête pas. (Lentement, il pose les paumes à plat sur le tapis.) Elles vont rester là, je ne te toucherai plus. C'est toi qui commandes.

Je réfléchis à sa proposition. Quand Rook m'a touchée, dans la voiture, ça s'est bien passé – et même mieux que bien. Pour être honnête, j'ai même très envie de continuer à repousser mes limites. Je regarde ses mains rivées au tapis. L'idée de l'embrasser pendant qu'il reste immobile a quelque chose de très séduisant, qui attise ma curiosité et me redonne espoir. Je ne pense pas être du genre dominatrice mais, comme lorsque je me lance dans des câlins, ce sera peut-être plus facile si ça vient de moi.

— Essaie, m'encourage Parker. Je te promets que mes mains ne quitteront pas le sol. Tu ne risqueras rien avec moi.

La curiosité et le désir l'emportent. Le cœur battant, je me penche vers lui pour l'embrasser. Je ne compte au début lui donner qu'un simple baiser ; un premier pied dans l'eau afin de m'assurer que mon chant de néréide ne va pas l'envoûter et lui faire perdre la tête. Cependant, à la seconde où nos lèvres se touchent, mon corps s'embrase et je plaque ma bouche contre la sienne. Sans détacher les mains du tapis, Parker répond à ma fougue en tendant le cou pour venir à ma rencontre. C'est un baiser éperdu, frénétique, vorace. Celui que nous avons si ardemment attendu.

Nos pensées s'évanouissent et nous nous abandonnons à nos sensations, laissant le désir nous guider, nous abîmant dans ce tourbillon de passion. Je remonte les mains vers son visage, puis les plonge dans ses cheveux. Il gémit de plaisir et ses pensées me confirment qu'il adore mes caresses.

Il aimerait me toucher, lui aussi, mais garde docilement ses mains sur le tapis pour me laisser maîtresse de notre étreinte. *C'est une torture*, songe-t-il. *Une torture divinement érotique.*

Il a raison. Je suis moi-même au supplice. Submergée par le besoin de sentir sa peau contre la mienne, je m'empresse de déboutonner sa chemise, puis tire fébrilement sur le maillot de corps qui me fait obstacle.

Il m'aide en le retirant lui-même. Cependant, maintenant que ses mains ne sont plus clouées au sol, impossible pour lui de se retenir. Il m'entoure de ses bras et me colle contre son torse nu. Mes mains parcourent avidement ses épaules et son dos tandis qu'il reproduit les mêmes caresses sur mon pull. Non, ce n'est pas suffisant.

À ma grande surprise, comme à la sienne, je retire d'un coup mon pull. Parker se penche en arrière pour me contempler, absorbant le moindre détail, comme si mon banal soutien-gorge en coton blanc était la chose la plus sexy qu'il ait jamais vue.

— Tu es si belle, Nora.

La timidité me paralyse subitement. Je détourne les yeux en rougissant, mais il ramène délicatement mon visage vers le sien et m'embrasse. Tendrement cette fois. La passion qui nous dévorait quelques instants auparavant a laissé place à une émotion plus douce, plus sensible.

Parker m'attire à lui jusqu'à ce que nos corps se touchent. Ma respiration se coupe lorsque je sens sa peau contre la mienne. Mon instinct me souffle de laisser de nouveau libre cours à mon désir, mais Parker continue de privilégier la douceur en faisant lentement courir ses mains sur mon dos et mes bras. Il abaisse la bouche vers mon cou, trace sur ma gorge un sillon brûlant de ses lèvres veloutées. Je renverse la tête en arrière. Il descend encore, effleurant mes seins de baisers aussi légers que la caresse d'une plume. Mes yeux chavirent et je laisse échapper un gémissement qui ravive son désir. *Parfaite*, pense-t-il. *Elle est absolument parfaite. Dieu que j'aime cette femme !*

Je me détache de lui avec un hoquet de surprise. Il m'aime ? Je le dévisage, bouche bée, tandis qu'il me regarde avec une crainte mêlée d'admiration. Il déglutit péniblement, puis s'humecte les lèvres et murmure d'une voix rauque d'émotion :

— Nora…

Il laisse sa phrase en suspens, comme s'il ne trouvait pas de mots pour ce qui vient de se passer.

Je ne sais que dire non plus. J'ignore s'il a conscience que j'ai entendu ses pensées. La honte m'empourpre le visage. Je quitte ses genoux et appuie le dos de mes mains sur mes joues rouges tout en m'efforçant de retrouver mon souffle. Un mélange de doute et de vulnérabilité m'envahit. Ainsi qu'un intense sentiment de culpabilité. Je me dépêche de remettre mon pull.

— Je suis désolée. Je n'aurais pas dû faire ça alors que je ne peux rien te promettre. Je… (Ma voix s'étrangle. J'inspire profondément.) Je tiens à toi aussi, Parker. Beaucoup. Mais Oliver… et Rook… je ne sais pas quoi faire.

Un sourire compréhensif vient adoucir ses traits. Il me prend la main et me regarde droit dans les yeux en la baisant.

— Je ne te demanderai pas de choisir.

Je me raidis, estomaquée.

— Tu veux dire… ?

Il confirme d'un hochement de tête.

— Je te partagerai avec Oliver. Et Rook, s'il décide de se joindre à nous.

Mon cœur bondit dans ma poitrine, puis se met à battre à cent à l'heure. C'est exactement ce que je veux ; je ne m'en étais pas vraiment rendu compte jusqu'à cet instant.

Ma raison me dit de refuser, de ne pas les laisser se résoudre à partager mon amour. Mais mon cœur est aux anges.

Je me mords la lèvre inférieure et secoue la tête ; non que je rejette sa proposition, mais, là encore, je ne sais que dire. Parker fait courir ses mains sur mes bras.

— C'est ce dont tu as besoin, ajoute-t-il à mi-voix. Et je m'en accommoderai sans difficulté si cela signifie que tu seras heureuse, en sécurité, et avec moi.

Puis, plongeant ses yeux envoûtants dans les miens, il murmure :

— Je t'aime, Nora.

Mon cœur éclate. L'entendre me le confesser à haute voix n'a pas du tout le même effet que de le lire dans ses pensées. C'est beaucoup plus fort, plus réel. Et je sais, en me perdant dans son regard, que je ressens la même chose. Il a su trouver une place dans mon cœur malgré mes doutes et, à présent, je n'arrive pas à imaginer ma vie sans sa présence forte et rassurante à mon côté.

— Je t'aime aussi.

Je ne décèle aucune surprise sur son visage, comme si, pour lui, la réciprocité de nos sentiments était une évidence. Il m'adresse un beau sourire, puis s'empare de mes lèvres dans un doux baiser.

— Allez, viens, dit-il ensuite. On va se poser devant un film.

Il m'aide à me relever et nous retournons sur le canapé. Notre moment de tendresse m'a laissée toute chaude et amorphe. Parker attrape la télécommande, puis m'attire à lui. Je me blottis contre lui sans hésitation en laissant échapper un soupir de contentement. Pour la seconde fois aujourd'hui, je me sens bien, en sécurité, et tout simplement… heureuse.

Je me laisse aller contre lui pour regarder un film de Noël merveilleusement niais au sujet de deux inconnus qui tombent amoureux après s'être embrassés sous le gui dans un ascenseur.

Je me réveille plus tard quand Oliver rentre du travail. Il me faut un moment pour retrouver mes repères. J'ai dû m'assoupir pendant le film, car je suis allongée sur le canapé dans les bras de Parker. Parfaitement réveillé, le vampire regarde un vieil épisode des *Experts* à la télé. Il adore les séries policières. Remarquant que je ne dors plus, il me libère et nous nous redressons sur les coussins. Il s'étire, et je bâille.

Oliver nous regarde avec une expression indéchiffrable.

— Ça me fait plaisir de te voir si détendue avec lui, me dit-il.

Je rougis, avec la sensation d'avoir été surprise en train de faire une bêtise. Gênée, je me force à lui demander :

— Tu n'es… pas contrarié ?

Il secoue la tête en ôtant son manteau et son bonnet.

— Je suis heureux, insiste-t-il en accrochant ses affaires au portemanteau. Tu vas de mieux en mieux, tu nous fais davantage confiance.

Incapable de me défaire de l'appréhension qui me noue l'estomac, je regarde tour à tour ces deux hommes qui ont confessé leur amour pour moi et accepté de me partager.

— Vous êtes sûrs que ça ne vous dérange pas ?

Ils échangent un regard, puis Parker me prend la main.

— Comme l'a dit Oliver à l'Agence, tu as assez de place dans ton cœur pour nous deux.

— C'est vrai, juré-je.

— Alors tout va bien, affirme-t-il en souriant.

Il se relève en m'entraînant avec lui.

— Je dois sortir un moment. (Une lueur de vulnérabilité passe dans ses yeux lorsqu'il croise mon regard.) Je dois me nourrir.

Mon estomac se contracte. Je réprime de justesse un frisson. Il est parfois facile d'oublier que Parker est un vampire. Je ne veux pas l'imaginer dehors, en train d'attirer dans l'ombre des humains inconscients du danger pour boire leur sang.

Il n'est pas né de la dernière pluie. Il sait que cette facette de sa personnalité me rebute.

— Je ne leur fais jamais de mal, Nora. Je ne joue pas avec eux. Je ne suis jamais brutal et je me restreins toujours. Je m'assure également qu'ils n'aient aucun souvenir de notre rencontre. Je ne cherche pas à inspirer la peur.

Je m'accroche à ses paroles rassurantes. Il s'est déjà nourri de mon sang à deux reprises et, chaque fois, ça s'est bien passé. Et ce alors que les circonstances étaient désastreuses et qu'il se maîtrisait à peine.

Il me scrute avec attention, attendant une réaction de ma part. Il a besoin que j'accepte cette partie de lui. Et je sais que c'est essentiel. Il ne peut rien y changer : il doit boire du sang humain pour vivre. Il n'est pas comme les monstres qui ont tué ma mère ou qui m'ont attaquée. Il n'est pas comme Henry. À l'instar des humains, on trouve des bons et des mauvais vampires. Parker fait partie des bons. C'est peut-être même le meilleur.

Je déglutis et m'oblige à lui sourire.

— C'est dans ta nature. (Je lui prends la main pour le rasséréner.) Si tu peux m'accepter telle que je suis, je peux bien faire cet effort moi aussi.

Un immense soulagement inonde ses pensées. Il redoutait ce moment depuis son emménagement. Il sait que je crains, et même déteste, son espèce. À ses yeux, c'est un véritable miracle que je lui aie donné une chance et que je sois prête à l'accepter. Je suis la femme la plus courageuse, la plus incroyable, qu'il ait rencontrée.

Je le rassure de nouveau d'une pression de la main, puis l'embrasse sur la joue.

— Va faire ce que tu as à faire. J'ai confiance en toi.

— Merci, murmure-t-il.

Il dépose un dernier baiser sur mes lèvres, puis me laisse littéralement entre les mains d'Oliver.

— Prends soin de notre femme en mon absence.

Le sorcier le gratifie d'un grand sourire teinté de fierté, et m'entoure du bras.

— Compte sur moi.

Après le départ de Parker, le sourire d'Oliver se fait songeur.

— Tu sais quoi ? C'était moins gênant que je le pensais, en fin de compte. J'ai vraiment apprécié, d'une certaine manière, de vous voir ensemble tout en sachant que tu étais à moi.

Même si je comprends ce qu'il veut dire, je ne peux m'empêcher de le taquiner.

— Je ne te connaissais pas ce genre de penchants.

Il éclate de rire, avant de remuer les sourcils d'un air coquin.

— Ne dit-on pas qu'il faut toujours se méfier de l'eau qui dort ?

Un ricanement odieux m'échappe. Je lui donne une tape sur le bras. Il rit derechef, puis me prend par la main et m'entraîne dans le couloir, vers sa nouvelle chambre.

— Viens, je n'ai pas sommeil. On va installer ma PlayStation et je vais t'apprendre à jouer à *Dragon Quest X*.

Bien que parfaitement détendue quand je vais me coucher, je passe une nuit affreuse, agitée par des cauchemars de faes assassinés et de meurtriers lancés à mes trousses. Ils me narguent, se moquent de moi parce que je suis incapable de les arrêter. Je remue dans mon sommeil, me retourne, me réveille même en sursaut à un moment. Lorsque je m'extirpe de mon lit en fin de matinée, je suis fatiguée et de mauvais poil.

Oliver est déjà parti à la fac. Il s'était endormi sur son lit en jouant aux jeux vidéo. C'était chou comme tout ! Il ne s'est même pas réveillé quand je lui ai retiré ses chaussures, avant de le border. Le pauvre n'a pas assez de sommeil. J'ignore comment il arrive à jongler entre ses études et un travail à plein-temps. Heureusement, il en est à son dernier semestre ; il obtiendra son diplôme au printemps et pourra enfin souffler.

Parker ne quittera pas son lit avant le crépuscule. En revanche, étant donné que je suis pour une fois debout avant Terrance, je décide de lui préparer un petit déjeuner. De toute façon, je suis trop angoissée pour glander. Au moment où je mets le bacon à frire, le grand troll débarque dans la cuisine en pantalon de pyjama et chaussons, étouffant un bâillement de son gros poing. C'est toujours comme ça, le matin, tant qu'il n'a pas eu son café. Même si mes sentiments à son égard sont purement familiaux, j'en profite un peu pour me rincer l'œil. Certes, il est trop baraqué à mon goût, mais on ne crache jamais sur un torse bien sculpté.

En s'asseyant devant l'îlot central, il remarque le festin qui s'offre à lui et m'adresse un regard interrogateur.

— Qu'est-ce qui me vaut ce petit déjeuner royal ?

Normal qu'il soit surpris. Devant lui s'étalent des piles de pancakes, des fruits frais, des œufs poêlés avec oignons, champignons et poivrons verts, et des pommes de terre assaisonnées. D'habitude, je me contente de flocons d'avoine et de fruits.

Je lui tourne le dos pour m'occuper du bacon avec un haussement d'épaules.

— Je ne sais pas. Je suis un peu tendue ce matin. Je ne tenais pas en place. Sais-tu s'il y a eu de nouvelles agressions cette nuit ?

— En tout cas, je n'ai eu vent de rien avant la fermeture de la discothèque. Et j'ai demandé à mes employés de conseiller à tous nos clients faes d'éviter le casino.

Je pousse un soupir de soulagement. Avec un peu de chance, Henry aura fait de même dans son casino et les meurtres diminueront. J'arriverai peut-être à attraper ces types avant qu'il y ait d'autres morts.

Je coupe le feu et dépose le bacon sur un plat. Terrance a déjà rempli son assiette. Je souris lorsqu'il prend d'emblée les trois quarts des tranches de lard grillé que je pousse vers lui. Le café et le bacon, c'est son péché mignon.

— Merci, Pépin.

— Pas de quoi, T-rex.

Nous mangeons en silence pendant quelques minutes, avant de sursauter brusquement en entendant un coup frappé à la porte d'entrée.

— Tu attends de la visite ? me demande-t-il.

Je secoue la tête et lui retourne la question, même si je me doute déjà de la réponse. Terrance n'invite que rarement, voire jamais, des gens chez lui. Sans surprise, il secoue la tête à son tour, et nous tournons tous deux le regard vers le salon. Les coups se répètent. Alors que je me lève de mon tabouret, le troll m'arrête d'un geste avec un air de reproche.

— J'y vais. Il y a un tueur dans la nature.

J'aimerais lui rappeler que la menace pèse autant sur lui que sur moi, mais je sais que c'est peine perdue. Je reste donc sagement dans la cuisine, jusqu'à ce que des voix indistinctes me parviennent, suivies du pas lourd du troll qui redescend l'escalier.

J'arrive dans le salon à l'instant même où Terrance y entre en compagnie de Rook. Ce dernier s'avance avec un carton dans les mains et un grand sac en toile à l'épaule.

— Laisse-moi juste m'habiller et je t'aide à décharger le reste, dit le troll. N'hésite pas à te poser dans la cuisine pour manger un morceau en attendant. Nora a préparé le petit déjeuner.

J'en suis encore à dévisager Rook d'un air ahuri quand Terrance disparaît dans le couloir. Après la façon dont il avait claqué la porte la veille, une partie de moi pensait ne plus jamais le revoir. Pourtant le voilà, et il a apporté toutes ses affaires.

— Tu emménages chez nous ? demandé-je, une note d'espoir perceptible dans la voix.

Il laisse tomber ses affaires, franchit en quelques pas la distance qui nous sépare, puis me saisit le visage à deux mains pour m'embrasser comme s'il n'y avait pas de lendemain. Il recule ensuite juste le temps de planter dans mes yeux un regard ténébreux et grogne :

— Il n'est pas question que je laisse les deux autres me séparer de toi.

Puis il reprend possession de ma bouche dans un baiser brutal, impérieux. Une démonstration de force comme seul un métamorphe alpha en est capable. Pile au moment où je me sens fondre entre ses mains, il s'arrache à mes lèvres. Hors d'haleine, nous restons un long moment à nous dévisager sans rien dire.

— Tu ne vas pas le regretter ? demandé-je.

— Ils ont accepté de te partager, n'est-ce pas ?

Mes joues s'enflamment, et j'acquiesce d'un signe de tête.

— Je m'en doutais, maugrée-t-il avec un grognement, pas dégoûté mais presque.

Je rechigne à lui poser la question, car je redoute sa réponse, mais je préfère mettre les choses au clair.

— Qu'est-ce que ça signifie pour nous, Rook ? Es-tu certain de pouvoir assumer ce genre de relation ? Je ne veux pas que tu sois malheureux.

Il m'attrape par la taille et m'attire dans une étreinte possessive.

— Ma seule certitude, c'est que je ne peux pas vivre sans toi, répond-il d'une voix rauque. Notre journée d'hier n'a fait que confirmer ce que je savais déjà : tu es à *moi*, Nora. Et si, pour te garder, je dois te partager avec d'autres, je suis prêt à l'accepter.

Des larmes me piquent les yeux. Ma poitrine me brûle. Je ne vais pas le perdre ; je ne vais perdre aucun d'eux. Ça paraît trop beau pour être vrai. Je suis triste que ce soit une source de difficulté pour lui, mais je me sens si soulagée. Non, je suis même folle de joie. Je saute à son cou et le serre de toutes mes forces.

— Je croyais que tu me détestais, admets-je en retenant mes larmes. J'ai eu peur, quand tu es parti hier, que ce soit fini entre nous. Que tu ne me parles plus jamais.

Il m'emprisonne dans la plus belle étreinte de ma vie en me berçant tendrement contre lui.

— Je ne pourrais jamais te détester, ma puce. Je t'aime.

— Je t'aime aussi.

Il chasse les cheveux emmêlés de mon visage pour m'embrasser de nouveau, avec douceur cette fois.

— On trouvera un moyen de faire fonctionner cette relation, me promet-il.

Je ne peux résister à l'envie de l'enlacer derechef. Je me sens si protégée, si aimée entre ses bras. Je pourrais y passer le reste de ma vie. Malheureusement, l'odeur appétissante du bacon vient contrecarrer ce projet.

— Terrance a parlé d'un petit déjeuner, il me semble.

Je laisse échapper un rire joyeux et l'emmène dans la cuisine.

Après le repas, Terrance et moi donnons un coup de main à Rook pour descendre ses cartons, puis je l'aide à s'installer dans sa chambre. Comme pour Oliver et Parker, ça ne prend pas beaucoup de temps ; la plupart de ses affaires restent stockées chez Wulf.

Je prends ensuite une douche et me prépare pour mon rendez-vous avec Elle. C'est la première fois que quelqu'un me présente à sa famille et, bien qu'Oliver m'ait répété que sa petite sœur allait m'adorer, je suis quand même fébrile. Lorsqu'il rentre de la fac, il doit pratiquement me traîner dehors.

En éternel gentleman, il s'empresse de m'ouvrir la portière côté passager. Je fais un pas en arrière et contemple la voiture avec un sifflement admiratif. À l'évidence, Terrance a tenu parole : Oliver possède maintenant un *crossover* Cadillac noir rutilant. Je ne reconnais pas le modèle mais, une chose est sûre, il a dû coûter bonbon.

— Elle est splendide !

— Je lui avais bien dit que c'était trop, soupire le jeune sorcier.

Je lui adresse un signe de tête compatissant et jette un coup d'œil à mon petit coupé sport de la même marque.

— Je sais ce que tu ressens. Mais bon ! au moins elle ne tombera pas en rade dans la neige, pas vrai ?

Oliver ne me donnera jamais de réponse. Je le vois tituber en arrière contre la voiture, une main sur le cou, clignant des yeux, puis il s'écroule d'un coup. Je n'ai même pas le temps de hurler que je sens une piqûre dans mon cou et mes pensées s'embrouillent. J'attrape la fléchette fichée près de ma nuque, puis tout devient noir.

Chapitre 16

Je me réveille avec une migraine effroyable, la bouche sèche comme du coton et l'estomac en vrac. Il me faut quelques minutes pour rassembler mes idées et me rappeler ce qui s'est passé.

Je me redresse avec une étrange sensation de déjà-vu. Je me trouve sur un lit à baldaquin, dans une grande suite imprégnée du style gothique du XVIIIe siècle. Je la reconnais immédiatement pour m'y être déjà réveillée auparavant. La première fois, c'était après avoir été enlevée par des occultes. Il s'agit de la suite privée de Henry, dans l'appartement-terrasse situé au sommet de son hôtel casino.

Lors de mon précédent passage, j'étais terrifiée ; cette fois, je suis juste en rogne. Je ne perds pas de temps pour sortir de la chambre. J'ouvre la porte avec fracas et entre dans le grand salon de l'appartement d'un pas furieux. Une dizaine de vampires s'y prélassent, tous en tenue de gala : certains boivent, d'autres lisent, d'autres encore jouent au billard, et quelques-uns se pelotent avec l'air de vouloir lancer une orgie collective. Toutefois, mon regard se braque sur un seul d'entre eux.

Assis, jambes croisées, dans une grande bergère en cuir, Henry trône tel un seigneur parmi ses sujets, une vampire à peine vêtue drapée lascivement sur son épaule. Bien qu'il affiche un air las, ses yeux sont rivés sur moi.

— Putain, Henry ! Sale enfoiré !

Tous les présents interrompent leurs activités pour m'observer, qui avec curiosité, qui avec dégoût. Le maître vampire plisse les yeux.

— Est-ce une façon de saluer son hôte ?

— Mon « hôte » ?! m'exclamé-je avec un rire incrédule. Les hôtes *invitent* leurs convives. Ils ne leur tirent pas dessus avec des tranquillisants pour les kidnapper !

Henry lisse négligemment son pantalon avant de poser les mains sur sa cuisse.

— Je t'ai adressé des invitations à plusieurs reprises. Tu as choisi de les ignorer.

— Et tu n'as toujours pas capté le message ?

Il se lève de son fauteuil avec indolence, puis s'avance vers moi tel un lion affamé vers sa proie. Je me campe fermement sur mes jambes, refusant de m'écraser devant lui ; effort sans doute vain, car il entend certainement les battements affolés de mon cœur. Il s'arrête devant moi et me toise avec une malveillance à peine voilée.

— Tu serais plus avisée de me témoigner un peu de respect, m'avertit-il d'une voix de velours aux accents menaçants.

Je déglutis. Pas moyen de m'en empêcher. Henry me fout la trouille. Même si l'AFO l'a mis en garde de me laisser tranquille, je le crois tout à fait capable de défier leur autorité dans mon cas.

— Qu'est-ce que je fais ici ? demandé-je, la voix tremblante de peur et de colère. Et qu'as-tu fait d'Oliver ?

Le vampire étrécit de nouveau les yeux en pinçant les lèvres. Il me toise encore un moment, puis gagne un minibar pour remplir un verre d'un liquide havane, probablement alcoolisé, qu'il me tend ensuite.

— Je ne bois jamais, rétorqué-je. Où. Est. Oliver ?

Henry repose la carafe sur le bar et prend une gorgée du spiritueux qu'il m'a proposé.

— Mes hommes avaient pour instructions de te ramener auprès de moi. Le sorcier ne m'intéressait pas.

Mon cœur cesse de battre quand je comprends ce qu'il insinue.

— Vous l'avez laissé dehors ?! Inconscient, dans le froid et la neige ? Mais il peut mourir ! Écoute-moi bien, Henry, s'il attrape ne serait-ce qu'un rhume, je jure sur la tombe de ma mère que je te tue.

Piqué au vif, il serre les dents, puis claque des doigts.

— Laissez-nous.

Les vampires s'exécutent aussitôt et s'entassent dans l'ascenseur pour quitter l'appartement. Les seuls à rester sont les deux hommes qui escortaient Henry à l'Agence la veille au soir. Ils montent la garde devant les portes de l'ascenseur comme deux toutous bien dressés, me bloquant la sortie.

— Je suis sûr que ton précieux Oliver se porte à merveille, lâche le maître vampire en vidant son verre avant de le poser. J'ai spécifiquement ordonné que personne ne soit blessé.

— Et *qui* devait exécuter ces ordres ? Tes gorilles sont tous des vampires. Or on nous a attaqués en plein jour.

Il grimace. Si je ne le savais pas au-dessus de ce genre d'attitude, je jurerais également qu'il lève les yeux au ciel.

— Mes hommes ne sont pas des gorilles, Nora, et personne ne vous a « attaqués ».

J'attends, les sourcils levés, qu'il réponde à ma question. Il soupire.

— J'ai engagé deux mercenaires métamorphes pour t'amener ici. J'avais besoin de te voir au plus tôt et je n'ai pas le temps de me livrer à tes petits jeux.

— Quels petits jeux ? (Je lève les bras, exaspérée.) Qu'est-ce que tu me veux à la fin ?

— Tu connais un visage dont j'ai besoin, et je l'obtiendrai d'une manière ou d'une autre.

— Quoi ? c'est tout ? J'étais justement partie pour te l'obtenir, figure-toi, quand tes mercenaires à la con m'ont kidnappée. J'avais rendez-vous pour faire réaliser un portrait-robot du tueur. Si tu n'étais pas intervenu, tu l'aurais déjà à l'heure qu'il est.

Il s'approche de nouveau tel un prédateur. Je recule, mais me retrouve très vite acculée contre la table de billard. Il se penche alors vers moi et pose les mains sur le meuble, m'emprisonnant entre ses bras tendus.

— Pourquoi me contenterais-je d'un dessin quand je peux avoir le souvenir d'origine ?

Je ne supporte pas d'être à sa merci. La panique me monte à la gorge.

— Je t'interdis d'entrer dans ma tête, articulé-je d'une voix mal assurée. Recule.

Il n'en fait rien. Au contraire, il laisse son regard vagabonder sur mon visage d'un air rêveur et, progressivement, son comportement se modifie. Impossible pour lui de rester concentré si près de moi ; comme toujours, son attirance à mon égard lui fait perdre ses moyens. Il lève la main vers ma tête. Je me cambre en arrière pour lui échapper, mais en vain. Il enfonce ses doigts dans mes cheveux.

— Rester loin de toi a été une torture.

Ses paroles me hérissent. J'accueille à bras ouverts la colère qu'elles provoquent en moi – mieux vaut la colère que la peur. Cette rage m'aide à retrouver mes esprits et mon entraînement en autodéfense prend le relais. Rassemblant toutes mes forces, je lui flanque mon genou dans l'entrejambe. Certes, ce n'est pas très original, mais c'est aussi la première leçon que Rook m'a apprise : un bon coup, bien placé, dans les couilles est souvent le moyen le plus simple et efficace de neutraliser un homme.

Henry n'a pas vu le coup venir et se plie en deux dans un cri de douleur. Sans perdre de temps, je me dégage et pique un sprint vers l'ascenseur. Ses hommes de main font toujours barrage.

— Laissez-moi passer ! Henry n'a pas le droit de me retenir ici.

Ils ne font pas le moindre geste, jusqu'à ce que Henry vocifère :

— Emparez-vous d'elle !

Le premier vampire se déplace si vite qu'il m'est impossible de suivre ses mouvements. À peine ai-je cligné des yeux qu'il me ceinture par-derrière en me plaquant contre son torse. Bien que consciente de ne pas faire le poids face à sa force surnaturelle, je lui résiste malgré tout : je lui écrase le pied, lui envoie mon coude dans le ventre et lui fous un coup de boule dans le nez. Le craquement que j'entends alors m'emplit de satisfaction. Pourtant, c'est tout juste si j'arrache quelques grommellements à mon assaillant.

Constatant l'inefficacité de mes efforts, je me laisse peu à peu gagner par la panique.

— Lâchez-moi ! beuglé-je, désespérée, en me démenant comme une furie.

Henry m'agrippe brusquement le visage. Lorsque je vois ses crocs et ses yeux rougeoyants, un hurlement de terreur s'échappe de ma gorge. Est-ce à ce moment que son obsession finit par le rendre complètement fou et qu'il me tue ?

— Cesse de bouger ! m'intime-t-il sèchement.

Je ne comprends pas que cet ordre est une contrainte de vampire, avant que mon corps se fige soudain contre mon gré. J'étouffe un cri de surprise et sens des larmes de colère et d'effroi me piquer les yeux.

— Laisse-moi partir, Henry.

Ses canines se rétractent, mais ses yeux conservent leur éclat incarnat, m'indiquant que la maîtrise de sa colère est, au mieux, précaire.

— Pas avant d'avoir obtenu ce que je veux.

Il place de nouveau les mains sur ma tête. Je ferme les yeux. Il va encore me ravir mes souvenirs. Même si je ne veux pas qu'il entre dans mon esprit, je sais qu'il m'est impossible de lui en interdire l'accès. Je l'implore malgré tout :

— Je t'en prie, Henry, ne fais pas ça. Laisse-moi partir.

Il est si proche que je sens son souffle sur ma joue lorsqu'il me répond.

— Ne résiste pas, ma belle, dit-il d'une voix douce en me caressant les cheveux. Je n'aime pas te faire souffrir.

Pas moyen de l'en dissuader. Henry Stadther agit à sa guise.

Je suis morte de peur. Si je pouvais bouger, je tremblerais comme une feuille. Mais je suis aussi en colère. Je déteste le fait qu'il puisse m'imposer ainsi sa volonté, qu'il m'ait en son pouvoir. Je suis censée être une fae puissante, et je ne peux même pas...

Mes pensées se perdent subitement tandis que je me rappelle que je ne suis pas totalement sans défense. Certes, je suis contrainte à l'immobilité, mais rien ne m'empêche de *chanter*. Un sentiment de détermination m'envahit à cette idée, m'insufflant un regain d'énergie.

Les émotions de Henry me submergent lorsqu'il plaque la paume de ses mains sur mes tempes. Il est impatient de retenter l'expérience. Sa première plongée dans ma mémoire a été si enivrante. Et puis c'est le seul moyen pour lui de se rapprocher de moi. Mes souvenirs sont réels et, quand il est dans ma tête, je ne peux pas lui échapper.

Comme je m'y attendais, il ne compte pas se limiter au visage du tueur ; il veut tout voir. Notamment pour découvrir avec quel homme je partage ma vie en fin de compte. Les rumeurs et spéculations vont bon train en ville depuis quelque temps.

Je n'ai aucune envie qu'il s'immisce dans les moments intimes que j'ai partagés avec mes gars. Je commence enfin à me désinhiber avec eux ; je ne veux pas qu'il anéantisse mes progrès.

Il pénètre dans mon esprit. Par réflexe, je tente aussitôt de l'en déloger mentalement. Ma riposte l'oblige à redoubler d'efforts, mais je sais d'expérience qu'il est plus fort que moi et que mes vaines tentatives ne réussiront qu'à me réduire le cerveau en bouillie.

— Cesse de résister, Nora.

— Non, espèce d'ordure !

— Tu te fais du mal. Tu sais que tu ne peux pas me battre.

Je le repousse de toutes mes forces, mais une douleur lancinante me vrille le crâne. Quelques gouttes de sang coulent de mon nez. Je m'affaiblis un peu plus à chaque seconde. Si je veux invoquer mon pouvoir, je vais devoir abandonner toute résistance. Bien qu'il m'en coûte, je renonce finalement à lutter pour chercher à la place un moyen de réveiller mon pouvoir.

— Voilà qui est mieux, susurre Henry en se mettant aussitôt à fouiller ma mémoire. Qu'as-tu fait ces temps-ci, Nora ? (Il remonte aux événements de la matinée.) Le loup-garou ?! J'étais pourtant convaincu que c'était Parker. Il m'a tout de même trahi pour toi.

— Putain, Henry ! sors de ma tête !

Les yeux toujours fermés, je m'efforce d'ignorer sa présence pour me concentrer sur une partie reculée de mon être. Je n'ai utilisé mon pouvoir que deux fois jusqu'à présent, et je ne sais pas vraiment comment il fonctionne, mais il est toujours venu d'un recoin enfoui au fond de moi. Un peu comme une intuition viscérale. Il me faut à présent recourir consciemment à cette intuition.

— Eh bien! si je m'attendais à cela, déclare Henry en découvrant ma soirée avec Parker et le moment où ce dernier m'a confiée de bon gré à Oliver. Qu'entend-il quand il dit que c'est dans ta nature? Quel type de fae es-tu exactement?

Il ne va pas tarder à le découvrir. Je viens de trouver mon pouvoir, niché au cœur de mon être, et il m'est étonnamment facile de l'invoquer. On dirait qu'il attendait que je reconnaisse sa présence. À l'instant où je perçois cette chaleur intérieure, je m'en saisis. D'instinct, je sais que mon pouvoir est prêt et qu'il me suffit de soumettre le vampire à ma volonté.

— Henry.

Ma voix change sous l'action de mon pouvoir, plus douce, mélodieuse. Une voix de pure séduction.

Le maître vampire s'interrompt. Ce seul mot m'a suffi pour capter son attention. Je relève lentement les paupières pour le regarder dans les yeux.

— Sors de ma tête.

Il s'exécute sur-le-champ et recule, un air d'adoration totale sur le visage. Il est littéralement sous le charme.

— Tu es si belle, souffle-t-il. J'ai besoin de toi, Nora. Je ne peux pas vivre sans toi.

Je grimace. Évidemment, son obsession à mon égard ne risque pas de s'arranger maintenant, mais je ne peux rien y faire. Il n'est pas question que je le laisse revenir dans ma tête. Ignorant ses supplications, je fredonne :

— Libère-moi de ta contrainte.

Il acquiesce en clignant lourdement des yeux, comme à moitié endormi.

— Je te libère de ma contrainte.

Je pousse un énorme soupir de soulagement lorsque je retrouve l'usage de mon corps. Cependant, le sbire de Henry me retient toujours prisonnière.

— Chef… ? Que se passe-t-il ?

— Qu'est-ce qui lui prend ? s'étonne son camarade. Est-ce une sorcière fae ? Vient-elle de l'ensorceler ?

Henry ne les entend pas. Il n'a d'attention que pour moi.

— Dis à ton homme de main de me relâcher.

La réponse est instantanée :

— Relâche-la.

— Mais, maître…

Son refus d'obtempérer déclenche aussitôt la colère de Henry.

— Relâche-la !

L'homme obéit. Pendant un moment, je ne sais pas trop quoi faire ensuite. Mon pouvoir n'a pas l'air d'affecter les deux sbires. La dernière fois que j'ai subjugué un homme de la sorte, il m'a fallu maintenir un contact visuel. Je crains qu'en lâchant Henry du regard le charme se rompe.

— Dis-leur d'appeler l'ascenseur.

D'un signe de tête, Henry enjoint à ses hommes de suivre mes ordres. Un moment de flottement s'ensuit tandis que nous attendons l'ascenseur, puis un tintement retentit et les portes s'ouvrent.

— Dis-leur de s'écarter, Henry. Ensuite, tu vas me laisser partir et tu ne t'aviseras plus de m'embêter.

En réalité, j'ignore si cette injonction s'ancrera dans son cerveau à la manière d'une contrainte vampirique, mais autant tenter le coup.

Sur l'ordre de leur chef, les deux hommes se retirent de mon chemin. Je recule prudemment dans la cabine. Pendant une seconde, je détache mon regard du maître vampire pour jeter un coup d'œil aux boutons et appuie sur celui du rez-de-chaussée, avant de reporter aussitôt mon attention sur Henry. Ce dernier essaie déjà de retrouver ses esprits en clignant des yeux et en secouant la tête. J'appuie frénétiquement sur le bouton de fermeture des portes. Au moment même où elles se mettent à coulisser, Henry écarquille les yeux, sidéré et s'élance vers moi. Trop tard. Les portes se ferment et l'ascenseur entame sa descente vers le hall de réception.

Malheureusement, ma fuite connaît une fin prématurée. À peine arrivée au rez-de-chaussée du casino, je me fais cueillir par trois agents de sécurité. Deux d'entre eux me saisissent par les bras, le troisième me menotte les mains dans le dos, et je suis ramenée *illico presto* dans la cabine.

— Mettez-la face au coin, prescrit le type aux menottes. Le patron a dit qu'il ne faut pas la regarder dans les yeux, sinon elle nous envoûtera.

Je me débats avec l'énergie du désespoir, mais rien à faire, les vampires sont tout simplement plus forts que moi. Je me retrouve jetée au coin comme une sale gosse qu'on punit et, lorsque je regarde par-dessus mon épaule, l'un des hommes m'attrape la tête pour la tourner vers la paroi.

— Lâchez-moi, exigé-je vainement.

Tant que je serai incapable de croiser leur regard, ou même de me concentrer sur l'un de ces hommes, mon chant n'aura aucune emprise sur eux.

Les deux laquais de Henry nous attendent dans l'appartement avec les yeux bandés. Je n'ai même pas le temps d'apercevoir le maître vampire qu'on me masque la vue. J'ai beau me démener, m'égosiller, la prise des agents de sécurité ne faiblit pas un seul instant. Je m'en tirerai sans doute avec de belles ecchymoses aux bras. Je cesse brusquement de lutter, cependant, en entendant la voix de Henry :

— Comment as-tu fait, Nora ?

Mais bien sûr ! comme si j'allais me soumettre à son petit interrogatoire.

— Ben alors, Henry ? Tu n'as pas aimé que les rôles soient inversés ? Ce n'est pas agréable de se faire contrôler par une autre personne, n'est-ce pas ?

— Réponds ! m'ordonne-t-il sèchement. Comment as-tu fait ?

— Je ne te dirai rien. Et tu ne peux pas m'y contraindre sans m'ôter ce bandeau. Mais vas-y si tu veux. On verra qui est le plus fort.

Malheureusement, mes provocations ne me mènent nulle part.

— Je ne suis pas obligé de te contraindre pour obtenir des réponses.

Merde ! je sais ce qu'il a en tête. D'ailleurs, il ne perd pas une seconde en civilités cette fois. Des mains m'agrippent le crâne et je sais que ce sont les siennes.

— Tu vas me donner ce dont j'ai besoin, décrète-t-il, à quelques centimètres de mon visage.

— Ce dont tu as besoin ? Dis plutôt « ce que tu veux », espèce de gros sociopathe.

Il exhale un soupir las et me chapitre :

— Tu vaux mieux que ces insultes puériles, Nora. Bon, même si cela ne sert à rien, je te le répète : ne résiste pas. Tu te ferais du mal.

Il a raison. Son avertissement ne sert à rien. À la seconde où il franchit le seuil de mon esprit, je le repousse âprement. Il s'y attendait, néanmoins, et ne prend plus de gants.

Il force brutalement le passage, m'arrachant un hurlement de souffrance. Mes jambes flanchent et je m'effondre, si bien que ses hommes sont obligés de me maintenir debout.

Désemparée, je le sens remonter le fil de mes souvenirs. Je continue de lutter, bien que ces faibles tentatives s'avèrent parfaitement stériles. Mon nez saigne. La douleur me martèle si violemment les tempes que je dois réprimer un haut-le-cœur.

Henry assiste à mon étreinte torride avec Parker puis, plongeant plus loin dans ma mémoire, regarde ma journée parfaite avec Rook.

— Ces souvenirs ne te regardent pas ! protesté-je d'une voix faible et éraillée. Prends le visage de ce putain de tueur et casse-toi !

Je lui facilite même la tâche en me concentrant sur la vision du parc pour lui sortir le visage auquel il tient tant.

— Tiens, le voilà. Maintenant, sors de ma tête !

Sans surprise, il fait la sourde oreille.

— Merci, ma belle, mais je pense que je vais en profiter pour voir comment tu as réussi à m'ensorceler tout à l'heure.

Je grince des dents. Je ne tiens pas à ce qu'il découvre que je suis une néréide. Je m'efforce de rappeler mon pouvoir, mais je suis maintenant trop faible pour m'en servir. J'ai épuisé toute mon énergie en résistant à l'assaut mental de Henry. S'il continue, je ne tarderai pas à tourner de l'œil.

Derrière moi, l'ascenseur annonce son retour avec un tintement et j'entends les portes s'ouvrir. Je suis incapable de voir ce qui se passe, mais des bruits de lutte s'élèvent, suivis du choc sourd de corps qui s'effondrent. Quelque chose roule à côté de mon pied. J'ai l'affreux sentiment de savoir ce que c'est. Il n'y a pas trente-six façons de tuer un vampire ; la décapitation est la plus courante. Cette pensée me soulève l'estomac.

Mes deux gardes me lâchent – d'abord l'un, puis l'autre. Cependant, avec les mains attachées et les yeux bandés, impossible de prendre mes jambes à mon cou. Il ne me reste plus qu'à espérer que le nouvel arrivant soit dans mon camp.

Avec une rapidité qui me tire un cri de surprise, Henry m'empoigne et me retourne contre lui, une main sur ma gorge.

— Si tu fais encore un pas, elle meurt.

Il n'a pas l'air de plaisanter. Ça ne m'étonne pas venant de lui. J'ai beau l'obséder, Henry pensera toujours à sa petite personne en premier.

Les bruits de lutte ont cessé. J'ignore si c'est parce que le maître vampire me retient en otage, ou s'il est simplement le dernier survivant. Il y avait cinq hommes avec nous dans la pièce. Cinq vampires taillés comme des armoires à glace. S'ils sont tous morts, je suis impressionnée. Il y a peut-être plusieurs intrus, en fin de compte.

— Qui es-tu ? demande Henry d'une voix impérieuse.

Je reconnais immédiatement la voix calme et inquiétante qui lui répond.

— Je m'appelle Illren Kovros.

Henry lâche un hoquet de stupeur et l'étau de ses doigts se desserre légèrement sur ma gorge. Manifestement, ce nom ne lui est pas inconnu. Je réprime un sourire. Il paraît nettement moins sûr de lui lorsqu'il reprend la parole.

— Que veux-tu ?

— Vous avez enlevé ma maîtresse. Je viens la ramener chez elle. (Il s'adresse ensuite à moi.) Vous a-t-il fait du mal ? Vous êtes très pâle.

Je m'empresse de secouer la tête en signe de dénégation. Je ne suis pas encore prête à signer l'arrêt de mort de Henry.

— Il a juste violé mes souvenirs.

Un long silence s'installe. Même sans rien y voir, je perçois que la tension est à son comble, si palpable qu'elle me donne la chair de poule.

— Relâchez-la, exige Illren d'un ton inflexible.

Henry ne fait pas un geste.

— Ta « maîtresse » ? dit-il, incrédule.

— Euh… oui, bafouillé-je. Il m'a plus ou moins… juré fidélité.

Et, pour l'instant, je dois dire que je ne m'en plains pas.

— Relâchez-la immédiatement, répète le fae, ou je décime votre clan tout entier. Je les éliminerai un par un, jusqu'à ce qu'il ne reste que vous. Ensuite, je mettrai fin à votre pathétique règne sur cette ville. Je ne me contenterai pas de vous tuer, je veillerai aussi à détruire l'héritage que vous vous êtes bâti.

Étant donné qu'il vient de massacrer cinq vampires d'élite à lui tout seul, ce n'est pas une menace en l'air, et Henry en a manifestement conscience ; je l'entends déglutir dans mon dos. Je regrette de ne pas pouvoir contempler son visage apeuré. Finalement, il me libère. Je ne suis pas surprise : comme la plupart des brutes de bas étage, Henry s'écrase dès lors qu'il se heurte à un adversaire plus intimidant que lui.

— Retirez-lui le bandeau.

L'étoffe enlevée, je cligne des yeux à plusieurs reprises, le temps de m'accoutumer à la lumière. Je n'ai jamais été si heureuse de voir Illren. Il ne me lance qu'un bref regard, avant de reporter son attention sur mon ravisseur.

— Maintenant les menottes.

Bien qu'il ne m'ait pas attachée lui-même, Henry a une clé pour les ouvrir. Aussitôt qu'il me les ôte, je masse mes poignets endoloris et étire mes bras ankylosés. Ils me font atrocement souffrir. Je ne peux pas le vérifier à cause des manches de mon pull, mais je suis certaine qu'ils sont couverts de bleus.

— Venez, Nora.

J'hésite. Non parce que je me méfie d'Illren, mais parce que cinq cadavres décapités jonchent le sol entre nous. C'est peut-être la scène la plus cauchemardesque qu'il m'ait été donné de voir – ce qui n'est pas peu dire, vu le nombre de morts brutales auxquelles j'ai assisté depuis mon entrée dans le monde occulte.

Je sens la bile me monter à la gorge. L'odeur cuivrée du sang est si épaisse que j'en ai presque le goût sur la langue.

— Où est passée la femme intrépide qui a arpenté sous mes yeux une scène de crime abominable l'autre soir ? murmure le fae.

Je lui décoche un regard désabusé.

— Elle est trop occupée à ne pas gerber.

— Vous allez vous en sortir, m'assure-t-il en réprimant un sourire. Faites attention où vous mettez les pieds.

Tant pis si je vomis, je veux foutre le camp d'ici. Après une longue inspiration, je retiens mon souffle, puis me fraie un chemin entre les cadavres de vampires. Je trébuche légèrement. J'ai les jambes en coton mais, à mon grand soulagement, mes genoux tiennent bon jusqu'au bout.

— Voulez-vous que je l'exécute ? me demande le fae lorsque j'arrive à sa hauteur.

Il me pose la question avec un tel détachement que c'en est presque risible. Je jette un coup d'œil derrière moi. Les yeux rouges et luisants, Henry fixe sur lui un regard assassin, mais n'ose pas faire le moindre geste.

Une partie de moi aimerait donner le feu vert à Illren, mais je ne suis pas une meurtrière. Il y a une différence entre tuer en état de légitime défense et ordonner la mort de quelqu'un.

— Non. Même si l'offre est tentante, il ne serait pas prudent de nous mettre un clan entier à dos.

Les épaules de Henry s'affaissent de soulagement, mais Illren n'est pas convaincu.

— Je saurais vous protéger, maîtresse. Je me ferais une joie de les exterminer jusqu'au dernier pour vous.

— Non, insisté-je avec fermeté. Me sauver en cas de besoin, me protéger quand je suis menacée, très bien. Mais pas de tueries gratuites, c'est compris ? Vous pensez pouvoir vous retenir ? Seigneur ! ce n'est pas possible d'être aussi assoiffé de sang.

— Fort bien, concède-t-il avec un petit rire. Appelez l'ascenseur.

Il n'a pas besoin de me le dire deux fois. Tandis que je vais appuyer sur le bouton, Illren ne bouge pas d'un poil, gardant sa posture de défense. Je suis certaine qu'il ne baissera pas son épée – oui, j'ai bien dit « épée » – ni ne quittera Henry des yeux tant que les portes de l'ascenseur ne se seront pas refermées devant nous.

Lorsque la cabine arrive enfin, je me précipite à l'intérieur. Illren y entre à reculons, sans jamais détacher son regard du vampire.

— Je ne vous le dirai qu'une fois, le prévient-il en appuyant sur le bouton du rez-de-chaussée. Touchez-la encore et je vous tuerai, quoi qu'elle en dise.

Les portes se referment sur le doigt d'honneur que j'adresse à Henry.

Chapitre 17

Personne ne nous arrête lorsque nous traversons le casino pour rejoindre le parking principal. Une fois dehors, dans l'air frais de l'hiver, j'inspire profondément pour me purger du carnage que nous avons laissé derrière nous. Mais aussi, plus simplement, pour savourer le goût de la liberté.

Un frisson me secoue. Je ne comprends pas pourquoi je me sens si frigorifiée jusqu'à ce qu'Illren me couvre les épaules de son épais manteau de cuir. Je ricane quand je me rends compte que je n'ai qu'un pull sur le dos. Le fae me regarde en arquant un sourcil.

— Vous n'appréciez pas la galanterie ?

Je secoue la tête en resserrant le cuir autour de moi pour mieux profiter de sa chaleur.

— Ce n'est pas ça. C'est juste que… j'ai *encore* paumé mon nouveau manteau. Il est sûrement dans l'appartement de Henry.

— Souhaitez-vous que j'aille le récupérer ? demande-t-il en hochant la tête vers le casino.

Il semble bien trop désireux de me rendre ce service.

— Vous y arriveriez sans tuer personne ?

— J'en doute fort.

J'émets un nouveau ricanement.

— Merci, mais je crois, dans ce cas, que je me contenterai d'en racheter un. Ça m'ennuie plus pour mon sac et mon portable. Henry pourra peut-être m'envoyer un colis.

Illren secoue la tête et m'invite à avancer sur le parking.

— Votre sac et votre téléphone étaient avec le sorcier. Sans doute pour nous empêcher de vous géolocaliser.

— Comment va Oliver ? Il n'est pas resté trop longtemps dehors ?

— Je n'en sais trop rien, répond-il en haussant les épaules. Il était enveloppé dans une couverture à l'hôpital quand je me suis entretenu avec votre clan.

Mon cœur s'arrête.

— À l'hôpital ?!

— Il ne souffrait que d'une légère hypothermie. C'était une simple précaution. Je vous promets qu'il va bien. D'ailleurs, ils le laissaient sortir quand je suis parti.

Je serre les dents, bouillonnante de colère, en pensant au responsable.

— Ce salopard d'enfoiré ! craché-je en jetant un regard noir au fae, même si ma fureur n'est pas dirigée contre lui. J'aurais dû vous laisser le tuer.

Nous nous arrêtons devant une berline noire reluisante, dont Illren m'ouvre la portière côté passager.

— Vous n'avez qu'un mot à dire, maîtresse.

Je ris et me glisse dans la voiture en secouant la tête.

— Vous êtes vraiment un prédateur assoiffé de sang, hein ?

— Je fais simplement mon travail. Je suis un assassin, et ce depuis près de huit siècles. Avant de quitter le royaume, j'étais l'assassin personnel de la Reine de l'hiver.

Je reste pantoise. Comment réagit-on à une telle confession ? Sur ces mots, il claque la portière, me laissant méditer sur son âge et sa profession tandis qu'il contourne le capot de la voiture pour venir s'installer au volant. Curieusement, nous ne prenons pas la direction de ma maison en sortant du parking.

— Où allons-nous ?

— Je vous emmène manger quelque chose. Vous êtes pâle et vous tremblez. Vous devez être en état de choc.

Je lève les mains, surprise de constater en effet une légère trépidation.

— Rien à voir avec le choc, lui assuré-je. C'est juste un contrecoup de l'adrénaline. Sans parler du fait qu'on m'a droguée et réduit le cerveau en bouillie.

— Et vous n'avez sans doute rien avalé depuis votre enlèvement ce matin.

Il a raison et, comme pour le confirmer, mon ventre se met à gargouiller pile à cet instant. La fae esquisse un sourire.

— C'est décidé, nous allons dîner.

Je jette un coup d'œil à l'horloge sur le tableau de bord.

— Il est 3 heures du matin.

— Le *diner* de Skinny ne ferme jamais.

Je ne suis même pas étonnée que l'assassin ait eu ce restaurant en tête. C'est *le* bouge par excellence. La nourriture y est divine, et j'en ai l'eau à la bouche, mais mon estomac vide est vraiment le cadet de mes soucis.

— Il faut que je rentre. Mon clan doit se faire un sang d'encre. Terrance est sûrement en train de retourner la ville à ma recherche.

Illren tire un portable de sa poche, tape son code, puis me le tend.

— Inutile d'aller chez vous, il n'y aura certainement personne. Appelez Terrance pour le rassurer. Vous le trouverez dans mes contacts.

Je compose promptement le numéro du troll.

— Terrance !

— Nora ! où es-tu ? Tu n'as rien ?

— Je vais bien, T-rex. Je ne suis pas blessée. Illren Kovros m'a retrouvée et je suis en sécurité.

— OÙ ES-TU ?

J'éloigne le téléphone de mon oreille afin de préserver mon tympan.

— On est en route pour le resto de Skinny. J'ai besoin de me mettre quelque chose sous la dent.

— Mais tu es sûre que ça va ?

— Oui, je vais bien. Promis.

Je l'entends pousser un soupir sonore.

— Bon, d'accord, dit-il, avant de reprendre d'un ton glacial : Que s'est-il passé ? Qui t'a enlevée ?

Il est clairement en pétard, et il n'y a rien de plus dangereux qu'un troll en pétard.

— Si je te le dis, tu vas commencer à tuer des gens ?

La réponse est immédiate :

— Oui.

Comme avec Illren, je suis tentée de dénoncer le maître vampire à Terrance en me lavant les mains des conséquences, mais je ne veux pas avoir la mort de Henry sur la conscience. Je ne suis pas vindicative au point de souhaiter réellement la mort des gens – il m'arrive simplement d'en rêver de temps en temps.

Non, la priorité est d'apaiser Terrance avant qu'il ne saccage tout sur son passage dans un accès de rage. Je pousse un long soupir et tente de l'amadouer :

— Terrance, calme-toi, s'il te plaît. Je sais que tu es en colère, mais je ne veux pas que tu t'attires des ennuis en tuant quelqu'un. Je vais bien, je ne crains plus rien. Oliver a été plus en danger que moi.

— Oui, et celui qui l'a laissé mourir de froid va payer. Personne ne s'en prend à mon clan impunément.

Illren me réclame le téléphone d'un geste. Je le lui donne et, de sa voix calme et sinistre, il annonce à Terrance :

— Les hommes qui ont attaqué Nora et Oliver sont morts. Des mercenaires. Je leur ai juste laissé le temps de me révéler qui les avait engagés.

Il marque une pause. Je n'entends pas la réponse de Terrance, mais j'en ai une vague idée quand le fae opine de la tête et déclare :

— Oui, ils ont souffert. Si vous souhaitez voir par vous-même ce qu'il en reste, je peux vous donner l'adresse. Croyez-moi, tous les mercenaires d'ici à Chicago y réfléchiront désormais à deux fois avant de s'approcher de Nora ou de votre clan.

Je frissonne. Je préfère ne pas savoir ce qu'il leur a infligé. Honnêtement, c'est un miracle que Henry soit encore en vie. J'ignorais qu'Illren était capable d'une telle retenue.

— Henry Stadther, répond-il. Il voulait soutirer des informations à Nora.

Pas besoin d'une ouïe surdéveloppée pour deviner que les grognements étouffés à l'autre bout du fil sont une bordée d'injures aptes à faire rougir un charretier. Illren poursuit, creusant un peu plus la tombe du maître vampire :

— Oui, il est toujours vivant. Je ne peux pas en dire autant de ses agents de sécurité, mais Nora a insisté pour l'épargner. Nous devrons malheureusement laisser les autorités s'occuper de lui. (Il se tourne vers moi.) C'est exact, n'est-ce pas ?

Certaine que si je ne leur interdis pas formellement de tuer Henry les deux hommes iront de ce pas lui régler son compte, j'acquiesce et décrète d'un ton ferme :

— Oui. Laissons la directrice West s'occuper de son cas. Il y a eu bien assez de morts aujourd'hui. (Je tends la main pour récupérer le téléphone, qu'Illren me rend sans discuter.) Hé ! T-rex, je sais que tu es très remonté, mais on ne peut pas se mettre le clan de Henry à dos. Ça n'arrangera rien du tout. Laisse l'Agence régler cette histoire.

— Au moins, les fumiers qui vous ont drogués auront payé, grommelle-t-il.

Je me réjouis que leur mort suffise à apaiser la soif de vengeance de mon troll. Sans ça, il serait probablement déjà en route pour aller écarteler Henry à mains nues.

— Oui, on ne les reverra plus. (Je cherche un moyen de le distraire de ses pulsions meurtrières.) Comment va Oliver ?

— Il s'inquiète pour toi. La directrice West lui a donné congé pour la nuit afin qu'il se repose.

— OK. Je vais l'appeler tout de suite.

— Pas la peine, il est avec moi. Je vais téléphoner à Parker et Rook. On te retrouvera tous au resto.

— Ça me va.

Fidèle à lui-même, l'établissement de Skinny ressemble toujours à un bar à motards décrépit où le client serait susceptible de se voir servir une assiette de cambouis avec supplément tétanos. L'endroit est fréquenté exclusivement par des occultes. Skinny, la gargouille qui le gère, l'a entouré d'un sort de camouflage ténu que n'importe quel occulte peut percer, mais qui, pour les humains, donne au *diner* l'apparence d'une vieille galerie marchande à l'abandon.

Bien qu'il soit près de 3 h 30, le restaurant est bondé. Dès qu'Illren passe la porte, je me retrouve subitement plongée dans une scène de western. La salle devient silencieuse, quelques personnes déglutissent, et un client s'empresse de dégager de son tabouret au bar. Puis les gens me remarquent en sa compagnie et paraissent estomaqués. Bonjour le malaise. Seule l'intervention de Skinny parvient à sortir le restaurant de sa torpeur.

— Eh bien ! si ce n'est pas la tristement célèbre Nora Jacobs, me salue-t-il avec un large sourire, dévoilant des dents acérées. Comment ça va, petite ? Paraît que des mercenaires t'ont enlevée aujourd'hui.

Je lui rends son sourire sans hésitation. Skinny est peut-être une créature hideuse mais, dans le fond, c'est un gros dur au cœur tendre. Comme un papi bourru qu'on aime bien.

— Salut, Skinny. Oui, encore un coup de Henry Stadther, pour changer. Mais bon, Illren a réglé le problème.

Le taulier adresse à mon accompagnateur un signe de tête respectueux.

— Kovros.

Illren incline le front en réponse, sans un mot.

— Bref, on attend encore quelques personnes. Le grand box du fond est disponible ?

— Pour toi, ma jolie, toujours.

Il me décoche un clin d'œil et nous invite d'un hochement de tête à aller nous asseoir.

— Merci, Skinny.

Au passage, je me fais arrêter par deux hommes assis au bar. Je reconnais Darrin et Sam, deux loups-garous de la meute de la rivière Huron. J'ai même dansé avec eux à l'occasion de l'une de leurs soirées collectives.

— Mademoiselle Nora ! comment allez-vous ? me demande Sam.

— Il paraît qu'on vous a kidnappée, enchaîne Darrin. Vous allez bien ?

Il jette un coup d'œil à Illren, hésite une seconde, puis ajoute :

— Si vous avez besoin d'aide, vous n'avez qu'un mot à dire.

J'admire son courage. Ça me touche beaucoup qu'il soit prêt à affronter un assassin de renom pour moi. Les loups-garous sont vraiment des occultes en or.

— Tout va bien maintenant, promis. Comment ça se passe dans la meute ? Les choses sont-elles revenues dans l'ordre ?

Les deux hommes opinent du chef.

— Cela dit, on regrette de ne plus vous croiser dans le complexe, souligne Darrin. C'est quand même bien moins intéressant sans Rook et vous.

J'éclate de rire.

— Ça, je veux bien le croire !

— D'ailleurs, où est-il, votre homme ?

— Il ne va pas tarder. Vous donnerez le bonjour de ma part à la meute.

— Sans faute. Passez une bonne soirée.

— Pareillement.

Illren et moi continuons de progresser vers le grand box circulaire au fond de la salle. En chemin, d'autres clients me disent bonjour ou me saluent d'un geste. Je les ai déjà croisés à la discothèque, mais ne les connais pas plus que ça. Lorsque Illren et moi prenons place sur la banquette, il me dévisage avec un petit sourire.

— Vous êtes une femme très populaire.

— Ça ne date pas d'hier, dis-je en grimaçant. En tout cas auprès des hommes. Les femmes ont plutôt tendance à me détester justement parce que je retiens l'attention masculine. Tout cela découle de ma malédiction. Mais c'est pire dans le monde occulte, puisque j'étais l'humaine au milieu de la foule des êtres surnaturels, et qu'aujourd'hui je suis l'humaine devenue fae. Sans parler du fait que j'ai été mêlée à deux des plus gros scandales que l'Occulte ait connus depuis plusieurs années.

Le petit rictus d'Illren se mue en un sourire sincère, quoique discret.

— Vous êtes vraiment remarquable, maîtresse.

Je blêmis, horrifiée par l'emploi de ce titre.

— Euh… vous pourriez éviter de m'appeler « maîtresse » ?

— Pourtant c'est ce que vous êtes, argue-t-il en sourcillant.

— J'entends bien, mais pourriez-vous m'appeler simplement Nora, comme tout le monde ?

— Si vous y tenez.

Dieu merci ! Skinny arrive avec deux verres d'eau, tuant dans l'œuf ce début de conversation gênant.

— Vous préférez attendre vos amis pour passer commande ?

J'acquiesce, mais Illren est d'un autre avis.

— Non, elle a besoin de manger.

La gargouille ne discute pas et se tourne vers moi, dans l'expectative.

— Qu'est-ce qui te ferait plaisir, ma jolie ?

J'opte pour un classique.

— Un cheeseburger au bacon avec des frites et un milk-shake au chocolat, s'il te plaît.

— C'est noté.

Après avoir commandé son plat, une sorte de mets fae au nom imprononçable, Illren fixe sur moi un regard scrutateur.

— Vous avez gardé les habitudes alimentaires d'une humaine. Le comportement, aussi.

— C'est comme ça que j'ai été élevée, réponds-je en haussant les épaules.

Il me dévisage avec une telle intensité que je remue, mal à l'aise.

— Je pourrais vous apprendre à ressembler davantage à une fae.

Je prends le temps de boire une gorgée d'eau glacée avant de lui répondre.

— Sans vouloir vous vexer, dis-je en reposant le verre, les faes m'ont tout l'air d'être une bande de snobs élitistes. Je préfère rester comme je suis, merci.

Il continue de m'observer avec insistance, mais je discerne un soupçon d'amusement dans ses yeux.

— Soit. Dans ce cas, permettez-moi au moins de vous entraîner. Quand les gens comprendront ce que vous êtes, vous vous ferez de nombreux ennemis. Vous devez être en mesure de vous défendre contre les plus forts d'entre eux. Les faes sont des créatures agiles et gracieuses, douées d'un instinct redoutable. Nous sommes des guerriers-nés.

Là, il m'intéresse. Je me moque complètement d'adopter les manières d'une fae, mais je suis toujours partante pour acquérir de nouveaux moyens de me protéger.

— Rook me donne régulièrement des cours d'autodéfense. J'apprends vite, d'après lui.

— C'est un bon début, mais je devine que Rook se bat comme un loup-garou. Ses méthodes n'exploitent sûrement pas vos capacités à leur pleine mesure. Je peux vous enseigner à tirer parti au mieux de vos talents naturels pour le combat. Je suis également maître dans l'art du maniement des armes. L'autre soir au night-club, j'ai noté que vous portiez un pieu en frêne ainsi qu'une dague en argent. Savez-vous les utiliser ?

Évidemment qu'il a remarqué mes armes ; je suis certaine que rien ne lui échappe. Je parie qu'il est méticuleux dans tout ce qu'il fait, et très minutieux. Sa maison doit être hyper ordonnée et d'une propreté immaculée.

— Pas convenablement, admets-je au bout d'un moment.

Il hoche la tête comme s'il s'attendait à cette réponse.

— Souhaiteriez-vous que je vous forme à leur maniement ?

En réalité, ça ne paraît pas être une question. Cela dit, il prêche une convertie. L'entraînement de Rook est très utile, et je me sens déjà plus confiante en présence d'humains, mais j'adorerais être capable de me défendre face à des vampires ou des métamorphes.

— Volontiers. Merci.

Le fae ébauche un sourire puis, comme lors de notre rencontre au night-club, se glisse soudain jusqu'à moi. Posant le bras juste derrière mon dos, sur le dossier de la banquette, il fait délicatement courir ses doigts sur mon épaule et le long de mon bras.

— Et vos appétits charnels ? s'enquiert-il en réduisant sa voix au même ronronnement enjôleur et terrifiant. Sont-ils satisfaits ?

Je déglutis. Il dégage un profond magnétisme séducteur, tel un chasseur s'employant à m'attirer dans un piège savamment préparé. Une partie de moi répond à son appel silencieux, comme si, inconsciemment, je reconnaissais l'un de mes semblables et étais irrésistiblement portée vers lui. S'agit-il d'un trait propre aux faes ? Il faudra que je le demande à Terrance.

— Hum… (Je m'écarte, ajoutant quelques précieux centimètres entre nous.) C'est compliqué.

Il se rend probablement compte qu'il me met mal à l'aise, car il se redresse contre le dossier, cesse de me dévorer du regard et reprend d'un ton nettement plus détaché :

— Je pourrais vous simplifier la chose.

Si seulement.

— Écoutez, il faut vraiment qu'on revienne sur cette histoire de fidélité. Qu'est-ce que ça signifie, d'ailleurs ? Je ne sais pas ce que vous espérez, mais…

— Nora !

La voix d'Oliver traverse le restaurant, chassant aussitôt Illren et cette conversation cruciale de mon esprit. Terrance, Parker, Rook et lui s'avancent vers notre table. Je me lève d'un bond et, ignorant les regards curieux des autres clients, me jette dans les bras ouverts du jeune sorcier.

— Oli ! je m'en veux tellement ! Tu vas bien ?

Il me serre de toutes ses forces, dans une étreinte qui me met aux anges.

— C'est plutôt à toi qu'il faut le demander ! J'ai eu si peur, Nora. Je n'en reviens pas que Henry ait fait ça. Il ne t'a pas brutalisée ni… touchée de façon déplacée ?

— Je le tuerai s'il a osé, maugrée Terrance.

Bien que j'étouffe presque Oliver dans mes bras, je le serre encore plus fort.

— Il m'a un peu meurtri le cerveau en me volant quelques souvenirs personnels, mais je vais bien. C'est pour toi que je m'inquiète. Tu es sûr que ça va ? Je n'en reviens pas que ces brutes t'aient abandonné dehors, dans le froid.

Il m'embrasse sur la tempe pour me rassurer.

— Je vais bien. J'ai pris un peu froid, mais je ne garderai aucune séquelle. J'ai prévenu la directrice West : Henry va avoir de gros ennuis.

— Tant mieux. Il n'aura que ce qu'il mérite.

— Il n'y a pas de sanction assez sévère pour ce qu'il a fait, gronde Terrance.

Dès que je me décide à libérer Oliver, le troll prend sa place pour m'envelopper de ses bras massifs et me dépose un baiser sur le front.

— Ne me fais plus jamais une peur pareille !

Je ris doucement, tout en sachant qu'il ne plaisante pas.

— Je ferai de mon mieux, mais j'ai visiblement la poisse quand il s'agit de rester en sécurité.

J'enlace ensuite Rook, puis Parker, tous deux manifestant, à l'instar de Terrance, un mélange de soulagement pour moi et de colère envers Henry.

— Venez vous asseoir. J'ai faim, et il faut vraiment qu'on discute du problème posé par Illren.

Terrance se fige.

— Quel « problème » ?

Étonnée, je me tourne vers Rook.

— Tu ne leur as rien dit ?

— Je ne savais pas ce que tu comptais y faire, se justifie le métamorphe d'un air embarrassé. Alors j'ai préféré attendre que tu le leur annonces toi-même.

— QUEL PROBLÈME ? aboie le troll.

Je soupire et m'explique :

— Illren m'a prêté serment de fidélité. J'ignore encore ce que ça signifie exactement, mais il a l'air de penser qu'il m'appartient désormais.

À la façon dont Oliver fronce les sourcils, je devine qu'il est tout aussi perplexe. En revanche, Terrance paraît abasourdi, et Parker n'a pas cligné des yeux depuis un moment.

— C'est bien ce qui me semblait, acquiescé-je. Du coup, venez m'aider à tirer cette histoire au clair.

Terrance lance un regard vers la table où Illren nous attend patiemment. Cette nouvelle le contrarie moins que je ne l'aurais cru. Vraiment, il trouve ça normal ? J'étais pourtant persuadée que, de tous mes gaillards, ce serait lui le plus énervé. C'est un fae, après tout. Il connaît forcément les implications d'un tel serment et doit donc savoir qu'Illren vient de contracter avec moi un lien indissoluble. Le silence s'étire, pesant.

— Perso, je crois qu'il veut juste me sauter, blagué-je pour détendre l'atmosphère.

— Non, me contredit Terrance d'un air sévère. Il te fait un grand honneur. Tu devrais respecter son sacrifice.

Cette fois, c'est moi qui suis pantoise.

— Tu es sérieux ?!

— Oui, maintient cette bourrique de troll en fixant sur moi un regard réprobateur.

Mince ! c'est encore plus grave que je ne l'imaginais. Je soupire encore.

— Bon, ben, venez m'aider à décider quoi faire de lui. Je ne sais pas…

Un frisson d'effroi me parcourt soudain l'échine, me coupant le souffle et la parole. Ma peau se couvre de chair de poule. Mon estomac se contracte et je me mets à transpirer. L'avertissement est si violent que je m'effondre presque. Ma vue se trouble, je perds l'équilibre. Rook me rattrape et parvient à me maintenir debout.

— Nora, qu'y a-t-il ? Que se passe-t-il ?

— Prémonition, haleté-je. Je suis en danger. Un danger du genre « mort imminente ».

Les quatre hommes se dirigent aussitôt vers la porte, sans poser de question. Parker ouvre la marche, scrutant le parking à l'affût de la moindre menace.

— Qu'y a-t-il ? s'enquiert Illren d'un ton sec en nous rejoignant.

Oliver se charge de lui expliquer la situation tandis que Parker, Terrance et Rook évaluent les risques potentiels et les tactiques de sortie envisageables.

— Nora a des prémonitions qui l'alertent en cas de danger imminent. En ce moment même, quelqu'un projette de lui faire du mal.

— De me tuer, rectifié-je. Quelqu'un dans les parages veut ma mort.

Illren accueille cette nouvelle en clignant des yeux. Une seule fois. Puis il retrouve ses réflexes de professionnel.

— Ce sont sûrement les chasseurs.

— Quoi ? s'exclame Terrance en faisant volte-face.

— Nous sommes venus directement du casino, précise Illren. Ils ont dû nous suivre.

Tous échangent un regard.

— J'y vais, déclare froidement Parker.

Avant qu'il puisse s'éclipser, néanmoins, une seconde prémonition m'assaille, me fauchant complètement. Si Rook ne me tenait pas déjà, je serais vautrée au sol à cet instant. La douleur me transperce comme un million d'aiguilles.

— Pas le temps ! crié-je. Il y a un problème ! Je dois sortir d'ici *tout de suite* !

— Ma voiture est blindée, propose Illren.

— Et s'ils la criblent de flèches dès que nous franchissons la porte ?

— Je peux la couvrir, murmure Oliver.

Tout le groupe se tourne vers lui, interloqué. Il déglutit et reprend :

— Je vais nous entourer d'un bouclier magique.

— Tu es sûr de pouvoir le conserver assez longtemps ? l'interroge Parker.

L'adorable et placide Oliver lui jette un regard noir.

— C'est la sécurité de Nora qui est en jeu.

— Alors fais-le, acquiesce le vampire.

Un court silence, puis le sorcier contracte les mâchoires.

— C'est fait. Allons-y.

Je suis impressionnée. Non pas tant par son recours à la magie – enfin, un peu aussi – que par l'assurance et le savoir-faire dont il fait preuve en la manipulant. Pas de murmures incantatoires ni de gestes extravagants : c'est fait, point. Si je n'étais pas en danger de mort, je trouverais cela incroyablement sexy.

Comme je suis trop faible pour marcher, Rook me soulève dans ses bras et nous sortons tous ensemble, Illren en tête, pour gagner au plus vite sa berline blindée. Nous avons à peine parcouru dix mètres quand le restaurant explose brusquement. Je n'ai pas le temps de comprendre ce qui se passe. Un moment plus tôt, tout allait bien ; l'instant d'après, une détonation assourdissante me déchire les tympans. Une boule de feu gigantesque nous enveloppe, sous une pluie de débris. Je hurle et nous baissons la tête… mais les flammes et les gravats se heurtent à un mur invisible et nous épargnent. Nous ne sentons même pas la chaleur de l'explosion. La magie d'Oliver nous a protégés.

Nous restons accroupis pendant plusieurs secondes, en état de choc. Mes oreilles sonnent encore, mais je suis indemne. Les autres ont l'air aussi épouvantés que moi. Désemparés, nous ne pouvons que rester là, à contempler la scène de destruction autour de nous. Le *Skinny's* a été oblitéré.

Chapitre 18

Il ne reste de l'établissement occulte que les fondations et un morceau de charpente, qui subit déjà l'assaut des flammes. Le reste des décombres est disséminé autour de nous. Notre petit groupe est la seule chose à avoir survécu à la déflagration. Nous nous tenons au centre d'un cercle parfait. Mon regard se pose sur les gravats, puis sur notre cercle, et je me réfugie dans les bras d'Oliver.

— Tu nous as sauvés.

Il déglutit péniblement, mais secoue la tête en signe de dénégation.

— Non, c'est toi. Sans ta prémonition, on aurait tous été à l'intérieur avec les autres, à la merci de l'explosion.

Ses paroles me font subitement prendre conscience d'un fait glaçant.

— Le restaurant était plein à craquer, bafouillé-je d'une voix tremblante. Tous ces gens… Skinny… (Les yeux me brûlent, et je me tourne vers Rook.) Tu devrais prévenir l'alpha Toth. Darrin et Sam étaient à l'intérieur.

Le loup-garou contemple les ruines, puis ferme les yeux. J'ai de la peine pour lui. Ces deux hommes étaient ses amis – ses loups, à l'époque où il était encore l'alpha de leur meute. Lorsque nos regards se croisent de nouveau, les larmes me montent aux yeux face à l'abattement que je lis dans les siens. Sentant qu'il a besoin de réconfort, je l'entoure de mes bras et murmure :

— Je suis navrée.

— Je vais contacter Sublime, annonce Parker à voix basse. Même si le bâtiment était camouflé, l'explosion n'aura pas échappé au voisinage. La police et les pompiers ne tarderont pas à débarquer. On ne peut pas laisser des humains récupérer les corps.

« *Les corps.* » Je frissonne violemment.

— Je savais qu'il y avait un problème, et je n'ai pensé qu'à sauver ma peau.

N'y tenant plus, je fonds en larmes.

— C'est faux, affirme Rook en m'essuyant les joues. Tu nous as tous sauvés.

Malheureusement, cette vérité n'est qu'une maigre consolation.

— Mais, si j'avais su, j'aurais pu sauver tout le monde. Je ne l'ai pas envisagé une seule seconde.

Il repousse les cheveux de mon visage afin de cueillir de nouvelles larmes.

— Tu ne dois pas raisonner de cette manière. Tu ne pouvais pas savoir. Ton intuition t'a-t-elle déjà prévenue une seule fois quand une autre personne courait un danger ?

Comme je secoue la tête en réponse, il esquisse un doux sourire. J'enfouis le visage dans la paume de sa main et ferme les yeux pour absorber le réconfort qu'il me procure.

— Ne va pas te reprocher ce drame, ajoute-t-il. Tu n'y es pour rien.

J'aimerais le croire, mais j'ai malgré tout le cœur lourd. Il m'attire dans ses bras pour me bercer tendrement, m'offrant un petit coin de paradis dans l'enfer qui nous entoure. Oliver pose une main sur mon épaule et me demande :

— As-tu toujours la sensation d'être en danger ? Je dois interrompre mon bouclier, mais seulement si tu ne risques rien.

Il parle tout bas, comme chacun de nous. Me détachant de Rook, je hoche la tête à l'intention du sorcier.

— Ma prémonition a cessé dès l'instant où la bombe a explosé. Je crois que les responsables n'ont pas traîné dans le coin.

— À ton avis, c'étaient les chasseurs de faes ? m'interroge Terrance.

Reportant mon attention sur les décombres en feu, je secoue la tête.

— Je sais pas… On ne dirait pas.

Illren vient se placer à ma hauteur pour observer la scène comme s'il étudiait un ennemi.

— Ils auraient changé de mode opératoire. C'est inhabituel pour des chasseurs. Skinny avait des ennemis : l'un d'eux peut très bien être à l'origine de cet attentat.

Je l'espère de tout cœur car, si ce sont bel et bien les tueurs de faes, alors Illren et moi sommes responsables de cette hécatombe. Pour avoir mené les meurtriers ici. Mais pourquoi feraient-ils sauter le restaurant entier ? Jusqu'à présent, ils ne s'en prenaient qu'aux faes ; pourquoi tuer d'autres personnes ? À leurs yeux, métamorphes, vampires et sorciers ressembleraient à des gens normaux, et je ne les imagine pas un seul instant tuer leurs semblables. S'ils massacrent les faes, c'est justement pour sauver les êtres humains ; ils ne leur porteraient pas atteinte sciemment. Non, Illren a certainement raison. C'était forcément un ennemi de Skinny. Pourtant, la coïncidence est troublante.

Le hurlement lointain des sirènes nous parvient. La police et les pompiers seront là d'une minute à l'autre.

— Nick est dans le coin ? Est-ce qu'on est censés être là quand les flics débarqueront ? demandé-je à la cantonade.

Comme en réponse à ma question, la Porsche de l'agent déboule sur le parking au même instant. Il bondit de son siège et se précipite vers nous en contemplant la zone sinistrée d'un air hagard. Puis il voit notre petit groupe, propre et indemne. S'avisant du cercle parfaitement préservé à nos pieds, il fixe son regard sur Oliver.

— Bon sang ! qu'est-ce qui s'est passé ?

Remarquant le désarroi d'Oli, je décide de répondre à sa place :

— Mon intuition m'a prévenue d'un danger. Comme Illren et moi étions au casino de Henry juste avant, nous avons immédiatement soupçonné les chasseurs de nous avoir suivis. Oliver nous a entourés d'un bouclier magique pour protéger notre sortie au cas où on nous prendrait pour cible. Nous étions pile ici quand le bâtiment a explosé.

Nick fronce les sourcils.

— Ça ne ressemble pas à la méthode des tueurs.

— C'est ce qu'on se disait aussi.

— Skinny avait un certain nombre d'ennemis, avance Terrance.

— Ou c'est peut-être une simple fuite de gaz, hasarde Rook.

Cette hypothèse ne me paraît pas tenir la route.

— Je ne pense pas. Mes prémonitions m'alertent uniquement quand une personne me veut du mal. Je doute qu'une fuite de gaz m'en déclenche une. À bien y réfléchir, je ne crois pas que l'attentat ait été dirigé contre Skinny. Je n'aurais rien pressenti si le poseur de bombe n'avait pas eu spécifiquement l'intention de me tuer.

La culpabilité me ronge de nouveau. Devinant ce qui me taraude, Nick m'agrippe l'épaule.

— Ne commence pas à te blâmer, Nora, m'enjoint-il sévèrement. Tu n'es pas responsable de cette catastrophe.

Avant que je puisse le contredire, plusieurs camions de pompiers débarquent soudain sur le parking, très vite suivis par des ambulances et des voitures de police. Nick soupire, puis sort sa plaque d'agent du FBI. Il s'agit d'un badge tout ce qu'il y a de plus officiel, fourni par le gouvernement pour lui permettre de gérer les autorités humaines dans ce genre de situation, l'AFO étant une agence ultrasecrète.

— Le travail m'appelle, dit-il.

— Il vaut mieux qu'on parte ?

Il réfléchit un moment avant de me donner sa réponse.

— Ça vous ennuierait d'attendre un peu ? Quand j'aurai calmé les humains, je verrai à flairer l'emplacement du dispositif explosif. Tu en tireras peut-être une vision.

Je me demande s'il entend « flairer » au sens propre du terme. Les dragons ont-ils un odorat surdéveloppé ? Je n'arrive toujours pas à croire que je connais un véritable dragon. Bizarrement, la réalité des faes, sorciers, loups-garous et vampires est beaucoup plus facile à accepter.

— Bien sûr, je peux rester. Cela dit, si ça ne te dérange pas, on va attendre au chaud dans la voiture. J'ai perdu mon manteau et, vu qu'Illren m'a prêté le sien, il n'en a plus lui-même.

— Pas de souci, allez vous mettre à l'abri. Je te ferai signe quand j'aurai besoin de toi. S'il y a un dispositif, je le trouverai rapidement.

En partant, il s'arrête devant Oliver pour le prendre par l'épaule.

— Tu as fait du bon boulot. Peu de sorciers auraient su résister à un souffle si puissant, surtout en ne s'y attendant pas. Tu leur as sauvé la vie ce soir. (Ses traits s'adoucissent face à l'étonnement du jeune homme.) Aie confiance en toi, tu n'es plus un petit garçon effrayé. Tu peux accomplir tant de bien avec ton pouvoir.

Oliver le regarde s'éloigner, visiblement ému. Je lui prends la main et lui offre un petit sourire.

— Allez, viens, héros. On va s'asseoir dans la voiture.

Comme il n'y a pas assez de place pour tout le monde dans la berline d'Illren, Parker et Terrance se rabattent sur le nouveau *crossover* d'Oliver, qui leur a servi à venir ici. Personne n'est d'humeur à discuter dans la voiture du fae. Nous attendons en silence, chacun perdu dans ses pensées, en regardant les pompiers ratisser les décombres. Ils trouvent très vite quelques survivants : deux vampires, et Skinny lui-même. Il faut croire que les gargouilles sont encore plus coriaces que les vampires. Ce doit être pour ça qu'il est toujours en vie malgré ses nombreux ennemis. Je suis contente qu'ils n'aient pas tous péri dans l'explosion.

Je dois patienter un peu moins d'une heure avant que Nick me fasse signe de le rejoindre. L'incendie est maintenant maîtrisé, les policiers se sont retirés, et les agents de l'AFO passent la zone au peigne fin. Toute ma troupe m'accompagne jusqu'aux ruines du restaurant, avant de se mettre en retrait pour me laisser continuer seule. D'un geste, Nick m'invite à approcher, me tendant la main pour m'empêcher de me casser la figure sur les débris.

— C'était bien une bombe, probablement du C-4. On a retrouvé le détonateur. Le dispositif se trouve à l'arrière du bâtiment. (Il m'arrête alors que je fais un pas dans cette direction.) Je sais que tu as déjà vu beaucoup d'atrocités dans ta vie, mais tiens-toi prête. Les ravages du feu, c'est une horreur à part. Regarde bien où tu mets les pieds et évite de respirer par le nez dans la mesure du possible.

Évidemment, son conseil m'incite à prendre une grande inspiration. Bien que nouvelle pour moi, l'odeur de chair brûlée a quelque chose d'affreusement identifiable. D'une main, je me couvre le nez et la bouche pour contenir un haut-le-cœur. Je réussis, par miracle, à ne pas vomir.

Nick attend que je me sois reprise pour me guider à travers les décombres. Une demi-douzaine d'agents s'affairent sur la scène de crime et tous s'interrompent pour me regarder passer. J'ai droit à plusieurs saluts discrets, des « mademoiselle Jacobs » et des hochements de tête respectueux. Ces marques de déférence me mettent un peu mal à l'aise. Depuis quand suis-je devenue une célébrité ?

Mes chaussures ne sont pas très adaptées pour ce genre de situation. Je trébuche et glisse plusieurs fois, si bien que Nick me soutient par le bras. C'est d'ailleurs la seule chose qui m'empêche de m'effondrer lorsque je découvre les premiers cadavres. Deux victimes ont eu des membres arrachés ; un homme a le visage criblé de minuscules éclats ; tous ont la peau noircie. L'un des corps est complètement carbonisé. Alors que j'étouffe un cri d'horreur, l'odeur me frappe de nouveau les narines.

Cette fois, pas moyen d'y échapper. Je me penche brusquement en avant et vomis de la bile jusqu'à en avoir les larmes aux yeux et des crampes au ventre. N'ayant rien mangé depuis le petit déjeuner, soit dix-huit heures plus tôt, je n'ai rien à rendre – ce qui ne rend pas ce moment nécessairement plus digne.

Quand je parviens enfin à me redresser, Nick me décoche un sourire en coin, assorti d'une tape énergique dans le dos.

— Bienvenue dans l'équipe des experts, Jacobs. Tous les bleus passent par là à un moment donné.

Il n'y a que Nick Sublime pour me regarder tel un mentor fier de son disciple parce que je viens de gerber sur une scène de crime ultragore.

— Ravie de faire partie du club, répliqué-je d'un ton pince-sans-rire.

Son sourire s'élargit, lui donnant cet air taquin que secrètement j'adore, bien que je rêve de l'étrangler chaque fois qu'il l'affiche.

— Tu n'as qu'un mot à dire et j'officialise la chose, avec badge et tout le toutim.

Je lève les yeux au ciel.

— Ça, je n'en doute pas. Mais est-ce qu'on peut juste en finir ? Je suis épuisée. Je viens de vivre la plus longue journée de ma vie.

L'agent hoche la tête vers deux hommes, au fond des ruines. Je vois presque immédiatement ce qu'ils examinent : le détonateur de la bombe est fiché dans ce qui était naguère une chambre froide. Connaissant les raisons de ma présence, les deux techniciens me cèdent la place sans discuter.

— Je risque de me brûler ?

— Non, mademoiselle Jacobs. Ça ne craint rien.

J'observe le dispositif d'un œil circonspect. J'ignore à quoi m'attendre, et mes empreintes n'ont pas été tendres avec moi dernièrement. Je lance un coup d'œil à Nick.

— Prépare-toi à me rattraper. Déjà que je tiens à peine debout, il en faudra peu pour que je tombe dans les pommes.

Le métamorphe passe un bras autour de ma taille et acquiesce. À court de manœuvres dilatoires, je me résous à toucher le détonateur. Il est chaud, mais pas brûlant. Je me retrouve aussitôt aspirée dans une empreinte.

La lune, presque pleine, brille dans la nuit claire. Le Skinny's *se dresse encore dans toute sa décrépitude. Je me trouve derrière le bâtiment, aux côtés de deux hommes. Je reconnais immédiatement l'un d'eux. Le grand archer élancé du parc maintient un bloc de C-4 contre ce qui doit être la conduite de gaz du restaurant, tandis que le second tireur fixe l'explosif avec du gros ruban adhésif. Derrière eux, le SUV noir attend, moteur en marche, son pot d'échappement crachant des nuages dans l'air glacé.*

Une lumière au-dessus de la porte de service éclaire les meurtriers, me permettant de les voir nettement. Ils portent tous deux les mêmes longs manteaux qu'au parc. L'homme dont je n'ai pu discerner le visage la dernière fois est beaucoup plus vieux que l'archer. Assez pour être son père – ce qui, étant donné la ressemblance, est l'hypothèse la plus probable. Bien que plus longs, ses cheveux sont du même brun que ceux de l'archer, et ses yeux arborent la même teinte marron. Manifestement, les pommettes saillantes et le nez pointu sont également un trait de famille. Je leur attribuerais des origines européennes.

— On ne devrait peut-être pas faire ça, dit l'archer. Il y a des humains à l'intérieur.

C'est sans doute son appréhension qui m'a laissé une empreinte, cette fois. Son père hausse les épaules.

— Peut-être. Je n'en suis pas convaincu. Tu as entendu comme moi les histoires de ces chasseurs qui ont rencontré des sorcières, des loups-garous et même des vampires. Ces monstres nous paraîtraient humains.

— Je sais, mais comment en être certains ? Et si nous étions sur le point de tuer des êtres humains ? Nous ne sommes pas des meurtriers, père.

L'autre homme considère le bâtiment d'un air renfrogné.

— En effet. Nous ne tuons que des monstres.

— Exactement, alors comment peux-tu justifier ceci ?

— Fiston, le restaurant entier est dissimulé par la magie des faes. Autrement dit, seuls les monstres peuvent le voir. Ces gens sont sans doute eux-mêmes des monstres. Et, en admettant qu'il y ait des humains à l'intérieur, ils fraient avec ces créatures. Pour fréquenter cet établissement, ils doivent forcément savoir

à quoi s'en tenir. Ils s'acoquinent avec eux, mangent et rient avec eux. Ils font honte à l'espèce humaine.

Le jeune homme pousse un long soupir, puis acquiesce, probablement dans l'espoir de s'en convaincre lui-même.

— Tu as raison. En tout cas, la femme qui collabore avec les autorités doit mourir. Sa façon de toucher les cadavres au parc… On aurait dit qu'elle possédait une sorte de pouvoir psychique. Et deux jours après on la retrouve au casino ? Elle est clairement sur nos traces.

Le père finit de fixer la bombe, puis enfonce le détonateur dans le pain de C-4, avant de reculer en se frottant les mains pour les décrasser.

— Avec ça, elle ne risque pas de nous ennuyer très longtemps. (Il pose une main ferme sur l'épaule de l'archer.) Ne t'en fais pas, fiston. Nous faisons le bon choix.

— Tu as sans doute raison.

Là-dessus, ils jettent un dernier regard au bâtiment, puis s'éloignent et montent à l'arrière de la voiture. Celle-ci démarre en trombe, certainement pour se mettre à bonne distance avant le déclenchement de l'explosion.

J'émerge de la vision à deux doigts de l'évanouissement, mais une seule pensée m'occupe l'esprit.

— C'est ma faute, dis-je d'une voix étranglée. C'est moi qui les ai conduits ici. Ils savaient que j'étais sur leur piste. Tous ces gens sont morts à cause de moi.

— Nora, tu n'as pas…

— Bien sûr que si !

Je refuse de laisser quiconque me réconforter à cet instant. C'est ma faute si ces chasseurs ont découvert le *Skinny's*. C'est ma faute s'ils ont compris que les faes n'étaient pas les seuls occultes. C'est ma faute si Darrin,

Sam et tous les autres clients du restaurant ont été tués cette nuit. La colère me brûle l'estomac.

— Ils sont morts à cause de moi, et c'est à moi d'arrêter ces tueurs.

Je me sens soudain animée d'une profonde détermination, si farouche que j'en tremble de tout mon corps.

— Puisque je suis incapable de les débusquer, je vais devoir les pousser à sortir.

Un seul coup d'œil suffit à Nick pour comprendre que je ne plaisante pas.

— Qu'as-tu en tête ? demande-t-il, sans chercher à me raisonner.

Je l'adore. Il sait parfaitement que je compte me précipiter dans la gueule du loup et, au lieu de m'en dissuader comme les autres le feraient, il est prêt à s'y jeter avec moi.

— Je vais retourner au casino, déclaré-je. Et je vais forcer ces salopards à se montrer.

Il me regarde droit dans les yeux. Il sait déjà ce que je vais dire, car il a deviné mon plan, mais je le dis quand même :

— Il est temps pour moi de servir à nouveau d'appât.

Chapitre 19

Bien qu'il soit 14 heures passées quand je me réveille, je me sens encore fatiguée. Après ma vision, la nuit dernière, mes gars ont insisté pour que je rentre à la maison. Ils m'ont fait à manger, puis m'ont forcée à me mettre au lit en soutenant qu'on ne pouvait rien faire de plus pour le moment et que les chasseurs ne frapperaient pas de nouveau cette nuit. Pour ma part, je ne voulais pas perdre une seconde mais, à peine consciente et terrassée par une migraine effroyable, je n'ai pas eu la force de protester.

Parker dort sur le lit, à côté de moi, tout habillé et au-dessus des couvertures. Il me tient cependant la main dans son sommeil. Je ne me rappelle pas l'avoir entendu entrer. Il paraît plus pâle qu'à l'ordinaire, avec des poches sombres sous les yeux. L'inquiétude l'aura certainement maintenu éveillé jusqu'à l'aube, voire au-delà. Retirant ma main avec précaution afin de ne pas le réveiller, je me lève, puis m'empresse de prendre une douche et de me préparer.

Après avoir retrouvé un semblant d'apparence humaine – enfin, mon apparence habituelle, disons –, je me laisse attirer par des voix dans la cuisine. Un délicieux parfum de saucisses et de sirop d'érable m'emplit immédiatement les narines. En me voyant arriver, Terrance émet un petit rire et plaisante :

— Je vous avais bien dit que l'odeur du petit déjeuner la tirerait du lit.

Je lui tire la langue et prends place devant l'îlot central tandis qu'Oliver, Rook et lui me poussent une assiette complète, une tasse de café et un jus d'orange sous le nez. J'ai le temps de prendre quelques bouchées avant de me rendre compte qu'un quatrième homme se tient en retrait contre le plan de travail, à nous observer en silence. Je croise les yeux violets d'Illren, ma fourchette suspendue entre l'assiette et ma bouche.

— Qu'est-ce que vous faites là, vous ?

— J'habite ici, répondit-il en levant le menton avec un soupçon de fatuité.

Ma fourchette tombe bruyamment dans mon assiette.

— Pardon ?! (Je lance un regard accusateur à Terrance.) Tu lui as proposé d'emménager ici ?

Un bref coup d'œil à Rook et Oliver me révèle qu'ils ne sont pas ravis. Terrance croise les bras, l'air déterminé, mais je ne saurais dire s'il est contrarié ou non lorsqu'il rétorque :

— Il t'a juré fidélité et tu as accepté. Il est maintenant sous ta responsabilité.

— Sous ma…

Je suis si atterrée que j'en perds mes mots.

— Les faes ne prennent pas la fidélité à la légère, Nora, me sermonne le troll. C'est une relation qui lie par magie un maître à son serviteur. Illren t'appartient désormais. Il te sera loyal et fidèle à jamais, et il te protégera au péril de sa vie.

C'est bien ce que je redoutais. Il est vraiment devenu une sorte de valet.

— Mais… mais… je ne veux pas d'un serviteur. Je refuse de garder un esclave !

Illren n'a pas bougé d'un poil. Cet homme est d'une immobilité phénoménale. Le visage parfaitement impassible, il m'assure d'un ton posé :

— Je suis convaincu que vous ne me traiterez jamais comme tel.

Le silence s'installe dans la cuisine. Tout le monde semble attendre une réaction de ma part. Mais que diable suis-je censée répondre à cela ?

— S'il te met mal à l'aise, rien ne t'oblige à le laisser rester, souligne Rook en foudroyant du regard notre nouveau camarade.

Si je ne suis pas étonnée de voir le loup-garou en colère, je suis en revanche surprise de déceler de l'animosité chez Oliver. Lui aussi fixe sur le fae un regard noir, croisant les bras comme une miniversion adorable de Terrance.

— Tu es chez toi, Nora. Tu as le droit de t'y sentir bien et en sécurité. Terrance a proposé à Illren de rester, mais il a précisé que ce serait à ta discrétion. C'est à toi de décider.

Je ne sais que faire. À l'évidence, Rook aimerait le voir dégager – mais, d'un autre côté, c'est ce qu'il voudrait pour n'importe quel rival. Oliver tient seulement à s'assurer que je me sente bien ; il acceptera ma décision dans tous les cas. L'ennui, c'est que ça ne devrait pas être à moi de décider. C'est leur maison autant que la mienne. Je me tourne vers le troll renfrogné face à moi.

— Donc tu voudrais qu'il reste avec nous ? lui demandé-je tout de go.

Terrance baisse les yeux sur moi et répond presque avec regret :

— Il t'a fait un grand honneur. Je l'accueille volontiers, et tu devrais faire de même. Il mérite ton respect.

Il le respecterait peut-être moins s'il savait quelles méthodes sournoises Illren a employées pour s'incruster dans ma vie – que son véritable dessein est de rejoindre mon harem et que ce serment avait pour seul but de m'empêcher de le rejeter. Je n'appellerais pas ça un honneur. Je décide cependant de garder mon avis pour moi et capitule. J'ai confiance en Terrance ; je lui dois tout. S'il veut qu'Illren reste, je n'irai pas à l'encontre de son souhait. Illren est peut-être un assassin manipulateur, mais il a manifestement gagné le respect de mon troll. Ce n'est pas rien. Je devrais peut-être lui accorder le bénéfice du doute.

Je m'accoude à l'îlot, ferme les yeux en me pinçant l'arête du nez et soupire :

— D'accord. Si tu veux. Il peut rester.

— Tu es sûre ? murmure Oliver en me touchant l'épaule.

J'exerce une pression rassurante sur sa main et lui souris.

— Oui, Oli. Tout va bien.

Mon sourire semble lui suffire, car il acquiesce brièvement, avant de faire face à Illren, une expression amène, quoique timide, sur le visage.

— Alors, bienvenue dans le clan, je suppose.

Rook émet un grondement sourd. Je me lève aussitôt pour l'enlacer.

— Tout va bien, Rook. Il ne me fera aucun mal.

— Il en serait incapable, énonce Terrance. Il lui est maintenant physiquement impossible de lui porter atteinte.

Le loup-garou ne se départit pas pour autant de son air défiant et enroule les bras autour de ma taille pour m'attirer contre lui.

— Soit, il ne peut pas s'en prendre à toi, mais te respectera-t-il ?

Illren se cure les ongles et lui répond sans me quitter des yeux :

— Je ne lui aurais pas juré fidélité si je ne la respectais pas.

— Ce n'est pas ce que je voulais dire ! lâche Rook. Nora a du mal avec les contacts physiques, surtout de la part d'inconnus. (Une lueur dorée s'allume dans ses yeux lorsqu'il toise le fae.) Ne vous avisez pas de la toucher.

Illren n'offre aucune réponse, ni dans un sens ni dans l'autre. Il se contente de me considérer un long moment, puis déclare finalement :

— Je saurai gagner votre confiance.

Un nouveau silence s'ensuit, très vite interrompu par Terrance.

— Bon, le sujet est clos. Illren fait maintenant partie du clan. Point final. (Il pointe un doigt vers le concerné.) Rook a raison : tu dois garder tes distances avec Nora tant qu'elle ne se sentira pas en confiance. C'est elle qui amorce les contacts physiques, pas l'inverse.

Illren lui adresse un bref hochement de tête et la conversation s'arrête là. Le troll récupère mon assiette, jette son contenu refroidi à la poubelle, puis la remplit de nouveau avec les aliments restés au chaud sur la cuisinière.

— Mange.

Je ne me fais pas prier. Je meurs de faim après tout ce temps passé à dormir. Les autres m'accordent quelques bouchées avant de m'assaillir de leurs inquiétudes.

— Comment te sens-tu ? s'enquiert Oliver.

J'aimerais mentir, mais je sais que j'ai les traits un peu tirés. De plus, Rook flairerait le mensonge. Je prends donc une longue gorgée de jus d'orange, puis soupire :

— Je ne peux plus continuer à absorber toutes ces empreintes, ça me coûte trop. Il faut que je mette un terme à cette histoire. Dès ce soir.

Je me prépare à essuyer une pluie de protestations mais, à ma grande surprise, je n'en reçois aucune. Comme s'ils lisaient dans mes pensées, Terrance lâche un grommellement, et Rook et Oliver échangent un regard.

— Y a-t-il un seul moyen de te faire changer d'avis ? demande le loup-garou.

— Non.

Ma réponse lui tire une grimace. Oliver hausse les épaules.

— Alors pas la peine d'essayer.

— Mais on vient avec toi, décrète le troll.

Je ne peux m'empêcher de sourire.

— Je n'en attends pas moins de vous, T-rex.

Rook s'assoit à côté de moi et chaparde un chapelet de saucisses dans mon assiette. Je lui planterais volontiers ma fourchette dans la main mais, comme il s'est enfin calmé, je n'ai pas envie de gâcher son humeur.

— Quel est le plan ? m'interroge-t-il.

Je pousse un long soupir.

— Eh bien… (Je lance un coup d'œil à Oliver.) J'espérais qu'on pourrait quand même voir ta sœur aujourd'hui.

Le sorcier sort aussitôt son téléphone de sa poche arrière.

— Je lui envoie tout de suite un message.

Je lui adresse un sourire reconnaissant, puis me tourne vers les autres, qui attendent toujours ma réponse.

— Quand nous aurons un portrait des tueurs, j'aimerais passer à l'AFO pour mettre au point une stratégie avec Nick. (Je lève les yeux au ciel face à leur tête ahurie.) Je suis déterminée, pas inconsciente. Je vous rappelle que je vis pour éviter le danger.

Je décoche un clin d'œil complice à Terrance, en souvenir de notre première rencontre. C'est la réponse exacte que je lui avais donnée quand il avait affirmé que je lui créerais des pépins et m'avait conseillé la prudence. Il roule des yeux, mais je le vois réprimer un sourire.

— Nick est le plus compétent en la matière, poursuis-je. Je me ferai un plaisir de m'en remettre à son expérience. Je resterais même volontiers sur la touche en laissant quelqu'un d'autre servir d'appât si je pensais que ça avait une chance de réussir. Mais les tueurs savent que le casino est maintenant surveillé : ils seront forcément plus prudents. Il en faudra beaucoup pour les pousser à se montrer. Ils ont compris que je les avais repérés, et je viens de survivre à leur attentat. L'occasion de me prendre pour cible sera trop alléchante pour y résister – peut-être assez pour les amener à commettre une erreur. Et puis je saurai tout de suite quand ils se pointeront. Mon intuition m'aura prévenue avant qu'ils puissent blesser qui que ce soit. Je suis le choix le plus logique pour cette mission.

Trois des hommes soupirent. Illren, quant à lui, continue de nous observer tels des spécimens sous un microscope. Le portable d'Oliver émet un bip et, après avoir lu le message, le jeune sorcier sourit.

— Ma sœur dit qu'elle peut nous retrouver dans une heure… avec trois points d'exclamation et cinq smileys.

Nous avons rendez-vous avec Elle dans un café. Mes gaillards renâclant à me laisser quitter la maison avec Oliver pour seul garde du corps, et je dois batailler un peu. Je commence à devenir zinzin avec tous ces hommes qui veillent sur moi. Je les aime plus que tout au monde, mais j'ai aussi besoin de respirer de temps en temps. Je crois que le seul moyen pour moi de survivre à cette histoire de harem sera de m'aménager beaucoup de tête-à-tête.

Ils hésitent à nous laisser partir, aussi protecteurs envers Oliver qu'envers moi après l'attaque dont nous avons été victimes tous les deux, la veille au matin. Je dois leur rappeler que le jeune sorcier nous a quand même tous sauvés la nuit dernière, et celui-ci leur jure qu'il saura se servir de sa magie si ma sécurité est en jeu.

Pourtant, lorsque nous entrons dans le café, je regrette presque que mes amis ne soient pas là pour me soutenir. Je suis terriblement nerveuse. Oliver et sa sœur sont très proches ; j'aimerais faire bonne impression. Oli est convaincu qu'elle va m'adorer mais, en réalité, la plupart des femmes me prennent immédiatement en grippe.

— Détends-toi, me répète-t-il pour la centième fois alors que nous gagnons le comptoir.

Il me prend la main. L'une comme l'autre sont couvertes d'une nouvelle paire de gants, assortie au bonnet et à l'écharpe que j'ai dû remplacer également, toutes mes affaires étant restées chez Henry. J'ai aussi un nouveau manteau, toujours le même modèle. Nous avons eu le temps de passer rapidement au centre commercial avant notre rendez-vous avec Elle. Je croise les doigts pour ne pas le perdre, celui-là, car c'était le dernier disponible.

Tandis que nous patientons dans la file, un cri d'excitation suraigu s'élève soudain.

— Grand frère !

La sœur d'Oliver franchit la porte, un grand carnet à dessins sous le bras. Dès que nous nous retournons, elle laisse tomber le carnet et saute presque sur Oliver pour le serrer dans ses bras en sautillant sur place. Elle est toute petite ; son frère la dépasse de plusieurs têtes. Blonde et pétulante, elle a les cheveux beaucoup plus clairs et bouclés que lui, mais ses yeux arborent la même couleur ambrée et chaleureuse, et leurs traits laissent deviner un air de famille.

Bien que visiblement gêné par l'excès d'énergie de sa cadette, Oliver la prend dans ses bras et l'embrasse sur le front.

— Coucou, petite sœur.

À peine a-t-elle lâché son frère qu'elle se tourne vers moi et joint brusquement les mains en les pressant contre sa bouche. Son visage se plisse, comme si elle parvenait tout juste à contenir un nouveau cri de joie.

— Ce que tu es belle ! s'exclame-elle finalement. Plus jolie encore qu'Oliver ne le disait. Mais qu'est-ce que tu fabriques avec un geek pareil ? (Elle lui donne un petit coup de coude.) Je plaisante, tu ne trouveras pas mieux que lui. Je suis si heureuse qu'il ait trouvé une copine digne de lui.

Elle passe son bras sous le mien et poursuit :

— Il m'a tellement parlé de toi, tu sais ! Faut dire qu'il parle tout le temps de toi. (Elle me décoche un sourire espiègle et fait mine de chuchoter.) Je crois qu'il est amoureux de toi depuis ses quinze ans.

Oliver rougit de plus belle. J'essaie de ne pas sourire pour l'épargner, mais l'effort me fait mal aux joues, et mes yeux me trahissent sûrement. Malgré son embarras, le sorcier se montre beau joueur et glousse en secouant la tête. Notre échange de regard échappe totalement à sa sœur, qui enchaîne sans prendre le temps de respirer :

— Quand il m'a annoncé que vous sortiez ensemble, j'ai failli pleurer de joie tellement j'étais contente pour lui.

C'est maintenant notre tour de passer commande. Elle ne consulte même pas le menu.

— Tu aimes la menthe ? Leur moka à la menthe est à tomber. Il faut que tu goûtes.

— J'adore la menthe.

— Parfait ! Ça va beaucoup te plaire.

Il me devient difficile de ne pas rire. La sœur d'Oliver est une vraie pile électrique.

— Deux mokas menthe, dit-elle à la barista, avant de jeter un coup d'œil par-dessus son épaule, comme si elle venait de se souvenir d'Oliver.

Ce dernier lève les yeux au ciel, puis acquiesce, récoltant un grand sourire de sa sœur.

— Plutôt trois, corrige-t-elle.

Nos cafés récupérés, nous allons nous poser sur des petits canapés devant la baie vitrée. Oliver décide de m'accaparer cette fois et m'attire sur les coussins avec lui. Blottie contre lui, je le laisse mettre son bras derrière moi. Elle s'assoit en face, en nous regardant de nouveau avec cet air d'exultation contenue.

— Haaan ! vous êtes trop mignons ensemble.

— Elle, l'avertit Oliver, mais avec tant d'amusement et d'affection dans la voix que sa mise en garde peut être difficilement prise au sérieux.

Toutefois, sa sœur s'efforce de respirer afin de maîtriser son trop-plein d'enthousiasme, puis me sourit de toutes ses dents.

— Je te demanderais bien comment vous vous êtes enfin rencontrés, mais Oliver m'a déjà livré le scoop. (Elle penche la tête de côté d'un air pensif.) En fait, j'ai l'impression de déjà tout savoir sur toi.

Je m'esclaffe.

— Oliver parle souvent de toi aussi. Je suis contente de faire enfin ta connaissance, même si j'aurais préféré que ce soit dans de meilleures circonstances.

L'air soudain grave, elle acquiesce.

— Oui, j'ai appris pour le *Skinny's*. C'est une tragédie. Tous ces gens... Je n'en connaissais aucun personnellement, je ne suis allée qu'une ou deux fois à ce restaurant, mais c'est quand même triste. Je suis soulagée que vous soyez indemnes.

Je tressaille au souvenir de l'explosion – le vacarme assourdissant, les débris projetés, la boule de feu. Le cercle intact à nos pieds, là où le bouclier d'Oliver nous avait protégés. Ma poitrine se comprime douloureusement.

— C'est grâce à ton frère.

Je tapote la jambe d'Oli, qui me prend la main en entremêlant nos doigts.

— Ce n'était rien, murmure-t-il.

— Ce n'était pas rien ! le contredis-je, refusant de le laisser minimiser son acte héroïque. Tu nous as sauvés. (Je me tourne vers Elle pour insister.) Il a sauvé notre clan entier en nous protégeant de l'explosion grâce à sa magie. Sans lui, on serait morts.

La jeune femme adresse à son frère un sourire ému, avant de demander d'une petite voix :

— Tu as utilisé ta magie ?

Oliver hausse les épaules et détourne le regard vers la fenêtre. Sa main dans la mienne me donne directement accès à son esprit. Ses pensées sont un peu embrouillées : il est gêné par tant d'attention, il a toujours eu du mal avec les éloges. Il a conscience d'être un sorcier très puissant et ses sentiments à ce sujet sont mitigés. Durant son enfance, la communauté des sorciers le révérait, mais seule sa magie les intéressait vraiment – ce qu'ils ont prouvé en lui tournant le dos dès qu'il a cessé de s'en servir. Pour cette raison, il éprouve un vif ressentiment à l'égard de son pouvoir, mais il est en même temps heureux d'avoir pu nous protéger, la nuit dernière, et fier de l'exploit qu'il a accompli.

Son conflit émotionnel représente une telle souffrance pour lui que je sens mon cœur se serrer de compassion. Néanmoins, je ne commets pas l'erreur de le lui montrer ; il n'aimerait pas me savoir bouleversée pour lui. Comprenant qu'il a besoin d'une minute pour se ressaisir, je choisis de le laisser tranquille et me contente de serrer sa main pour lui signifier que je suis là et que je pense à lui. Je poursuis donc la conversation avec Elle, qui, consciente de la situation, se prête au jeu.

— D'après Oliver, tu serais capable de voir les hommes de mon souvenir si je pense à eux ?

Elle confirme d'un hochement de tête.

— Il faudra vraiment te concentrer sur eux pour que j'obtienne une image nette, mais ça devrait marcher.

— Et ce n'est pas… (Ma voix vacille quand je repense à Henry et à ses méthodes invasives.) Tu n'entreras pas dans ma tête ?

— Absolument pas, me rassure-t-elle immédiatement, avant de se rembrunir. Oliver m'a raconté ce que Henry Stadther t'a infligé. Je ne ferai rien de tel, promis. C'est plutôt comme si tu me lançais une image et que je l'attrapais au vol. À aucun moment je ne serai dans ta tête, et je ne violerai pas ta vie privée. (Elle ébauche un sourire en coin.) Crois-moi, même si j'en étais capable, je n'aurais pas envie de fouiner dans ton esprit. Tu sors avec mon frère : il y a des choses que je préfère ne pas voir.

— Elle ! s'indigne Oliver.

Son ton horrifié nous fait éclater de rire toutes les deux. La tête qu'il affiche à cet instant est inestimable. Nous rions de plus belle lorsqu'il fusille sa sœur du regard.

— D'accord, d'accord, dis-je en me calmant. Tentons le coup. Si ça fonctionne, je dois faire parvenir ces portraits à l'AFO au plus vite.

— OK ! s'exclame Elle en tapant des mains, avant de se redresser, prête à se mettre au travail. Je dois admettre que, en dépit des circonstances, cette expérience est assez excitante. Je n'en reviens pas de travailler sur une affaire avec la grande Nora Jacobs ! (Elle me décoche un sourire radieux.) Tu es un peu célèbre, tu sais.

Je ne peux m'empêcher de ricaner.

— Tristement célèbre, tu veux dire.

— Mais non, voyons ! dit-elle en s'esclaffant. Les gens t'adorent. Ma meilleure amie, Shayne, sera verte de jalousie quand elle apprendra que j'ai travaillé avec toi.

Je n'ai jamais vu quelqu'un d'aussi exubérant mais, paradoxalement, je l'apprécie beaucoup. Elle est aussi adorable qu'Oliver.

— Eh bien ! si ça porte ses fruits, qui sait ? d'autres occasions se présenteront peut-être. La directrice West a laissé entendre que l'Agence pourrait éventuellement faire appel à toi à l'avenir.

Éberluée, elle étouffe une exclamation.

— Madison West a parlé de moi ?! Waouh !

J'ignorais que la directrice était une telle notoriété, mais la sœur d'Oliver est visiblement en admiration devant elle. S'apercevant de son attitude de *fangirl*, elle se reprend.

— Bref. Si ces portraits vont atterrir sur le bureau de Madison West, je ferais bien de m'appliquer. (Elle prend son carnet à croquis et sort un crayon d'une petite boîte dans son sac à main.) Pense à l'image que tu aimerais me montrer. Il ne me faut pas un souvenir complet, rien qu'une image. Un peu comme une capture d'écran, si tu y arrives.

— Compris.

Je ferme les yeux et me représente les deux hommes tels qu'ils se tenaient dans la lumière, derrière le restaurant de Skinny. Je me concentre sur leur visage en essayant de figer le souvenir. Je focalise mon attention sur les détails : leurs yeux, la forme de leur bouche et de leur nez, leur tatouage sur le cou.

— Parfait, je l'ai, m'annonce Elle, troublant ma concentration.

J'ouvre les yeux et découvre avec surprise qu'elle dessine déjà.

— Ça ne devrait pas être long, mais j'ai besoin de me concentrer. J'espère que ça ne vous dérange pas si je me tais pendant un moment.

— Au contraire, ça nous fera des vacances, la taquine Oliver.

Elle lève les yeux au ciel, sans les détacher une seconde de sa feuille.

— Vu que tu ne parles presque jamais, il a bien fallu que j'apprenne à meubler les silences pour ne pas plomber l'ambiance.

Son frère ricane.

— Mais oui, on va dire ça, pipelette.

— Très marrant. Tais-toi, vilain. J'essaie de créer une œuvre d'art.

Il sourit et me décoche un clin d'œil complice. Je glousse. Je n'ai jamais rien vu de plus chou qu'Oliver et sa sœur en train de se charrier.

Comme s'il s'apprêtait à patienter un moment, le jeune sorcier se cale confortablement contre le dossier du canapé. Je l'imite en me vautrant sur lui, la tête sur son épaule, et il tourne la sienne pour me déposer un baiser sur la tempe. Nous attendons ensuite en silence, savourant ce doux câlin, perdus dans nos pensées. Pourtant nous songeons tous deux à la même chose : à la relation qui s'établit entre nous. Comme moi, il se demande comment elle fonctionnera avec tant d'hommes dans l'équation.

Lorsque ses pensées se tournent vers les différents hommes de ma vie et ma relation naissante avec chacun d'eux, je suspends mes propres réflexions pour me laisser porter par les siennes. J'ai le sentiment qu'il me laisse délibérément accéder à son esprit. Plus que n'importe qui, Oliver semble toujours très conscient de mon pouvoir télépathique. S'il ne voulait pas que je connaisse ses pensées à cet instant, il me lâcherait la main.

J'apprends avec soulagement que ça ne l'ennuie vraiment pas de me partager. Il apprécie Parker et respecte Rook. Il est surtout content de voir autant de personnes m'aimer car, selon lui, je le mérite. S'il est excité d'être mon petit ami, il l'est tout autant d'avoir tissé des liens avec eux. Non qu'il éprouve pour eux une attirance quelconque, mais il a vécu seul, sans famille pour le soutenir, pendant si longtemps que le fait d'appartenir à un clan l'enchante. Comme moi, il goûte enfin au bonheur pour la première fois depuis une éternité.

Plus tôt que je ne m'y attendais, Elle pose son crayon et nous montre le double portrait.

— Voilà ! Qu'en dites-vous ?

Je lâche un hoquet de stupeur. Son dessin est magnifique, et la ressemblance avec les deux tueurs est saisissante. On peut aisément les reconnaître à partir de ces portraits.

— Waouh ! c'est incroyable. Tu es vraiment douée.

Elle rougit légèrement puis, aussi modeste que son frère, balaie mon compliment d'un geste.

— Ce n'est pas grand-chose, j'ai beaucoup de pratique. Nos parents sont de la vieille école. Pour eux, toutes les jeunes femmes devraient être « accomplies ». Ils m'ont fait suivre des cours de dessin, de musique, de danse, *et cætera*, depuis toute petite.

Impossible de détacher mon regard de son dessin ; je suis trop impressionnée. Pour ma part, je n'ai aucun talent artistique. Même mes bonshommes en bâtons sont pitoyables.

— Eh bien ! c'est époustouflant. Si ce n'était pas le portrait de deux meurtriers, j'aurais envie de l'encadrer.

Elle soupire.

— J'avoue, c'est un peu déprimant. Mais si tu l'aimes à ce point je vous dessinerai un de ces jours, Oliver et toi. Après tout, Noël approche.

Je suis très intéressée, mais Oliver me prend de vitesse pour dire :

— Ce serait formidable, Elle.

— On en serait ravis, renchéris-je.

Les yeux de sa sœur s'embuent tandis qu'elle nous regarde tour à tour.

— Je suis vraiment contente pour vous deux.

Oliver sourit, puis me serre contre lui.

— Merci.

Après un bref silence, Elle détache le portrait de son carnet et me le remet avec la promesse d'un autre dessin. Au moment de prendre congé, je lui donne mon numéro en jurant de la revoir bientôt, car elle est « sûre de sûre » que nous allons devenir « les meilleures amies du monde ». Je suis certaine qu'Oliver restera toujours mon meilleur ami, mais je rends malgré tout son étreinte à la jeune femme en acquiesçant. Tandis qu'elle me serre à me briser les os, je surprends l'air comblé d'Oliver. Cette expression ne le quitte pas pendant tout le trajet jusqu'à l'Agence. Il garde aussi précieusement ma main dans la sienne, la portant de temps à autre à ses lèvres ; chaque fois, je sens mon cœur s'envoler. Je n'aurais jamais cru devenir une personne câline, mais je dois bien admettre que je raffole de ces petites attentions.

Chapitre 20

Le soleil s'est couché depuis belle lurette lorsque Oliver et moi arrivons aux bureaux de l'Agence. Je ne rencontre pas l'atmosphère effervescente à laquelle je m'attendais en prévision de la soirée. Assis dans la zone d'accueil, mes amis nous attendent en toisant d'un air furieux un groupe composé de Henry et d'une poignée de ses agents de sécurité, de l'autre côté du hall. Terrance est rigoureusement immobile ; à croire que, s'il se laissait aller au moindre mouvement, à la moindre inspiration, il exploserait dans une rage folle. Adossé au mur, une main sur le pommeau de son épée, Illren observe quant à lui calmement le maître vampire, comme s'il imaginait mille et une façons de le torturer et de le tuer.

Henry fixe son attention sur moi dès l'instant où je franchis le seuil de la porte et ne me lâche plus du regard. Ses yeux trahissent des envies de meurtres, mais abritent également une lueur fanatique impossible à ignorer. Cette lueur me fait froid dans le dos. À l'évidence, sa fascination pour moi vient de passer le cap de l'obsession maladive et perverse.

Je me dirige droit vers Nick en ôtant bonnet, gants et écharpe, puis pointe un doigt accusateur vers Henry en demandant sèchement :

— Que fiche-t-il ici ? Il ne devrait pas être en cellule à l'heure qu'il est ?

L'agent grimace en jetant un regard de dégoût vers le vampire.

— Dans l'idéal, si.

— Quoi ?

— Il faudra t'adresser à Madison, soupire-t-il. Je l'ai collé en cellule de détention la nuit dernière, et elle l'a laissé sortir en début de soirée, dès qu'il s'est réveillé.

— Pourquoi ?!

Je me sens un peu trahie. La directrice West m'apprécie, elle aimerait même me recruter. Et puis elle adore Oliver. Je pensais pouvoir compter sur elle sur ce coup.

— Ne me dis pas qu'il va *encore* s'en sortir avec une tape sur la main !

Nick grimace derechef.

— Putain, je rêve ! fulminé-je.

West sort de son bureau à ce moment-là.

— Mademoiselle Jacobs, pourquoi tout ce tapage ?

Je lui décoche un regard noir, avant de désigner de nouveau Henry.

— Pourquoi l'avoir libéré ? Il mérite la prison. Il m'a enlevée et a laissé Oliver crever de froid !

La directrice reste tout à fait imperturbable quand elle me répond :

— Ce sont les mercenaires qui vous ont enlevée en laissant Oliver dans le froid.

— Sur l'ordre de Henry !

— C'est moins grave qu'il n'y paraît. Ses ordres étaient simplement de vous amener à lui sans blesser personne. Et il comptait également vous laisser repartir indemne.

— « Moins grave qu'il n'y paraît » ? Vous vous fichez de moi ?!

Tant pis si je pique une crise, je ne peux pas m'empêcher de crier. Je n'en reviens pas qu'elle défende cette enflure.

— Madame la directrice, même s'il ne voulait pas me faire de mal, ça ne change rien au fait qu'il a organisé mon enlèvement et qu'Oliver a été attaqué à cause de lui ! D'ailleurs, il ne s'est pas gêné pour me faire du mal ! Il a violé mon intimité ! Encore une fois ! Il m'a imposé une immobilité absolue, avant de pénétrer de force dans mon esprit et de voler plusieurs souvenirs personnels.

Henry a manifestement omis ce passage, car Madison se tourne vers lui d'un air exaspéré. Il soutient son regard sans aucune honte. Mais quel salaud !

— Est-il déjà entré de force dans votre esprit, madame la directrice ? Vous a-t-il déjà imposé sa volonté ?

— Non, jamais, reconnaît-elle avec circonspection.

— Eh bien, c'est comme un viol ! (Le terme la fait ciller.) C'est terrifiant, invasif et d'une brutalité sans nom. C'est méprisable, un monstrueux abus de son pouvoir, et il mérite une sanction conséquente.

La directrice place une main lénifiante sur mon bras.

— Et il le sera, me promet-elle avec une condescendance insupportable. Je vous jure que je m'occuperai de Henry. Mais, pour ce soir, nous avons besoin de lui et de son équipe de sécurité. C'est dans son casino que se déroulera l'opération et, au cas où vous ne l'auriez pas remarqué, nous sommes une petite infrastructure. Nous n'avons qu'une poignée d'agents de terrain, un nombre trop insuffisant pour l'intervention que vous souhaitez mettre en place. Nous avons besoin des hommes de Henry.

Je ne suis pas convaincue. Certes, nous devons utiliser le casino de Henry, et nous aurions peut-être besoin du concours de ses agents de sécurité, mais lui-même ne nous sert à rien. Nous pourrions très bien mener cette opération en le laissant derrière les barreaux.

Je grince des dents, puis gagne d'un pas rageur le coin où mon clan bouillonne en silence. J'en déduis qu'ils ont déjà eu cette conversation avec West, pour en arriver finalement au même point.

— C'est pas croyable, râlé-je, avant de m'arrêter devant Illren. J'aurais dû vous laisser le tuer.

Le fae coule un regard calme vers le maître vampire.

— Je peux toujours le faire si vous changez d'avis. Je peux également éliminer la directrice si vous le souhaitez.

Henry siffle en entendant ses menaces.

— Henry ! le réprimande Madison. Pour l'amour du ciel, maîtrise-toi !

À mon avis, elle se montrerait moins sévère envers lui si elle avait entendu les propos d'Illren. Je foudroie le vampire du regard un instant, puis réponds à mon assassin :

— Non, merci. Mais, si jamais il s'avise de me toucher encore une fois, vous avez la permission d'en faire ce que vous voulez.

Henry serre les mâchoires et me dévisage en plissant les yeux. Ma menace a été reçue cinq sur cinq, et il a dû comprendre que je ne plaisantais pas, mais alors pas du tout. S'il pose encore la main sur moi, je ne réponds plus de rien. D'ailleurs, s'il persiste à me regarder de travers, je pourrais bien lui envoyer Illren dès à présent.

Comme s'ils percevaient la pulsion meurtrière qui me démange, mes gars se lèvent pour me retenir. Parker me passe doucement un bras autour du torse par-derrière.

— Respire, Nora. Tu dois garder l'esprit clair si tu ne veux pas courir de risque ce soir, me murmure-t-il à l'oreille.

Son souffle chaud me chatouille le cou. Je ferme les yeux et, suivant son conseil, inspire profondément. J'attends d'avoir retrouvé un semblant de calme pour rouvrir les yeux. Henry est toujours pile en face de moi, les yeux rougeoyants, en train de fixer sur l'homme qui me tient un regard fielleux. Sa haine pour Parker est sans commune mesure.

— Illren, ajouté-je en toisant le maître vampire. Entendons-nous bien : la carte blanche que je vous ai donnée pour Henry vaut également si lui ou ses sbires se permettent de toucher à un cheveu des membres de notre clan.

— Compris.

Je défie Henry du regard pendant un moment encore, avant de lui demander :

— Tu as retrouvé l'homme que tu as volé dans ma mémoire au moins ? Tu l'as repéré sur tes bandes de vidéosurveillance ?

Le vampire prend tout son temps pour me répondre. La lueur disparaît de ses yeux et il rétracte ses canines, au profit d'une attitude plus professionnelle.

— Rien de confirmé. Un homme a éveillé nos soupçons, mais il portait une casquette et gardait la tête baissée en permanence, comme pour éviter de montrer son visage à la caméra.

Ça ne m'étonne pas.

— Donc ce que tu as fait n'aura servi à rien. (Je lâche un reniflement de mépris.) Tu m'as kidnappée, tu t'es fourré de nouveau dans ma tête… pour rien !

Il médite un instant sur mes paroles, puis déclare lentement :

— Je ne suis pas de cet avis. Pour ma part, j'ai trouvé cela très instructif.

J'ignore s'il fait allusion aux souvenirs qui lui ont révélé mon idylle avec mes trois nouveaux petits amis, ou à mon pouvoir de le contrôler grâce à mon chant de néréide. Probablement les deux. Il ébauche un sourire imperceptible, qui suffit néanmoins à lui donner l'air pédant, et ajoute d'une voix délibérément provocante :

— J'ai aussi trouvé cela fort *agréable*. Nous devrions vraiment réitérer l'expérience.

C'en est trop. Je me rue vers lui, prête à lui arracher la tête de mes propres mains.

— Sale enfoiré !

Parker et Rook se précipitent pour me retenir. Je me débats en lâchant une bordée de jurons et d'insultes à l'intention de Henry, jusqu'à ce que Nick s'interpose.

— Ça suffit ! tonne-t-il, avant de fixer son attention sur moi. J'ai besoin que tu gardes la tête froide ce soir, Nora. Tu penses y arriver, oui ou non ?

Je m'arrête immédiatement. Il a raison ; il y a plus important en ce moment que mes démêlés avec Henry.

— Oui, excuse-moi. Je suis calme maintenant. Tu peux compter sur moi.

— Parfait, dit-il, plus sérieux que jamais, avant de tirer un badge de la poche intérieure de sa veste pour me le tendre. Alors ceci est pour toi.

Déconcertée, j'ouvre l'étui en cuir et recule subitement la tête, surprise de voir mon propre visage à l'intérieur. D'après la plaque, je suis l'agent Nora Jacobs de l'Agence fédérale de l'Occulte.

— Il y a aussi celui-là, ajoute-t-il en m'offrant un autre étui noir qui me rattache cette fois au FBI. C'est un badge officiel. Nous nous sommes occupés de toutes les démarches et, si jamais un flic décide de contrôler ton numéro, tu seras parfaitement en règle.

C'est adorable de sa part, mais je ne suis vraiment pas d'humeur. Surtout quand je vois Henry à quelques mètres de moi, libre comme l'air.

— Nick, je refuse de rejoindre une agence qui accorde ouvertement des passe-droits à des criminels.

J'adresse un regard appuyé à la directrice, qui soupire. Nick lève les mains en signe de reddition.

— Je sais que tu es furieuse, mais prends-les quand même. Au moins pour ce soir, si jamais les choses tournent mal et que nous avons affaire à la police humaine. Tu pourras me les rendre après si tu y tiens vraiment.

Je baisse les épaules et prends le badge. J'ai comme l'impression d'avoir cédé. N'est-ce vraiment qu'une question de temps avant que je fasse officiellement partie du personnel ? En soi, ça ne me dérangerait pas de résoudre des enquêtes criminelles, ni même de faire équipe avec Nick, mais je serais obligée de démissionner de la discothèque et de laisser tomber Terrance. Je devrais aussi quitter son clan. Pourtant, maintenant que j'y pense, Oliver a rejoint celui-ci alors qu'il travaille pour l'AFO. Normalement, il n'en a pas le droit à cause d'une règle à la noix censée prévenir tout népotisme envers une espèce en particulier. Je n'ai pas l'intention de signaler cette bévue cependant ; Oli adore son travail.

Je secoue la tête pour mettre de l'ordre dans mes idées. Ce n'est pas le moment de me préoccuper de ces questions. La priorité est d'arrêter les tueurs.

— Très bien, dis-je en rangeant les badges dans la poche de mon manteau sous le regard ridiculement fier de Nick. Alors, comment va-t-on procéder ?

L'agent me regarde en haussant un sourcil amusé. Je lève les yeux au ciel. Ils me prennent vraiment tous pour une maniaque de l'autorité, ma parole !

— Quoi ? C'est toi, l'expert. Je ne suis que l'appât. Je me contente de suivre tes instructions cette fois, partenaire.

Il redresse les épaules en me décochant un sourire puéril.

— Parfait, ce sera un jeu d'enfant. Nous emploierons une méthode d'interpellation standard. Ton rôle consiste à te pointer, à faire la belle, à t'amuser et à ouvrir l'œil en gardant ton intuition en alerte. Dès qu'ils viendront te chercher, nous nous chargerons de les appréhender et de les embarquer. C'est simple comme bonjour.

— Tant mieux, j'aime la simplicité. J'ai hâte qu'on en finisse.

— Ça ne saurait tarder, m'assure-t-il, l'air soudain grave. As-tu réussi à nous obtenir des portraits-robots ?

Oliver s'avance pour lui remettre le dessin des deux suspects. Nick l'examine, puis pousse un long sifflement admiratif.

— Ta sœur a un sacré talent, Harrington. (Il se tourne vers moi.) Et pour la ressemblance ?

— Elle est parfaite. Une vraie photo.

La directrice s'approche pour jeter un coup d'œil par-dessus l'épaule de l'agent, qui lui passe la feuille. Elle hausse les sourcils en étudiant le double portrait.

— Impressionnant.

Elle regarde Oliver avec un sourire qu'à ma connaissance elle ne réserve qu'à lui – celui d'une mère fière, en adoration devant son enfant préféré.

— Tu remercieras ta sœur de notre part.

Oliver acquiesce sèchement, sans lui rendre son sourire. Je ne l'ai jamais vu se montrer si froid envers elle. De toute évidence, la libération de Henry lui reste aussi en travers de la gorge. Face à sa réaction glaciale, la directrice perd son sourire, mais s'abstient de tout commentaire. Heureusement, Nick coupe court à cette situation gênante en se raclant la gorge, avant de confier le dessin à Ren.

— Fais-en une dizaine de copies, s'il te plaît.

— C'est comme si c'était fait, chef, répond l'incube en se levant prestement de son bureau pour gagner la photocopieuse.

Nick me ramène ensuite auprès de mon clan qui, rassemblé en groupe compact près de l'entrée, continue de considérer Henry et ses hommes d'un air mauvais.

— Bien ! lance-t-il en tapant des mains. Voici comment nous allons procéder : Nora, Terrance et Kovros vont débarquer ensemble au casino. Je compte d'ailleurs sur vous pour faire une arrivée remarquée. Vous devez attirer l'attention. Ce serait bête que les tueurs ne remarquent pas votre présence.

— Pourquoi nous trois ? demandé-je.

— Vous représentez les cibles les plus tentantes pour eux. Vous êtes des faes et vous avez survécu à leurs attaques précédentes.

Certes, c'est logique, mais je n'aime pas trop l'idée de mettre mes amis en danger – même Illren.

— Doivent-ils vraiment servir d'appâts eux aussi ?

Nick croise les bras et ricane.

— Parce que tu crois vraiment qu'ils accepteront de t'envoyer toute seule dans la gueule du loup ?

Jamais de la vie, mais ça valait la peine d'essayer.

— D'accord, je n'ai rien dit.

— Tout ira bien, Nora, affirme Parker en me prenant la main de façon rassurante. J'ai exécuté ce genre de tâche pour Henry pendant des siècles, et Rook a longtemps été l'alpha de sa meute, il a beaucoup d'expérience.

Jetant un coup d'œil au dernier membre de notre groupe, il ajoute avec circonspection :

— Et Illren est certainement le plus aguerri d'entre nous en mission d'infiltration.

L'intéressé esquisse en réponse un sourire qui me fait frissonner – et pas dans le bon sens du terme. Cet homme a beau être incroyablement séduisant, il reste tout à fait terrifiant.

— Cela dit, ce sera la première fois que je me situerai du bon côté de la loi, observe-t-il.

Sa remarque nous fait tous glousser à divers degrés. Il nous serait certainement impossible de nous montrer si décontractés en sa présence si Terrance ne l'avait pas accepté dans le clan. C'est peut-être un assassin inquiétant, mais c'est *notre* assassin inquiétant désormais, et j'ai l'impression que les autres commencent à l'adopter.

Nick, en revanche, l'observe d'un œil méfiant, avant de parcourir du regard l'ensemble de notre beau clan de marginaux.

— À vrai dire, Oliver est le seul à n'avoir aucune expérience du terrain, mais il saura se débrouiller. Il ne devrait pas courir de risque non plus.

Mon cœur palpite d'angoisse. Je me retiens d'objecter, consciente qu'Oliver n'apprécierait pas de se voir distingué des autres par mes lubies de mère poule. Bien qu'il soit tout à fait capable, je ne peux m'empêcher de m'inquiéter pour lui. De nous tous, c'est celui qui se rapproche le plus d'un être humain et, sans magie pour se défendre, le plus vulnérable à part moi.

— Parker, enchaîne Nick en entrant dans le vif du sujet. Tu prendras la tête de l'équipe de surveillance dans le poste de sécurité du casino. Tu connais les lieux, les emplacements des caméras, le casino n'a pas de secrets pour toi.

Le vampire jette un coup d'œil de l'autre côté de la pièce, surpris, et murmure :

— Henry est d'accord ?

Malgré tous ses efforts pour masquer ses émotions, je perçois dans sa voix la peine d'avoir été abandonné par son sire. Mon cœur se serre pour lui. Il est heureux avec nous, je le sais, mais la compagnie de ses semblables doit lui manquer. Je nourris la même inquiétude au sujet de Rook, bien que celui-ci n'en montre aucun signe. Et je sais qu'Oliver vit mal le rejet de sa communauté. Il ne me reste plus qu'à me retrousser les manches pour qu'ils se sentent tous aimés. Je vais les aimer d'arrache-pied, les aimer jusqu'à leur faire oublier leurs différences. Notre clan sera pour eux un nouveau foyer.

La réponse de Nick me tire de mes réflexions.

— Il n'a pas le choix, décrète-t-il avec un regard noir au maître vampire. Il s'agit d'une opération de l'AFO. Ce n'est pas à lui d'en décider. Et, s'il n'arrive pas à se tenir, je l'enfermerai de nouveau en m'assurant cette fois qu'il y reste.

Je constate avec plaisir que l'agent n'éprouve aucune sympathie pour Henry. Ça me fait chaud au cœur. À l'évidence, ce n'était pas son idée de libérer mon ravisseur. Je me demande bien à quoi la directrice joue exactement.

— Rook restera au rez-de-chaussée avec moi pour chercher les suspects et flairer d'éventuelles armes. Les hommes de Henry seront répartis entre notre équipe et celle de Parker dédiée à la surveillance vidéo. Ils garderont aussi un œil sur les humains. Nous devons tout faire pour les tenir à l'écart du danger et veiller à ce que personne ne s'échappe en ayant vu quelque chose de compromettant. Les vampires de Henry se tiendront prêts à intervenir pour obliger de tels individus à oublier tout souvenir préjudiciable.

Je grimace à l'idée que ces vampires manipulent l'esprit des humains, mais je comprends l'importance de préserver le secret du monde occulte. Il nous faudra simplement redoubler de prudence pour éviter de rendre ce genre d'intervention nécessaire.

— Et moi ? s'enquiert Oliver d'une petite voix. Je pourrais être utile à Parker au poste de sécurité.

Nick secoue la tête en signe de dénégation.

— Tu auras une tâche beaucoup plus essentielle. Nous serons tous occupés à chercher les suspects, notre attention sera dispersée. Tu surveilleras Nora pour nous. Terrance, Kovros et elle devront être ton unique préoccupation ce soir. Tu te fondras dans la masse, mais tu les garderas en permanence dans ton champ de vision. Si tu remarques quelque chose de louche ou s'ils ont besoin d'aide, tu nous en informeras immédiatement et tu seras le premier à intervenir pour leur prêter main-forte.

Oliver se redresse, à la fois surpris et ravi de se voir attribuer une telle responsabilité. Plutôt habitué au bureau, il s'était sûrement dit qu'on le laissait seulement venir en guise de consolation. Cependant, c'est une véritable mission que l'agent lui confie. Je n'en suis pas étonnée. Oli est très intelligent, et Nick le respecte. Le jeune sorcier n'a peut-être pas la force physique des autres et sa magie n'est peut-être pas totalement fiable, mais il reste malgré tout un homme très compétent. Nick a visiblement le don d'exploiter au mieux les qualités des personnes sous ses ordres. C'est ce qui fait de lui un excellent chef d'opération. Il serait vraiment un équipier hors pair – non que je songe à le rejoindre.

Ses missions réparties, Nick se tourne vers Terrance, Illren et moi.

— Je vais fignoler certains détails avec eux pendant que vous allez vous préparer.

— Nous « préparer » ? demandé-je.

En voyant son rictus jubilatoire, je comprends immédiatement que je vais détester ce qu'il s'apprête à m'annoncer.

— Vous allez vous faire passer pour des flambeurs de haute voltige, vous devez avoir la tenue adéquate. Cecile a déposé quelque chose pour toi tout à l'heure.

Je gémis et tout le monde éclate de rire, à l'exception d'Illren, qui regarde les autres d'un air perdu.

— Il veut dire que je vais devoir porter une putain de robe, lui expliqué-je.

Il fronce les sourcils, de plus en plus perplexe.

— Et c'est un problème ?

— Oui et non, répond Oliver, soutenu par plusieurs hochements de tête.

— Y a pas de « non », insisté-je. Moi en robe, c'est *toujours* un problème.

Cette fois, le fae hausse les sourcils d'étonnement.

— Comment cela ?

— Vous verrez, dit Rook d'un air sinistre.

— Tout se passera bien, affirme Nick, balayant mes récriminations d'un revers de main. Filez vous changer. Nous vous retrouverons là-bas. Il faut que tout le monde soit en place lorsque vous arriverez tous les trois.

Je soupire. Il y a pire dans la vie que de porter une robe, et nous voulons en effet capter l'attention des tueurs. Bon, me balader en robe risque en réalité d'attirer l'attention de tout le monde, mais il a raison : c'est le meilleur moyen de parvenir à nos fins.

— D'accord, je vais la porter, cette fichue robe.

Nick laisse tomber son rictus taquin pour m'offrir le sourire sincère d'un véritable ami.

— Tu seras parfaite. (Il me tend une oreillette.) Mets ça. Tout le monde en aura une. La portée étant assez limitée, tu ne nous entendras pas avant d'arriver au casino, mais nous serons tous en mesure de communiquer une fois que vous serez là.

Je loge le petit bout de plastique dans mon oreille.

— Test, test. Vous m'entendez ?

L'ensemble du groupe s'empresse de confirmer. Je me sens d'emblée plus légère en sachant que nous serons tous ensemble sur ce coup. Nick a un dernier ordre à me donner ; il m'agrippe l'épaule et baisse la voix pour bien me faire comprendre que c'est sérieux.

— Si vous vous retrouvez en danger, ton équipe ou toi, je veux que vous battiez en retraite. Vous laissez tomber. On se fiera à ton jugement là-dessus. Et ne prends pas de risques inconsidérés. N'essaie pas de jouer les héros. Les héros s'en sortent rarement vivants. Je ne veux pas que tu sois blessée. C'est compris, partenaire ?

Je couvre sa main de la mienne et lui adresse un petit sourire.

— Compris. Je te fais confiance pour veiller sur nous, mais je promets d'être vigilante et prudente. Si la mission tourne mal, on mettra immédiatement les voiles. Moi non plus, je ne veux pas de blessés. Au moindre mauvais pressentiment, je te ferai signe.

Il retrouve son air narquois.

— Impeccable. Prête à tout défoncer ?

Je m'applique à imiter au mieux la voix traînante des cow-boys.

— Aussi prête qu'on peut l'être, l'ami.

Chapitre 21

Je vais tuer Cecile. Ce n'est pas une robe qu'elle m'a apportée ; c'est de la lingerie cousue sur une jupe. L'étiquette est en français. Apparemment, les gens en France ne ressentent pas un réel besoin de se couvrir. La robe bustier corsetée cache à peine ma poitrine. Elle m'enserre jusqu'à mi-cuisse devant et tombe derrière en une cascade de ruchés. En résumé, elle laisse peu de place à l'imagination. Et, pour couronner le tout, l'ensemble est en dentelle rouge vif. Quand je dis rouge, je veux dire aussi rouge que la pomme empoisonnée de Blanche-Neige, plus rouge qu'un camion de pompier. Si le diable avait une maîtresse, cette robe viendrait tout droit de son dressing.

Incapable de faire autre chose qu'une queue-de-cheval ratée, je décide de laisser mes cheveux détachés mais, à mon grand dam, l'aspect sauvage et dépeigné de mes nouvelles boucles me rend encore plus sexy. Cecile m'a également fourni une pochette, des talons aiguilles de dix centimètres et un rouge à lèvres, tous assortis à la robe. Lorsque je me regarde dans le miroir des toilettes de l'Agence, je ne me trouve pas sexy finalement. Non, ce serait un mot trop innocent. J'ai l'air dangereuse, séductrice... et je n'ai aucune envie de sortir.

Un coup à la porte me fait sursauter.

— Nora ! grommelle Terrance. Tu as fini ?

Impossible d'atermoyer plus longtemps. Je dois sortir. Avec un gros soupir, je pousse la porte des toilettes et lève vers le troll un regard las. Il me détaille de la tête aux pieds en écarquillant les yeux au fur et à mesure. Puis il lâche un juron.

— C'est bien ce que je pensais, marmonné-je, avant de passer devant lui d'un pas lourd pour regagner la salle principale.

Ren est assis derrière le bureau de l'accueil, et Illren se tient près de la porte d'entrée, me tournant le dos. L'incube me remarque en premier. Il se lève d'un bond, puis s'empresse de faire le tour du bureau pour venir se planter devant moi.

— Seigneur Dieu ! tu vas provoquer des arrêts cardiaques.

Je rirais volontiers, sauf que ce n'est pas drôle.

Illren se retourne et se fige. Même son éternel masque d'impassibilité n'y résiste pas. Il écarquille les yeux, ses narines frémissent. Puis un lent sourire se dessine sur ses lèvres, et il s'approche de moi.

— Nora, ronronne-t-il, vous êtes diablement séduisante.

Dans un réflexe pudique, je croise les bras sur ma poitrine pour tenter de la cacher.

— Quelle coïncidence ! je me suis fait la même réflexion.

— Je comprends maintenant ce que voulaient dire vos amis au sujet des robes. Il sera difficile de regarder ailleurs.

— Exact. Je ferais donc mieux d'aller me changer.

Alors que je tourne les talons pour regagner les toilettes, Illren me saisit délicatement le poignet.

— Il serait criminel de vous laisser vous changer. De toute manière, nous n'avons pas le temps. Venez.

Il m'emmène vers l'espace d'attente de la réception. Sans surprise, un long manteau rouge m'y attend. Le fae me le tient, puis le dépose sur mes épaules tandis que je passe les bras dans les manches. Ma poitrine se comprime légèrement et une étrange sensation s'éveille au creux de mon ventre. Il y a quelque chose de curieusement intime dans le fait qu'un homme vous aide à revêtir ou à retirer votre manteau. Encore plus curieux lorsque cet homme est Illren Kovros. Cela dit, je suis surtout contente d'avoir enfin un vrai vêtement pour me couvrir et serre la ceinture en tissu au maximum.

Maintenant que je me sens moins nue, je peux prêter attention à la tenue de mes deux compagnons. Terrance porte son attirail habituel composé d'un tee-shirt noir tendu sur ses pectoraux, d'un pantalon de treillis et de bottes militaires noires. Illren, quant à lui, arbore une longue tunique ébène sur un pantalon et des bottes montantes assortis. On dirait presque un costume. Sans doute une tenue traditionnelle fae. Dans tous les cas, je détonne terriblement.

— Pourquoi suis-je la seule à avoir l'air de me rendre à une cérémonie des oscars ?

— Vous attirerez davantage l'attention, me répond Illren avec un sourire en coin.

Je lâche un petit ricanement. Puis le regarde avec fascination attacher son épée à sa ceinture tel un pirate... ou un assassin fae.

— Vous risquez de me voler la vedette avec ce truc. Comment allez-vous justifier d'emporter une épée ? Ce n'est pas Halloween.

— Je n'aurai nul besoin de me justifier. Elle est camouflée par un charme. Seuls les chasseurs la verront, et nous voulons justement attirer leur attention. Pourquoi croyez-vous que je porte le costume traditionnel de la Cour d'hiver et que je me suis attaché les cheveux ? Mes oreilles visibles viennent souligner ma nature fae. C'est pour cette même raison que le succube vous a choisi une robe qui exposait autant votre magnifique carnation. (Ses yeux glissent sur moi en une caresse si brûlante qu'il me faudrait être morte pour ne rien sentir.) Impossible de vous confondre avec une humaine dans cette robe, susurre-t-il.

Gênée par l'intensité de son regard, je me tourne vers Terrance en sourcillant.

— Et toi, alors ? Tu n'es pas différent de d'habitude. Tu ressembles juste à un humain particulièrement baraqué. D'ailleurs…

Je laisse ma phrase en suspens. En observant mon ami troll, je me rends compte à quel point il paraît humain en effet.

— Comment les tueurs ont-ils pu deviner que tu étais un fae ? S'il y en a bien un qui pourrait passer pour un humain, c'est toi, T-rex.

Le troll enfile son manteau, puis nous fait sortir après des adieux enthousiastes de Ren qui, n'étant pas agent de terrain, doit rester à l'Agence. Je sens mes orteils geler dès que je mets le pied dehors, et maudis une nouvelle fois Cecile de m'avoir forcée à porter des talons. Je n'ai pas fait un pas qu'Illren s'avance à ma hauteur pour me prendre le bras. Je ne le repousse pas. Avec le verglas, j'ai besoin de lui pour éviter de me casser la figure. Terrance m'ouvre la portière arrière de sa grande et magnifique Cadillac.

— La clairvoyance s'apparente un peu à un sixième sens, répond-il enfin alors que je me glisse sur la banquette arrière. Celui qui possède ce don peut tant percevoir la présence du charme de camouflage que le percer.

Illren renonce au siège avant pour s'installer à côté de moi et Terrance contourne le capot de la voiture au pas de course pour prendre place derrière le volant. Il poursuit ses explications tout en bouclant sa ceinture et en faisant démarrer le moteur.

— J'ai l'air humain, mais j'utilise malgré tout un sort d'illusion afin d'atténuer ma taille et la rugosité de ma peau. Rien d'extraordinaire, mais ça suffit pour que les clairvoyants le détectent. (Il me regarde dans le rétroviseur en haussant les épaules.) Ils m'ont sans doute remarqué parce que je ne passe pas inaperçu.

Je ne peux m'empêcher de glousser.

— Je n'ai jamais rien entendu de plus vrai.

Terrance quitte le parking de l'Agence pour prendre la direction du casino. Heureusement que le trajet sera de courte durée, car le beau manteau de Cecile sacrifie nettement le confort au profit de l'apparence. Je suis gelée. Bien que Terrance ait allumé le chauffage, il ne fait pas encore très chaud dans la voiture. Frissonnante, je me frictionne les bras pour me réchauffer. Lorsqu'il le remarque, Illren défait ma ceinture puis m'attire au milieu de la banquette, près de lui. Avant que je puisse protester, il se penche devant moi pour attraper la ceinture correspondante et, après m'avoir attachée, passe le bras autour de mes épaules pour me nicher contre son torse. Je ne suis pas ravie qu'il l'ait fait sans me demander mon avis mais, comme je me sens tout de suite réconfortée, je soupire et me blottis contre lui. Il me prend la main pour la frotter.

— Vous avez les doigts glacés.

— Et pas que les doigts. Je n'ai qu'une fichue robe et des talons. C'est pas vraiment une tenue d'hiver.

Cela en vaut la peine, pense-t-il. *Je n'ai jamais rien vu de plus beau. Si la Reine de l'hiver vous voyait, elle ordonnerait votre exécution pour avoir osé être la plus belle créature du royaume.*

Je suppose que c'est censé être un compliment ; bizarrement, ça ne me remonte pas le moral.

— Rappelez-moi de ne jamais mettre les pieds dans ce royaume, marmonné-je.

Illren oublie ma main et redresse la tête d'un air surpris.

— Venez-vous à l'instant de lire dans mes pensées ?

— Oh..., fais-je en grimaçant. Oui, désolée. C'est ce qui se passe quand ma peau touche celle de quelqu'un d'autre, je n'ai aucun contrôle là-dessus. Je ne peux pas l'empêcher, donc, si vous voulez un peu d'intimité, le mieux est de ne pas me toucher.

J'en profite pour récupérer ma main. Il rit doucement face au regard noir que je lui adresse. Je suis sans doute plus agacée par le fait de ne pas m'être immédiatement écartée de lui que par celui qu'il ait pris ma main. Avec tous ces hommes affectueux qui m'entourent de leurs attentions, je commence à baisser ma garde. Certes, c'est ce que je voulais, mais cela reste perturbant.

— C'est tout à fait logique.

— Quoi donc ? demande Terrance, attirant notre attention vers le siège conducteur.

— Qu'elle possède un pouvoir télépathique, explique le fae en me souriant. Avant de subir la malédiction de leur chant, les trois premières néréides étaient de puissantes sorcières faes. Elles possédaient le don de connaître le passé, le présent et l'avenir. Vous avez des visions du passé et, hier, vous avez pressenti le danger avant qu'il n'advienne. Je me demandais comment votre pouvoir de connaissance du présent se manifestait en vous.

Je reste bouche bée. Je n'avais jamais envisagé mes dons sous cet angle, mais il a raison. D'une certaine façon, j'ai effectivement connaissance du passé, du présent et de l'avenir. Je m'étais toujours demandé d'où me venaient ces pouvoirs. Je pensais que c'était un truc de médium. Mais non. Je descends simplement d'une lignée de sorcières faes. C'est tout.

— Voilà qui est… intéressant.

Même si c'est pour apprendre que je suis une sorcière fae, je suis contente de découvrir une nouvelle pièce du puzzle.

Illren me saisit de nouveau la main pour la porter à ses lèvres. Plantant son regard dans le mien, il me transmet volontairement sa pensée : *Il faut dire que vous êtes une personne intéressante.*

— On vous a dit de garder vos mains pour vous, dis-je en m'écartant promptement.

— Il m'est difficile d'accéder à cette requête quand je suis à côté de vous, réplique-t-il avec un sourire narquois.

— Alors faites un effort, rétorqué-je, retrouvant un visage sévère.

Il soupire et met sa main sur ses genoux.

— Je m'y appliquerai, maîtresse.

Le reste du trajet se fait en silence. Mon oreillette émet soudain un bruit de parasites lorsque nous arrivons au casino. Nick nous avait expliqué que nous perdrions le contact pendant un moment ; nous sommes sans doute à portée à présent.

— Vous êtes là ? tenté-je.

Un chœur de voix me répond instantanément. Je souris.

Terrance s'arrête devant le voiturier. Avant qu'il descende, cependant, je me penche en avant et lui touche l'épaule.

— Tu te souviendras de leur tête ?

Il prend sa copie des portraits-robots sur le siège passager pour l'étudier une dernière fois.

— Je m'en souviendrai, grogne-t-il.

Je n'ai aucun mal à le croire. Ces hommes ont tué nombre de ses amis, lui ont tiré dessus et cherchent à m'assassiner. Il veut leur peau.

Je tends le dessin à Illren, qui y jette un bref coup d'œil, avant de secouer la tête.

— Ne vous inquiétez pas, j'ai leur visage en mémoire.

Il paraît si sûr de lui. D'un autre côté, c'est son métier de traquer les gens ; il a certainement l'habitude de retrouver des individus à partir de simples portraits. J'examine le dessin une dernière fois, puis tente de me rappeler l'empreinte psychique d'origine. Je me rejoue mentalement la scène entière. En réalité, c'est tout à fait inutile. Leurs visages sont gravés dans ma mémoire.

Terrance fait le tour de la voiture, lance un regard à la ronde tel un agent secret, puis nous ouvre la portière. Illren sort en premier et jette un coup d'œil discret alentour, avant de me tendre la main. Je la prends, mais quelque chose me tracasse. Le souvenir des deux chasseurs au moment où ils ont quitté le restaurant se rejoue dans mon esprit. Quelque chose dans cette scène me chiffonne. J'ai l'impression de passer à côté d'un élément important.

— Nora ? demande Illren comme je reste vissée à la banquette.

Sans lui prêter attention, je ferme les yeux et repense à l'empreinte. Aux deux hommes en train de placer la bombe. Je me remémore leur visage, leur voix, leur démarche quand ils sont retournés à leur voiture. Soudain, je rouvre les yeux avec une exclamation étouffée. Les voix de toute mon équipe m'emplissent aussitôt l'oreille.

— Ce n'est rien, leur assuré-je. Je viens de me souvenir d'un détail de l'empreinte.

Je laisse enfin Illren m'aider à descendre de la Cadillac, trop obnubilée par la vision pour sentir le froid mordant.

— Après avoir installé leur bombe, les tueurs sont montés tous les deux à l'arrière du SUV, juste avant qu'il démarre en trombe.

Un bref silence s'ensuit, auquel succède un chapelet de jurons.

— Il y en a un troisième, conclut Nick d'une voix sinistre.

— Un conducteur pour pouvoir déguerpir en un clin d'œil, acquiescé-je. Ça peut être n'importe qui. Les vitres du SUV sont si foncées que je n'ai jamais aperçu la moindre silhouette.

Je balaie les environs du regard, sans rien noter de suspect. Il n'y a que le pauvre voiturier qui attend, emmitouflé dans son manteau, que je daigne m'éloigner de la voiture pour aller la garer.

— Si ce conducteur n'a pas quitté le SUV jusqu'à présent, on peut raisonnablement supposer qu'il sera au même poste ce soir, fait observer Nick.

— Je vais envoyer une équipe fouiller les abords immédiats du casino à la recherche de tout SUV noir aux vitres teintées, annonce Parker.

— Il aura sans doute le moteur allumé. Il fait trop froid pour qu'un humain poireaute dans sa voiture sans chauffage, souligné-je en réprimant un frisson. Il fait aussi trop froid pour se balader en robe et en talons.

— Alors, allons nous mettre au chaud, propose Illren en me présentant son bras.

Je m'écarte de la voiture pour laisser le voiturier faire son travail, mais hésite à aller à l'intérieur.

— Ne devrait-on pas attendre encore un peu ici ? Je ne perçois rien pour l'instant. Et si les chasseurs ne nous voient pas entrer ?

— Je doute qu'ils surveillent l'entrée, répond Parker. D'après Henry, l'homme qu'ils ont repéré sur les bandes de vidéosurveillance passait son temps entre les deux bars du casino.

— Dans ce cas, allons prendre un verre, déclare Illren en m'invitant à avancer.

— Tout le monde est en place ? s'enquiert Nick par radio. Oliver ?

— Oui, confirme le sorcier. Je suis près de l'entrée. Je les verrai dès qu'ils franchiront la porte et je ne les quitterai pas des yeux.

Je souffle pour me donner du courage.

— Très bien. C'est parti.

Nous entrons dans le casino et gagnons le vestiaire. Mes deux compagnons se débarrassent de leur manteau, puis Illren m'aide à retirer le mien. Au même instant, j'entends dans mon oreillette un hoquet de stupeur d'Oliver, un sifflement admiratif de Nick, un « Waouh » rauque de Parker et un juron de Rook.

— Tu l'as laissée sortir dans cette tenue ? grogne-t-il, sans doute à l'intention de Terrance. Kovros, vous tuerez tous ceux qui la regarderont.

— Avec plaisir.

— Non ! Pas de morts, interviens-je en lui agrippant le bras.

— Au moins ceux qui la déshabillent du regard alors, marmonne Oliver.

— Oli ! m'indigné-je, avant de pouffer de rire. Vous avez vraiment une horrible influence sur lui.

Ils gloussent tous fièrement. Je lève les yeux au ciel, mais un sourire s'étire sur mon visage. Ces hommes ! Comment ai-je fait pour vivre sans eux ?

Illren fait courir le bout de ses doigts de mon épaule nue jusqu'à mon coude, avant de caler mon bras sous le sien. Il sourit d'un air satisfait en voyant ma peau se couvrir de chair de poule, et ce maudit sourire s'élargit lorsque je lui décoche un regard réprobateur.

— Navré, dit-il, pas contrit pour un sou. Je ne perds jamais une occasion avec une belle femme.

J'émets un reniflement moqueur.

— Merci, j'avais remarqué quand vous m'avez juré fidélité sans me demander ma permission, et ce uniquement pour que je sois obligée de vous laisser me tourner autour.

Le fae nous entraîne vers le bar. Bien qu'il se montre discret, je le vois observer notre environnement dans les moindres détails. Je suis certaine que rien ne lui échappe malgré notre conversation. Terrance est moins subtil : il marche à deux pas derrière nous, l'air renfrogné, en se donnant l'air le plus imposant possible, comme s'il était notre garde du corps. C'est d'ailleurs certainement comme ça qu'il se voit à cet instant.

— Je ne le nierai pas, reconnaît Illren tandis que nous traversons lentement le casino tel un couple d'amoureux venu passer une soirée en ville. Je vous désirais et vous comptiez me rejeter. Vous ne m'avez pas laissé le choix. (Il rit doucement de mon soupir exaspéré, puis me tapote le bras.) Vous ne comprenez pas. Le lien qui unit une néréide à son harem, celui qu'elle partage avec les hommes assez chanceux pour obtenir son amour, ce lien est sans pareil. Votre chant nous appelle. Il touche notre cœur, nous relie à vous. Je n'exagérais pas quand je disais que des hommes tueraient pour avoir ce lien. Tenez, moi par exemple. On m'a banni du royaume quand j'ai refusé de devenir l'amant juré de la Reine de l'hiver.

Hmm… Je ne vois pas trop où il veut en venir, ni le rapport avec moi, mais cette histoire m'intrigue. Je décide de l'écouter tout en scrutant la foule autour de nous.

— La reine avait son roi, un héritier. Elle disposait même déjà d'une poignée d'amants. Mais j'étais un homme dangereux, et le danger l'excitait : elle m'a donc demandé de lui prêter serment de fidélité et de devenir son amant juré.

Je fronce les sourcils, perplexe.

— Mais c'était votre reine. N'avait-elle pas déjà votre fidélité par son statut ?

— Ce n'est pas la même chose. Oui, je suis né à la Cour d'hiver, ce qui faisait forcément de moi son sujet. Cependant, jurer fidélité, prononcer ces paroles à voix haute devant un individu, c'est tout à fait différent. Il s'agit d'un contrat immuable. Si je lui avais prêté serment de fidélité, je serais devenu son serviteur, son esclave. J'aurais été obligé d'exaucer la moindre de ses volontés.

J'essaie de ne pas m'attarder sur le fait qu'il est désormais *mon* serviteur, *mon* esclave.

— Vous semblez avoir un goût prononcé pour les faes puissantes. La reine est certainement la plus puissante d'entre toutes. Je suis surprise que vous l'ayez éconduite.

Illren me glisse un regard en biais et me présente un tabouret quand nous arrivons au bar.

— La Reine de l'hiver est une fae puissante et magnifique, mais elle est aussi froide, cruelle. Elle ne souhaitait pas un amant : elle voulait un pantin. Un jouet sexuel. Je n'aurais jamais été autre chose qu'un objet à ses yeux. Vous ne serez pas comme elle.

Je ne sais que lui répondre. Par chance, la barmaid interrompt la discussion pour prendre notre commande.

— Une vodka tonic, demande Illren.

— Votre meilleur bourbon, dit Terrance en prenant l'autre place à côté de moi.

Lorsque la barmaid se tourne vers moi, je secoue la tête.

— Juste une limonade, merci.

Elle acquiesce brièvement et nous sert en moins de deux. Nos verres en main, nous pivotons d'un même mouvement sur nos tabourets pour faire face à la salle du casino. Nous sirotons nos boissons un moment en silence, puis Illren reprend finalement :

— C'est dans la nature d'une néréide d'aimer ses hommes. Chacun d'entre eux. Vous finirez par tenir à moi autant qu'aux autres. Quant à moi, j'errais depuis toutes ces années, sans jamais prendre de compagne, sans même savoir ce que je cherchais, jusqu'à ce que je vous trouve.

Ce serait la déclaration la plus romantique qu'on m'ait jamais faite si elle ne venait pas d'un homme que je connais à peine.

— Vous voulez dire : jusqu'à ce que vous découvriez ce que je suis.

Il réfute immédiatement d'un signe de tête.

— Pas du tout, soutient-il en prenant une gorgée de vodka. Comme la plupart des occultes de cette ville, j'ai été intrigué par les rumeurs à votre sujet. Je vous ai épiée au night-club bien avant notre rencontre.

Je le dévisage par-dessus mon verre.

— C'est assez malsain.

Il hausse les épaules et se justifie simplement :

— Un assassin étudie toujours sa cible avant d'agir.

— Ça n'enlève rien au côté malsain.

— Ce que j'ai vu m'a beaucoup plu, Nora. J'aurais fini par vous aborder.

— Et je vous aurais envoyé bouler.

Terrance ricane et Illren esquisse un sourire en coin. Il poursuit, sans relever ma pique.

— Après notre conversation au téléphone, quand vous avez refusé de vous laisser intimider, j'ai su que je devais vous avoir. J'ai agi comme je l'ai fait, car je ne pouvais pas vous permettre de m'ignorer.

Posant mon verre sur le comptoir, je secoue la tête pour exprimer mon désaccord.

— Je suis seulement la dernière nouveauté, toute clinquante, toute captivante, du monde occulte, rien de plus. Vous êtes curieux, vous vouliez savoir ce qui valait tout ce tapage, mais je n'ai rien de spécial. Vous avez été trop impulsif. Trop orgueilleux pour laisser une femme vous rejeter. Et maintenant vous êtes coincé avec moi pour toujours.

Le fae se tourne vers moi en s'accoudant au bar. Pour la première fois depuis notre arrivée, j'ai son entière attention.

— Je suis tout sauf impulsif. Je ne pourrais pas me le permettre. Chacun de mes actes est un choix calculé. J'ai refusé de jurer fidélité à la Reine de l'hiver, la créature la plus puissante du royaume, qui aurait pu aisément ordonner ma mort. Cependant, je vous ai prêté serment afin de m'assurer une relation avec vous, même si ce doit être celle d'un serviteur et de sa maîtresse. Cela devrait suffire à vous prouver que je ne prends pas cette décision à la légère.

Ses yeux violets à l'éclat surnaturel me scrutent sans merci, me transperçant jusqu'au fond de l'âme. Ils témoignent bel et bien de son sérieux, mais je ne suis pas prête à accepter Illren.

— Ou alors, répliqué-je, ça prouve simplement que je ne maîtrise pas encore mon chant et qu'il vous a subjugué.

Son sourire devient étonnamment doux. Éblouie, j'en oublie presque de respirer.

— Il n'y a pas un endroit où je préférerais me trouver en cet instant plutôt qu'ici, murmure-t-il en me prenant la main. Ensorcelé par vous ou non.

Il continue de me dévisager fixement, m'exhortant en silence à l'accepter. À accepter le type de relation qu'il me propose. À faire davantage de lui qu'un serviteur. Ses pensées sont aussi intenses que son regard. Il aimerait désespérément forger un lien profond avec moi. Voilà près de mille ans qu'il vit dans la solitude. Les gens craignaient l'assassin personnel de la Reine de l'hiver. Quant aux femmes qu'il a pu fréquenter, soit elles ignoraient sa profession, soit elles cherchaient le frisson du danger. Il n'a jamais eu de rapport sincère avec une femme. Il ne pensait pas cela possible. Il désire ardemment cette relation. Il me désire.

— Exactement, murmure Parker dans l'oreillette.

Son intervention m'arrache en sursaut à l'état de transe dans lequel le regard d'Illren m'avait plongée. Je récupère ma main.

— Quoi ?

— Nous éprouvons tous ce sentiment, Nora, renchérit Oliver.

— En admettant que tu nous aies attirés par ton chant, cela ne change rien. Nous sommes heureux d'être avec toi, déclare le vampire.

Rook se racle la gorge pour prendre la parole :

— Sans toi, je serais toujours en train de pleurer ma défunte compagne. La plupart des loups ne se remettent jamais de la perte de leur conjoint. Tu m'as offert cette chance.

— Il en faut beaucoup pour qu'un vampire développe des rapports affectifs forts, ajoute Parker. Sans toi, je ne connaîtrais pas l'amour.

— Et moi je serais seul, avoue Terrance d'un ton bourru. Un vieux troll grincheux sans famille.

Ma gorge se serre. Des larmes me piquent les yeux. Ils vont réussir à me faire pleurer.

Après un bref silence, Oliver lance gaiement :

— Non, désolé. Même sans ton aura de séduction, je resterais raide dingue de toi.

Tout le groupe s'esclaffe. Je laisse échapper un éclat de rire entrecoupé d'un sanglot. Je n'ai jamais connu autant d'amour. Je regrette qu'ils ne soient pas devant moi à cet instant pour que je puisse les étreindre chacun dans mes bras.

— Bon, soit. Vous êtes tous envoûtés et heureux de l'être. On peut changer de sujet maintenant, s'il vous plaît ?

— Elle a raison, les réprimande Nick, même si je perçois son amusement. Vous vous laissez distraire. Je vous rappelle que nous avons des tueurs à attraper.

Chapitre 22

Les heures passent et je m'impatiente. Nous avons parcouru le casino de long en large sans repérer la moindre trace des chasseurs. Pas même un individu avec une vague ressemblance, rien.

— Pfff! gémis-je en me frottant les yeux de la paume des mains. On perd notre temps. Ils ne sont pas là. On n'a même pas le début d'un élément suspect.

Il n'est pas dans mes habitudes de chouiner, mais je m'ennuie et l'odeur de cigarette froide me donne mal à la tête. Le seul avantage, c'est que j'accorde un peu de répit à mes pieds, assise devant une machine à sous avec un seau de pièces, flanquée de Terrance et Illren. J'ai déjà perdu vingt dollars. Je me demande si Henry consentirait à me rembourser ; après tout, je m'efforce de sauver ses employés d'une famille de tueurs.

— J'ai un gamin un peu louche dans mon coin, annonce Rook pour tenter de me divertir. Il n'arrête pas de me regarder. Je crois qu'il se demande si j'appartiens à la sécurité.

— Il veut sûrement atteindre les machines à sous sans se faire attraper, avance Parker. C'est courant ici.

— Ou, peut-être, il te trouve juste très beau, le taquiné-je.

Plusieurs gloussements se font entendre à la radio, puis le silence reprend ses droits. Du moins, jusqu'à ce que je me lamente derechef :

— Les gars, on s'est plantés. Je ne sens aucun picotement. Personne dans ce bâtiment ne me veut du mal. Ils ne sont pas là.

— Ils ont peut-être décidé de faire profil bas maintenant qu'ils se savent repérés, suggère Oliver.

— Ou alors ils se sont trouvé un nouveau terrain de chasse, hasarde Illren. Certes, un casino est un lieu idéal pour glaner des informations, mais il en va de même pour les bars, les boîtes de striptease, les discothèques... Les tueurs ont pu décider de se rabattre sur un autre établissement vu que celui-ci était compromis.

Mon cœur bondit dans ma poitrine. Je lance à Terrance un regard paniqué.

— J'espère que non. L'*Occulte* n'a pas bonne réputation parmi les humains. Les chasseurs n'auraient aucun mal à faire le rapprochement. Il faut prévenir Wulf.

Le troll fronce les sourcils et sort son téléphone.

— Ne t'inquiète pas, Nora, me rassure-t-il en composant le message. On lui a fourni le portrait-robot des tueurs et le personnel est déjà en alerte.

Son portable lui signale presque aussitôt l'arrivée d'une réponse. J'essaie de lire par-dessus son épaule, mais il est trop grand et son bras gigantesque me cache tout. Il ébauche un petit sourire, puis me montre le téléphone.

— Il nous remercie pour l'info et dit qu'ils ont passé la soirée à distribuer des copies des portraits aux clients.

Je me sens un peu mieux, même si l'absence des chasseurs ce soir ne me plaît toujours pas. Ils ont commis un attentat par jour depuis leur venue en ville. Pourquoi s'arrêter maintenant ? Que manigancent-ils ?

— Détends-toi, Nora, dit la voix calme d'Oliver dans mon oreillette.

Je tends le cou et l'aperçois plus loin à une table de black-jack. Il s'en sort plutôt bien étant donné qu'il prête à peine attention au tapis et joue seulement pour se fondre dans la masse tout en gardant un œil sur moi. Il sourit quand nos regards se croisent.

— N'aie pas l'air si nerveuse. Les gens te regardent.

— Ils l'ont regardée toute la soirée, grommelle Rook.

— Eh bien ! maintenant, elle attire encore plus l'attention. Des hommes ne tarderont pas à l'approcher pour lui demander ce qui ne va pas si elle continue à s'agiter comme une junkie en manque.

— Oliver ! m'indigné-je en riant, avant de me tourner vers mes deux compagnons. C'est vraiment l'impression que je donne ?

— Un peu, confirme Terrance en haussant les épaules.

— Vous feriez une junkie terriblement séduisante, cela dit, commente Illren avec un sourire en coin.

Je geins de nouveau et prends une profonde inspiration en m'efforçant de cesser de gigoter. Je tire le levier de ma machine, puis regarde les symboles défiler dans un flou coloré.

— Les planques prennent souvent du temps, Jacobs, énonce Nick. Sois patiente.

Je lève les yeux au ciel. Il s'obstine à m'appeler par mon nom de famille depuis le début de la soirée ; d'après lui, ce serait l'usage entre coéquipiers. En réponse, j'ai pris soin de l'appeler « Nicky » à tout bout de champ.

— Il n'est que minuit, souligne Parker. Il est encore tôt. Laisse-leur le temps.

Il n'a pas tort. Pour les occultes, cette heure correspond pratiquement au début de la journée.

Les bobines de la machine s'immobilisent et je perds encore un jeton. Terrance glousse.

— Rappelle-moi de ne jamais te choisir comme porte-bonheur.

Je jette un coup d'œil à sa machine. Il a déjà gagné soixante-dix dollars, l'enfoiré. Illren se penche vers moi pour susurrer à mon oreille :

— Vous pouvez me porter bonheur quand vous voulez.

Rook grogne, irrité par son sous-entendu, mais les autres éclatent de rire. Je donne un coup de poing dans l'épaule du fae. Lorsqu'il me regarde en arquant un sourcil amusé, je me rends compte que je viens de frapper un assassin notoire et que ça ne m'inquiète pas le moins du monde.

— C'était affligeant, le sermonné-je en peinant à rester sérieuse. Et vous êtes tous nuls d'avoir rigolé. Y en a pas un pour défendre mon honneur ? Rook, tu es mon héros. C'est toi que j'aime le plus à cet instant.

Nouvelle hilarité générale. Manifestement, nous commençons tous à trouver le temps long. Le silence se fait de nouveau dans l'oreillette pendant un bon moment. Puis Nick se décide à nous donner de nouvelles instructions :

— Vous devriez peut-être vous séparer, tous les trois. (Je le repère à une table de poker, non loin de là.) Ils sont peut-être en train de vous observer sans qu'on s'en aperçoive et n'osent pas approcher tant que vous restez groupés.

— Tu crois que c'est une bonne idée ? demande Parker. Nora est la seule capable de percevoir quand ils se montreront.

— Non, Nicky a raison. C'est moi qu'ils ciblaient au restaurant. Ils savent que je suis sur leurs traces. Il serait plus sage de nous séparer.

— Pas question que je te laisse toute seule, objecte Terrance avec un regard noir.

Je lui tapote le bras en lui offrant un sourire rassurant.

— Je ne serai pas seule, T-rex. Oliver est juste là. Nick et Rook sont dans le coin. Et puis j'ai mon intuition. À la seconde où quelqu'un envisagera de s'en prendre à moi, je le saurai.

— Je la protégerai, promet le jeune sorcier.

Terrance le dévisage de loin, puis serre les mâchoires et opine du chef.

— D'accord. Je vais jeter un coup d'œil derrière le bâtiment, voir s'ils n'attendraient pas sur le parking du personnel.

Avant que je puisse l'exhorter à la prudence, Illren prend la parole :

— Je vais sortir par-devant et faire le tour pour inspecter les parkings et bâtiments à proximité. Ils surveillent peut-être les lieux à distance.

Je hoche la tête. Voilà deux excellentes idées.

— Je vais retourner au bar principal. Rester visible.

Les deux hommes se lèvent. Illren me salue d'un signe de tête, puis s'éclipse sans un mot de plus. Terrance attend que je pose le regard sur lui.

— Ne parle pas aux inconnus. Tu ne sais pas à quoi ressemble le troisième homme. C'est peut-être à cause de lui qu'on n'a pas aperçu les deux autres. S'ils savent qu'on les guette, ils ont pu l'envoyer seul en éclaireur.

Posant une main sur son bras, je m'emploie de nouveau à le tranquilliser.

— N'oublie pas : je saurai si quelqu'un a l'intention de me nuire. En admettant que le troisième me trouve, je le sentirai tout de suite. Ça m'inquiète davantage de te voir t'aventurer tout seul dehors.

— Ne t'en fais pas pour moi, bougonne-t-il.

Je me hisse sur la pointe des pieds et l'attire à ma hauteur pour l'embrasser sur la joue.

— Sois quand même prudent, T-rex.

Mon bisou vient à bout de son masque renfrogné.

— Toi aussi, Pépin. (Il regarde de l'autre côté de la salle.) Tu veilles sur elle, Oliver ?

— Toujours.

Terrance parti, je retourne au bar et me commande un Shirley Temple – sous les moqueries de toute mon équipe –, puis m'assois sur un tabouret, dos au comptoir. En balayant le casino du regard, je prends conscience d'un nouveau problème. Partout dans la salle, des hommes me lorgnent. Certes, c'est le cas depuis mon arrivée, mais aucun n'est venu m'enquiquiner quand j'avais Terrance et Illren à mes côtés. Seule, je parais beaucoup plus abordable. Plusieurs hommes font un pas dans ma direction, mais je suis sidérée par celui qui les prend de vitesse. Henry est la dernière personne que je voulais voir ce soir. Et même tout court.

— Qu'est-ce que tu fiches ici ? râlé-je.

Personne ne maîtrise l'arrogance hautaine comme lui. Il redresse les épaules et me toise du haut de son nez.

— C'est *mon* casino, lâche-t-il en me saisissant le bras pour m'attirer à lui, avant de réduire sa voix à un murmure menaçant : Comment as-tu fait, Nora ?

— Retire tes sales pattes.

Je tente de me libérer, mais il me retient fermement.

— Qu'es-tu en réalité ?

Mais bien sûr, comme si j'allais le lui dire !

— Je suis une fae.

Il grince des dents et me serre violemment le bras. Sa main va me laisser des marques et, lorsqu'elles apparaîtront, tous mes hommes voudront le tuer. Non seulement je ne pourrai rien faire pour les en empêcher, mais je ne crois pas que j'en aurai envie.

— D'après Illren, je pourrais être une fae d'été, ajouté-je en sachant parfaitement que ce n'est pas la réponse qu'il attend.

Ma mauvaise volonté l'agace visiblement. Ses yeux rougeoient, ses crocs s'allongent, et il émet un sifflement féroce malgré les témoins qui nous entourent.

— Ne joue pas à ce petit jeu avec moi !

— Attention, Nora, me prévient Parker.

— Faites dégager ce vampire ou je vais lui arracher la gorge moi-même, grogne Rook.

— Je suis sur le parking du personnel ! beugle Terrance. Qui est à côté ?

— J'y suis presque, répond Nick.

Forte du soutien de mon équipe entière, j'essaie encore vainement de dégager mon bras et fustige le maître vampire du regard.

— Ben quoi, Henry ? Tu n'aimes pas qu'on joue avec ton esprit ? qu'on contrôle ta volonté ? Si tu ne le supportes pas, tu ferais mieux de ne pas l'infliger aux autres.

Il me secoue avec une telle brutalité que ma tête se renverse en arrière d'un coup sec et que mes dents s'entrechoquent. Je me mords la langue en grognant de douleur.

— Réponds-moi ! exige-t-il.

La vérité m'échappe avant même que je comprenne ce qui m'arrive.

— Je suis une néréide.

Il écarquille les yeux.

— Nom de Dieu, Henry ! Je t'interdis de me forcer à t'obéir !

— Une néréide, souffle-t-il. C'est impossible.

Il a beau se dire incrédule, son visage raconte une tout autre histoire. La peur que je décèle un instant dans ses yeux cède vite la place à une étincelle avide. Je suis tellement hors de moi que j'invoque mon pouvoir. Il est prêt, il n'attend que moi. Lentement, j'articule :

— Lâche-moi.

La lueur de convoitise disparaît de son regard tandis qu'il succombe à mon charme. Nick arrive au moment où il me libère.

— Ne t'inquiète pas, je m'en occupe, lui assuré-je. Aurais-tu par hasard un pieu en frêne ? Je n'ai pas pu cacher le mien sous ma robe.

— Nora, dit l'agent d'un ton prudent, je ne crois pas…

— Fais-moi confiance.

Il sort un pieu de sa poche et le dépose dans ma main tendue. Pendant ce temps-là, le maître vampire continue de me contempler avec des yeux brillants, sans bouger.

— Prends le pieu, Henry, et pointe-le vers ton cœur. (Il obtempère.) Si je t'ordonne de te l'enfoncer dans la poitrine, tu le feras ?

Il hoche lentement la tête.

— Bien sûr. Je ferais n'importe quoi pour toi.

J'acquiesce en le regardant droit dans les yeux.

— Souviens-toi de cet instant, Henry. Souviens-toi du sentiment d'impuissance que tu ressens. Souviens-toi du pouvoir que j'ai sur toi. Je ne suis pas une femme fragile que tu peux malmener à ta guise. Si tu t'avises encore une fois de me soumettre à ta volonté, je jure que je te tue.

Il opine de nouveau de la tête.

— Oui, mon amour. Je comprends.

— Parfait. Maintenant, rends le pieu à Nick et tends-lui les mains.

L'agent range l'arme en bois dans son fourreau.

— Aurais-tu des menottes assez solides pour un vampire ? lui demandé-je.

Il en détache aussitôt une paire de sa ceinture.

— Imprégnées de magie. Spécialement conçues pour les êtres surhumains.

— Impeccable. J'aimerais que tu procèdes à son arrestation, si tu veux bien. Il m'a encore soumise à sa volonté. Contraindre un occulte sans l'autorisation de l'Agence va à l'encontre des lois de l'Occulte, n'est-ce pas ?

Nick est déjà en train de lui passer les menottes.

— On a une cellule en bas, près du poste de sécurité, nous informe Parker. Tu peux l'y enfermer le temps qu'on boucle la mission.

Une fois Henry menotté, je romps le charme et le libère de mon emprise. Il cligne des yeux et secoue la tête comme pour retrouver ses esprits. Puis il braque son regard sur moi, livide. La peur visible sur ses traits me procure une immense satisfaction. Il était grand temps que quelqu'un lui rende la monnaie de sa pièce.

— Me suis-je bien fait comprendre, Henry ? Il n'est plus question que je tolère tes conneries.

Ses yeux flamboient de colère. Retenu par Nick, il se penche vers moi et siffle :

— Comment oses-tu me menacer ? Tu viens de commettre une grave erreur, Nora. Tu as peut-être un pouvoir, mais tu ne sais pas à qui tu te mesures. Cette ville m'appartient. Je peux faire de ta vie un enfer !

Peu impressionnée, je lève le menton et fixe sur lui un regard noir.

— J'en ai plus rien à cirer. Tu as grillé toutes tes cartouches de ce côté. Ne t'approche plus jamais de moi.

Nick comprend que le moment est venu d'emmener le maître vampire. Je les suis des yeux jusqu'à ce qu'ils disparaissent dans l'ascenseur pour rejoindre la cellule au sous-sol. J'entends la voix circonspecte de Terrance dans mon oreille :

— C'était très impressionnant, Pépin, mais je crains que tu n'aies fait qu'aggraver les choses avec Henry.

Je soupire et bois une gorgée de mon cocktail sans alcool.

— Nos rapports finiront de toute façon par s'envenimer. Au moins, maintenant, je sais que je peux riposter et que vous êtes là pour me soutenir. Je ne plaisantais pas. Je suis à bout de patience. S'il me cherche encore, je le tue.

— Je pourrais le tuer maintenant, propose l'assassin fae.

— Merci, Illren, mais…

Un juron étouffé m'interrompt, suivi de la voix déconcertée de Rook :

— C'est quoi ce bordel ?

— Rook ?

On entend un bruit sourd, qui ressemble affreusement au choc d'un corps tombé par terre.

— Rook ? (Toujours pas de réponse.) Rook !

Mon cœur se met à cogner si fort contre mes côtes que je peux à peine respirer.

— Merde ! les gars, où est-il ? Rook !

Chapitre 23

— Où est Rook, nom de Dieu ?!

— Je le cherche, Nora, m'assure Parker. Avant l'arrivée de Henry, il était dans le hall de l'hôtel. Je ne le vois plus sur les écrans. Jetez un coup d'œil aux toilettes, on ne sait jamais. Je vais continuer d'ouvrir l'œil.

Je me mets à courir. J'ai un très mauvais pressentiment. Rien à voir avec mon intuition ; il ne s'agit pas d'un sixième sens qui m'annonce une catastrophe. C'est une angoisse naturelle. Quelque chose ne va pas.

— C'est forcément les chasseurs. Pourquoi est-ce que je ne sens rien ? Pourquoi n'ai-je pas eu de prémonition ?

— Ne pars pas toute seule ! aboie Terrance.

— Je viens de l'entourer d'un bouclier, je ne la quitte pas des yeux, promet Oliver.

Je traverse le casino vers la réception de l'hôtel aussi vite que ces fichus talons me le permettent. Oliver me retrouve dans le hall.

— Attends-moi ici, dit-il. Je vais jeter un coup d'œil dans les toilettes des hommes.

Je me précipite dans celles des dames. Je ne m'attends pas vraiment à y trouver Rook, mais je cherche désespérément quelque chose à faire. Lorsque je pousse la porte de la dernière cabine, des cris s'élèvent brusquement dans mon oreillette. Rook grogne, et je devine qu'il s'est transformé.

— Rook! m'écrié-je au moment où des coups de feu retentissent.

Des hurlements résonnent dans le hall de l'hôtel. Je sors en trombe des toilettes. C'est la cohue à présent. Les gens courent dans tous les sens, mais je ne vois ni Rook, ni les tireurs.

— OÙ EST-IL?!

Je tournoie sur place, à la recherche de n'importe qui, n'importe quoi, pour me guider. Une porte de secours s'ouvre de l'autre côté du hall et deux personnes équipées de masques à gaz entrent au pas de charge.

— Là! crié-je. Dans le hall de l'hôtel!

Je m'élance vers les intrus. L'un d'eux jette un objet dans ma direction. Quelques secondes après, je suis aveuglée par un flash éblouissant qui me met à genoux. Je me couvre les yeux, mais trop tard. Je ne vois qu'une myriade de points lumineux.

— Une grenade étourdissante! s'écrie Parker. Nora! Oliver! Vous allez bien?

— Je ne vois rien.

— Moi non plus.

— Ça va passer tout de suite... Merde!

Mon cœur s'arrête.

— Quoi?

— Du gaz lacrymogène. Vous devez foutre le camp en vitesse.

— J'arrive! annonce Nick.

— Moi aussi, dit Terrance. Je... Attendez. Il y a un SUV garé près de l'entrée est. Je vais...

Il est interrompu par un cri, suivi d'une explosion. La détonation est si forte que je me couvre les oreilles en laissant échapper un cri.

— Terrance!

Aucune réponse.

— Nick ! va retrouver Terrance !

— Je viens te chercher.

— Je vais bien. Va aider Terrance !

Ma vue revient progressivement. Grâce au bouclier d'Oliver, je ne suis pas affectée par le gaz lacrymogène. Je me dirige vers la sortie de secours que les deux hommes masqués ont empruntée, pousse brutalement la porte et déboule dans l'air glacé de la nuit. La première chose que je vois, c'est la silhouette inerte de Rook gisant sur le trottoir dans une mare de sang.

— NON !

J'accours auprès de lui en tombant violemment à genoux. J'ignore la douleur. Étant donné qu'il est toujours en loup, impossible de déterminer l'étendue de ses blessures, mais il saigne de partout. Il a probablement reçu plusieurs balles. Sa poitrine se soulève, cependant. Il est vivant. Je fonds en larmes.

— Tiens bon, Rook. On va appeler les secours.

Tout en disant cela, je caresse sa fourrure. Dès l'instant où je le touche, je me retrouve aspirée dans une empreinte.

Les deux chasseurs traînent Rook par la porte de secours. Avachi dans leurs bras, sa tête pendant mollement, il ouvre doucement les yeux, comme s'il se réveillait d'un profond sommeil.

— À gauche, dit le père. Sacha nous attend près de l'entrée est avec la voiture.

Rook gémit lorsqu'ils tournent. Les deux hommes s'arrêtent.

— Je rêve ?! s'exclame le fils. Il devrait être dans les vapes pendant des heures avec la dose que je lui ai mis.

— Nous avions donc raison. Il n'est pas humain.

— Mais il est quoi alors, bon sang !?

En réponse à sa question, Rook s'arrache à leurs bras et se métamorphose en loup.

— Un loup-garou ! s'écrie le père.

— Qu'est-ce qu'on fait ?

— Je n'en sais rien, de l'argent ?

— Je n'ai rien en argent sur moi.

Le métamorphe grogne et se jette sur le père. L'homme recule précipitamment, tombe à la renverse et se retrouve avec Rook sur lui. Le loup vise immédiatement la gorge, mais l'homme se protège et son bras prend la morsure. Il hurle de douleur.

— Descends-le ! crie-t-il.

Le fils dégaine un gros pistolet et tire à plusieurs reprises sur Rook. Ce dernier bondit vers lui, mais s'écrase au sol avant d'avoir pu l'atteindre. Le jeune homme lui loge encore quelques balles dans le corps, jusqu'à ce que le loup devienne immobile. Le sang forme déjà une flaque autour de lui.

Le fils baisse enfin son arme et se passe la main dans les cheveux.

— Un loup-garou. Un vrai. J'hallucine ?!

Le père se relève en hâte, serrant son bras blessé contre lui.

— On s'en doutait hier soir. Maintenant, c'est confirmé. J'aurais préféré le capturer vivant, mais c'est déjà bien d'en avoir eu la preuve.

— Si on se dépêche, on peut toujours attraper l'autre pour l'interroger.

— Tu as le gaz lacrymogène ? On a besoin d'une vraie diversion. On a eu de la chance que la femme ait détourné l'attention de tout le monde en se battant avec ce type au bar, mais, maintenant, ils nous cherchent.

Le jeune homme tire deux grenades d'un ceinturon. Les deux chasseurs enfilent leurs masques à gaz, puis le père hoche la tête à l'intention de son fils, ouvre la porte de secours et le fils se rue à l'intérieur. La vision prend fin au moment où la porte se ferme.

Je cligne des yeux en revenant à la réalité, ignorant la migraine et la nausée qui m'assaillent immédiatement.

— Oliver ! crié-je à la radio, avant de paniquer lorsque je n'obtiens aucune réponse. Ce n'est pas moi la cible ! Ils en ont après Oliver ! Qui l'a en visuel ?

J'entends à peine la réponse de Parker tandis que je presse mes mains sur les plaies thoraciques de Rook. Je dois me répéter qu'il va s'en sortir. Je ne peux pas penser le contraire. Si les balles étaient en argent, il serait probablement mort. Mais, sans ce métal, il en faut beaucoup pour abattre un loup-garou.

— Tu vas t'en tirer, murmuré-je en tentant de comprimer la blessure la plus grave. On va te trouver de l'aide dans quelques minutes. Tout va s'arranger.

Le loup gémit, sans doute en proie à une atroce souffrance. Je préfère ne pas savoir combien de balles il a reçues. J'essaie de garder une voix calme pour le rassurer tout en écoutant les échanges frénétiques dans mon oreillette.

— Je le vois ! crie Parker. Deux hommes le traînent dans un couloir de service. Ils se dirigent vers une sortie de secours du côté est du bâtiment. Il a l'air inconscient. C'est moi le plus près. J'y vais.

— Je suis dehors, du côté est, l'informe Illren. Je vois la porte de secours. Je m'occuperai d'eux dès qu'ils la franchiront.

Le fae est le seul d'entre nous à manifester un semblant de calme. De la même façon, Nick paraît assez bien gérer la pression lorsqu'il déclare :

— Je vous y retrouve. Je ne suis pas loin.

Je ne veux pas les déconcentrer, mais je ne peux pas m'empêcher de poser la question.

— Nick, comment va Terrance ? Que s'est-il passé ?

— Il est mal en point, mais il vivra. C'était une grenade. Il s'est retrouvé coincé entre deux voitures qui lui ont broyé une jambe. Mais, ne t'inquiète pas, Enzo le guérira sans problème. Tout ira bien pour lui.

Je ravale ma bile. Selon Nick, se faire broyer la jambe par deux voitures à la suite d'une explosion de grenade n'est pas bien méchant ? Sans doute pour un troll.

Rook colle sa truffe contre la paume de ma main comme pour me rassurer. Je lui caresse le museau en reniflant mes larmes.

— Tout est ma faute.

Il essaie de grogner, sans vraiment y parvenir.

À la radio, j'entends des cris, quelques coups de feu, puis le silence. Après un moment, la voix feutrée d'Illren annonce :

— Les deux hommes sont morts. J'ai Oliver. Que tout le monde se regroupe au poste de sécurité.

— J'ai besoin d'aide pour Rook. Je ne peux pas le porter seule et il n'est pas en état de marcher.

— Laisse-moi juste le temps d'accompagner Terrance au poste de sécurité, ensuite je viendrai te donner un coup de main, répond Nick.

J'inspire profondément. Soudain, l'angoisse me submerge. La prémonition survient de nulle part, aussi violente qu'au restaurant de Skinny. Je me plie en deux, le souffle coupé.

— J'ai trouvé la femme, déclare froidement une voix féminine. Je m'occupe d'elle tout de suite.

En faisant volte-face, je découvre un pistolet pointé sur moi. Je bondis sur mes pieds et écarte l'arme au moment même où le coup de feu part. Il était si près que mes oreilles tintent. J'essaie d'obliger la femme à lâcher son arme, mais elle l'agrippe trop fermement et nous nous retrouvons à nous battre pour l'obtenir.

— Les gars, au secours ! J'ai le troisième chasseur.

Je grogne sous l'effort tandis que je me démène pour garder le pistolet loin de ma tête. Mon assaillante a visiblement été entraînée au combat rapproché pendant des années ; elle est nettement plus forte que moi.

— On arrive, me prévient Nick d'une voix haletante, comme s'il courait.

La femme pousse un cri de frustration.

— Mais tu vas crever à la fin ?!

Mes bras fatiguent. Je ne vais pas pouvoir tenir plus longtemps. J'essaie de me concentrer, de repenser aux leçons de Rook. Que me conseillerait-il dans cette situation ?

Tendant la jambe, je renverse la femme d'un coup de pied. Surprise par ma riposte, elle s'étale de tout son long et le pistolet lui échappe des mains. Je me jette sur l'arme mais, avant que je puisse m'en emparer, mon adversaire me saute dessus. Elle me plaque au sol et m'envoie un coup de poing dans la figure. J'entends mon nez se briser dans un craquement sinistre, puis du sang chaud se met à ruisseler sur mon visage.

La femme tire un couteau de sa ceinture et tente de me le planter dans le cœur. Je lui saisis le bras juste à temps pour éviter le coup fatal, mais la lame se fiche dans mon épaule. Une douleur cuisante me brûle de l'intérieur. Je hurle. Si c'est ça l'effet de l'empoisonnement au fer, je ne veux plus jamais l'endurer.

L'espace d'une seconde, je vois seulement des étoiles, puis mon entraînement prend le dessus et j'inspire profondément. Je dois surmonter la douleur et la panique pour réfléchir. J'attire la femme vers moi en calant sa tête contre mon épaule indemne, enroule mon pied autour de sa jambe, puis lève les hanches afin de rouler sur le côté. Une fois dégagée, je me rue sur le pistolet et le brandis au moment où elle s'élance vers moi. J'appuie sur la détente et la femme tombe à la renverse. Je n'ai pas besoin de l'examiner pour savoir qu'elle est morte. Bien que j'aie tiré au hasard, la balle l'a atteinte en pleine poitrine.

Juste au moment où je me vautre par terre, la porte de secours s'ouvre avec fracas et Illren et Nick se précipitent dehors. Je pose ma tête sur le béton glacé en gémissant. Maintenant que tout est fini, la douleur se rappelle cruellement à mon souvenir. Tout comme le fait que je suis allongée sur un trottoir dans une robe légère, en plein mois de décembre, à Détroit. Je suis frigorifiée.

— Mince, Tigresse ! on dirait que la lutte a été sans pitié. Ça va ?

Je cligne des yeux et me concentre sur Nick.

— En pleine forme, articulé-je. Le couteau est en fer. Ça brûle, cette saloperie.

L'agent grimace.

— Je vais devoir le retirer. Le plus tôt sera le mieux.

Ce qu'il ne dit pas, en revanche, c'est que je vais douiller dix fois plus quand il l'enlèvera.

— Vas-y, acquiescé-je, avant de prendre une grande inspiration et de serrer les dents.

Il s'agenouille sur mon bras pour le maintenir au sol et s'appuie d'une main sur mon épaule intacte. De l'autre, il saisit la poignée du couteau. Il pose sur moi un regard grave.

— Bon, je compte jusqu'à…

Il tire brusquement la lame de mon épaule, m'arrachant un hurlement. Mes yeux larmoient et mon estomac vide se soulève. Je lâche une bordée de jurons qui fait rire Nick.

— Une vraie championne, me félicite-t-il, avant de m'aider à me relever. Allez, je vais te ramener à l'intérieur et on va te soigner tout ça. Enzo est en route. La directrice West est déjà là pour gérer la police de Détroit. Au cas où on te poserait la question : cet incident était une opération secrète du FBI qui a mal tourné.

— C'est vrai en plus. (Je gémis en me remettant sur mes pieds.) Comment les choses ont-elles pu dégénérer à ce point ?

— Mieux vaut ne pas trop y penser, soupire-t-il. Nous pouvons déjà nous réjouir que tout le monde soit sauf et que les méchants aient été arrêtés.

Il a raison. Si atroce soit-elle, la situation aurait pu être bien pire.

Je jette un coup d'œil derrière moi. Illren et Rook ont déjà disparu, mais la mare de sang est toujours là. Je frissonne en la regardant. La chasseuse, quant à elle, contemple le ciel étoilé de ses yeux sans vie. Me voyant tressaillir, Nick passe un bras autour de mes épaules.

— Allons-y, Jacobs. On peut laisser l'équipe de nettoyage s'occuper de ça. Tu as des blessures à faire soigner.

Chapitre 24

Tandis que la directrice West s'occupe des humains devant le casino, Nick me conduit au sous-sol, dans la salle de pause où ma pauvre équipe d'agents fédéraux amateurs est en train de panser ses blessures. La pièce est vaste et lumineuse, avec plusieurs canapés et tables.

Adossé au mur du fond, Illren semble indemne malgré ses vêtements noirs tachés de sang après avoir porté Rook. Terrance est étendu sur un canapé, couvert de crasse, ses habits roussis, déchirés et ensanglantés. Oliver gît, inconscient, sur l'autre canapé. De nouveau humain, Rook est allongé sur une table comme s'il se trouvait dans un bloc opératoire. Vu que Parker se penche sur lui pour extraire les balles de son corps, on n'en est pas loin. Je sens ma gorge se serrer en voyant mes hommes amochés et blessés à divers degrés.

— Je suis vraiment désolée.

Mes excuses me valent un regard noir collectif.

— Tu n'y es absolument pour rien, grogne Terrance. Alors c'est la dernière fois que je veux t'entendre t'en excuser. Nous avons tous joué notre rôle et la situation a simplement mal tourné. C'est comme ça. Nous sommes saufs, nous allons guérir. Pas besoin de faire la tête.

Je prends une brusque inspiration et retiens mon souffle le temps d'acquiescer. Je me sens quand même responsable, mais je peux garder ce sentiment pour moi si Terrance et les autres en ont besoin. Au chevet du troll, Enzo se relève d'un bond.

— Permettez-moi de soigner vos blessures, mademoiselle Nora.

Le pauvre est pâle, en sueur, avec de grosses poches sous les yeux. Il s'est certainement épuisé à guérir Terrance, et a dû également intervenir sur Rook pour que ce dernier ait la force de supporter l'extraction des balles. Je lève la main en signe de refus.

— Ce n'est pas la peine, vraiment. Je ne suis pas à l'agonie. Tu devrais te reposer.

— Nora, grommelle Terrance. Laisse-le te soigner.

Je soupire et me laisse tomber dans un fauteuil. Le chaman sourit en voyant mon air circonspect.

— Ne vous inquiétez pas, mademoiselle Nora. En effet, vous n'êtes pas à l'agonie. Je n'aurai aucun mal à vous guérir.

— D'accord, merci, consens-je avec un petit hochement de tête.

Une fois mon nez réparé et la plaie à mon épaule refermée, j'essaie de rincer tant bien que mal le sang dont je suis maculée, le mien et celui de Rook. Puis je m'approche du loup-garou en faisant un bref inventaire de ses blessures. Il a reçu neuf balles en tout. Je me demande bien comment il arrive à rester éveillé et cohérent dans cet état. On fait difficilement plus résistant ! C'est presque du niveau d'un vampire à ce stade. Je lui prends la main. Il la serre mollement et parvient à esquisser un sourire.

— Beau combat, Rocky, me taquine-t-il d'une voix rauque. Tu lui as bien botté le cul à l'humaine.

J'émets un rire étranglé et presse une main contre la sensation de brûlure dans ma poitrine.

— Grâce à toi. Ton entraînement m'a sauvée.

— On va devoir sérieusement travailler tes coups de poing, cela dit.

Il serre les dents tandis que Parker retire une autre balle de son abdomen. Il ferme les yeux et retient sa respiration. Le pauvre est blême, trempé de sueur.

— Tu ne pouvais pas lui donner un analgésique avant d'opérer ? accusé-je le vampire.

Les deux hommes secouent la tête en signe de dénégation.

— Les loups-garous ont un métabolisme trop rapide pour pouvoir prendre des antidouleurs. Les effets s'estomperaient en moins de deux, m'explique Parker en jetant la balle dans une petite assiette avec les autres. Plus qu'une.

Rook souffle, puis halète un moment. Lorsqu'il est à même de parler, il reprend :

— De plus, il fallait faire vite avant que les tissus se régénèrent autour des balles.

J'écarquille les yeux. Je n'avais pas pensé à ça.

— Oh…

— Approche, dit-il avec un sourire, et aide-moi à oublier la douleur.

J'éclate de rire.

— Tu veux sérieusement que je t'embrasse maintenant ? Tu es criblé de balles et en plein milieu d'une opération chirurgicale.

Son sourire devient carnassier. Je secoue la tête en riant, mais me penche malgré tout pour joindre mes lèvres aux siennes. Lorsque j'essaie de me relever dans la foulée, il m'attrape la tête pour prolonger le baiser.

— Fini ! annonce Parker.

Quand je me redresse, Rook agite les sourcils d'un air coquin.

— Je t'avais dit que ça fonctionnerait.

— Ravie d'avoir pu t'aider, ironisé-je.

Un gémissement dans mon dos capte mon attention. Les mains posées sur le torse d'Oliver, Enzo s'attache à éliminer la drogue de son organisme. Un autre gémissement, puis le sorcier se penche sur le côté du canapé. Nous savons tous ce qui va arriver. Grâce à sa vitesse surnaturelle, Parker s'empare d'une poubelle et la place juste à temps sous lui.

— Beurk ! gémit Oliver. Ça me rend malade ces gens qui s'obstinent à me droguer.

Bien qu'il n'y ait pas de quoi rire, tout le monde glousse, même le chaman.

— Ne vous en faites pas, monsieur Oliver. La nausée passera dans une seconde. J'ai éliminé la quasi-totalité des drogues présentes dans votre corps.

— Merci, Enzo. (Il jette un bref coup d'œil autour de lui, puis repose sa tête sur le coussin en fermant les yeux.) On les a eus ? Tout le monde va bien ? Que s'est-il passé ?

— C'est bien ce que j'aimerais savoir, déclare la directrice West depuis l'embrasure de la porte.

Elle contemple notre équipe, puis se tourne vers Nick et moi en haussant les sourcils.

— Ç'aurait pu être pire, bafouillé-je.

— On a rempli notre mission, marmonne l'agent au même instant.

Madison nous regarde tour à tour, cligne deux fois des yeux, puis les lève au ciel.

— Vous êtes vraiment faits pour travailler ensemble. (Elle s'avance dans la salle et prend une chaise.) Dieu préserve cette ville si vous finissez par faire équipe. Vous seriez capable de la raser dans votre quête de justice.

En nous voyant sourciller tous les deux, elle pousse un soupir las.

— J'attends des explications.

Tous les regards se tournent vers moi. Apparemment, c'est à moi que revient l'honneur de lui détailler notre bérézina. Bande de lâches ! J'aide Oliver à se redresser, puis m'affale sur le canapé à côté de lui. Il pose la tête sur mon épaule, l'air encore groggy. J'entremêle mes doigts aux siens, puis me lance dans mon rapport :

— Eh bien ! pour commencer, je n'ai jamais été la cible des chasseurs. Nous n'avons donc jamais été avertis de leur présence. Comme l'attention de tout le monde était focalisée sur moi, il leur a été plus facile de s'en prendre à Rook et Oliver.

La directrice fronce les sourcils, perplexe.

— Mais pourquoi ?

Je repense à l'empreinte que j'ai détectée sur Rook.

— En découvrant le *Skinny's*, ils ont compris que les faes n'étaient pas les seules créatures surnaturelles à exister. Ensuite, ils nous ont vus survivre à l'explosion. Ils en ont déduit que les non-faes du groupe devaient être autre chose. Ils voulaient les capturer afin de les interroger pour savoir quels genres de créatures existent, comment les tuer, *et cætera*. Ils savaient que je les attendais, mais ils n'ont jamais eu l'intention de m'approcher. Du moins, pas ce soir. Leurs cibles étaient Parker, Rook et Oliver.

— Il y avait également un troisième chasseur avec eux, précise Nick. Une femme. Nous pensons qu'ils l'ont envoyée en éclaireur dans le casino en sachant qu'on ne l'avait jamais vue et qu'on ne se douterait de rien. Elle nous a probablement observés toute la soirée. Elle a attendu qu'on se sépare et, quand Henry a détourné notre attention, ils ont décidé de mettre leur plan à exécution. Ensuite, tout est parti en vrille, car ils s'attendaient au piège et étaient préparés.

Je soupire, puis conclus :

— Ils avaient un coup d'avance sur nous depuis le début.

Oliver enfouit son visage contre mon épaule, de façon si incongrue que je me demande s'il ne subsisterait pas des traces de drogue dans son organisme.

— On les a quand même eus, bafouille-t-il faiblement.

— Certes. Et je suppose qu'il vous était impossible de les appréhender vivants ? demande la directrice avec un coup d'œil appuyé à l'intention d'Illren.

Ce dernier parvient à lui jeter un regard las suggérant qu'elle peut s'estimer heureuse qu'il daigne lui accorder son attention.

— Ils étaient lourdement armés et détenaient l'un de nos hommes. Je ne voyais aucune raison de les laisser en vie.

Je retiens de justesse un ricanement. Toujours aussi assoiffé de sang. Madison continue de le dévisager un instant avec circonspection, puis parcourt la pièce du regard.

— Fort bien. (Elle se pince l'arête du nez.) J'imagine que, tout bien considéré, vous avez accompli votre mission, et que ça aurait pu être pire.

J'esquisse un sourire en coin. C'est exactement ce que Nick et moi lui avons dit.

— Beau travail, tout le monde. Je suis contente que vous soyez sains et saufs. Rentrez chez vous, reposez-vous. Nous allons nous occuper du nettoyage. Sublime, Jacobs, je veux vous voir dans mon bureau demain pour un rapport complet.

Sublime et Jacobs. Même la directrice adhère à cette histoire de « coéquipiers ». C'est pas possible ! Ils ont conscience que je ne travaille pas officiellement pour l'Agence ou ils s'en foutent complètement ? En me voyant rouler des yeux, Nick me décoche un petit sourire satisfait.

Je lui réponds par une grimace, puis me tourne vers Madison :

— Je passerai avant mon service demain soir.

— Je m'en réjouis d'avance, dit-elle d'un air enchanté.

— Bien ! fais-je en me tapant les jambes, avant de me relever. Si on a fini, je me prendrais bien un bon bain chaud. (J'aide Oliver à se mettre debout, puis souris à tous mes hommes.) Il est temps de rentrer chez nous, les garçons.

Après m'avoir écoutée pendant une heure lui raconter les événements de la nuit précédente dans les moindres détails, la directrice West déclare enfin que ça lui suffit. Elle s'adosse à son fauteuil en joignant les mains en clocher devant elle.

— Très bien. Je pense avoir tous les éléments dont j'ai besoin. Sublime, une fois que vous m'aurez mis tout cela par écrit, l'affaire sera considérée comme close.

— Ou alors…, commence Nick en plaquant une main sur mon épaule d'un air jubilatoire, je pourrais montrer à Nora comment taper ce rapport. Après tout, elle a déjà le badge.

— Ou alors…, l'imité-je, tout aussi agaçante, tu peux rédiger toi-même ton rapport et je peux vous rendre ceci. C'est gentil de me le rappeler.

Je sors les badges du FBI et de l'AFO de mon sac pour les jeter sur le bureau de la directrice.

— J'apprécie votre offre, madame, mais j'ai décidé de ne pas rejoindre l'Agence.

Elle regarde les deux badges, puis me dévisage un long moment.

— Si c'est au sujet de Henry, je sais que vous êtes encore contrariée à cause de cette histoire, mais…

— « Contrariée » ? raillé-je. Non, madame la directrice, je suis furieuse ! Vous l'avez laissé partir comme si son crime était insignifiant. Et quelle est la première chose qu'il a faite ensuite ? Il est venu tout droit me retrouver, encore. Il m'a soumise à sa volonté, encore ! (Je désigne les ecchymoses sur mes bras.) Il m'a brutalisée et meurtrie, encore !

Je me carre au fond de ma chaise en inspirant profondément, car je suis vraiment en pétard. Henry me sort par les yeux.

— Et à quoi a-t-il eu droit cette fois ? poursuis-je. Vous l'avez encore grondé ? Vous lui avez fait les gros yeux ce coup-ci ?

Nick se redresse d'un coup dans un son étranglé, comme s'il étouffait un éclat de rire. West le fusille du regard, puis reporte son attention sur moi en fronçant les sourcils.

— Nora, je vous ai promis que nous nous occuperions de Henry, et je tiendrai parole.

— Mais il est libre. Vous l'avez relâché la nuit dernière, pas vrai ? Il va encore s'en tirer sans y laisser une seule plume.

La directrice soupire. Sa réaction prouve que j'ai vu juste. Le maître vampire n'a pas été puni pour ses crimes envers moi.

— Mademoiselle Jacobs… Nora.

— C'est parce que je suis une fae ?

Je n'arrive plus à me taire. Pourtant cette femme est la directrice des bureaux de l'AFO à Détroit. Je devrais lui témoigner un minimum de respect, mais j'en suis incapable, car je sais qu'elle ne va me sortir qu'une excuse à la noix de plus.

— A-t-il eu le droit de m'enlever et de me contraindre parce que je suis une fae et que, par conséquent, je ne peux pas requérir l'aide de l'AFO ? Ma nature fae signifie-t-elle que je n'ai aucun droit dans cette ville ? Comment pouvez-vous me demander de travailler pour une agence qui ne peut même pas m'aider en retour ? ou qui refuse de le faire. Donnez-moi une seule bonne raison d'accepter !

Madison plisse les yeux et pince les lèvres.

— En toute honnêteté, mademoiselle Jacobs, j'ai l'espoir qu'en vous voyant parmi nous les faes de cette ville se décident enfin à signer le traité, et que ce problème ne se pose plus.

Je croise les bras en la toisant.

— Et s'ils refusent ?

Elle ne m'offre aucune réponse.

— C'est bien ce que je pensais, lâché-je en secouant la tête. Autrement dit, si je rejoins l'Agence, je ne pourrai plus les aider non plus. Et les démons dans tout ça ? Si jamais Ren et Cecile ont un jour des ennuis, je devrai les regarder souffrir sans rien faire ? C'est impossible, madame la directrice. Je suis navrée. Même si j'adore travailler avec Nick, je ne peux pas me plier à vos règles. Pas si ça implique d'ignorer certaines communautés quand elles ont besoin de mon aide. Et je ne parle même pas de l'obligation d'abandonner mon clan pour ce poste. Je ne l'envisage pas *un seul instant.*

Ma dernière remarque semble lui inspirer un argument.

— En réalité, mademoiselle Jacobs, vous n'auriez plus à vous soucier de ce détail. Je me suis longuement entretenue avec Oliver lorsqu'il a décidé de rejoindre votre clan. Saviez-vous qu'il était prêt à quitter l'Agence ? Le soir où il a emménagé chez vous, il est venu me remettre sa démission.

Cette révélation me laisse pantoise. Il ne m'en a jamais parlé. Cela dit, ça ne m'étonne pas vraiment de lui. Je hausse les épaules.

— Oliver ferait n'importe quoi pour nous. Pas seulement pour moi, mais pour tout le clan. Vous n'avez pas vu sa tête quand Terrance lui a proposé de nous rejoindre. Il a vécu trop longtemps sans famille. Ce n'est pas juste de lui demander de renoncer à cela pour son travail.

Madison hoche la tête en signe d'assentiment.

— Vous avez parfaitement raison. Cette règle a été mise en place à cause des fortes disparités entre les espèces. Nous ne voulions pas que l'une d'entre elles supplante les autres. Mais en voyant votre clan… en vous regardant vous unir malgré vos différences… c'est le genre d'esprit dont cette ville aurait bien besoin. J'ai accordé à Oliver une exemption concernant cette loi, car son clan représente l'ensemble des principales espèces. Étant donné qu'il n'y a aucun problème de partialité, la règle ne s'applique pas. Il en irait de même pour vous.

Je suis heureuse qu'Oliver ait trouvé le moyen de conserver à la fois son clan et son travail. Si j'avais su qu'on pouvait contourner cette règle, j'aurais probablement rejoint l'Agence après l'affaire des loups-garous. C'est agréable de pouvoir aider les autres grâce à mes dons. En vérité, j'adore ce travail, et Nick est un équipier fantastique. Je ne demande pas mieux que de m'y consacrer à plein-temps et d'employer mes compétences de façon plus optimale. Mais, après le fiasco de cette semaine, j'en suis venue à m'attacher aux faes. J'en suis une, après tout. J'éprouve maintenant envers eux un sentiment d'appartenance. Je n'imagine pas un instant les laisser tomber s'ils avaient besoin de moi.

Après avoir longuement pesé les différentes perspectives qui s'offrent à moi, je finis par secouer la tête.

— Je suis navrée. Refaites-moi cette proposition quand on m'autorisera à aider, ou à contrecarrer, ceux qui en ont besoin, quelle que soit leur espèce, et j'accepterai. En attendant, je ne peux pas.

Voyant ma détermination, la directrice s'affaisse dans son fauteuil, résignée.

— Très bien. Merci d'être venue, dans ce cas, et merci pour tous vos efforts dans cette affaire. L'AFO a une dette envers vous. Si jamais vous changez d'avis, votre place sera toujours disponible.

— Merci, madame la directrice.

Je me lève et me dirige vers la porte. Avant de partir, cependant, je me tourne une dernière fois vers elle.

— Désolée de ne pas avoir pu vous donner la réponse que vous espériez.

— Je comprends, dit-elle avec un sourire courtois.

Lorsque mon regard se pose sur mon équipier d'un jour, mes excuses deviennent sincères.

— Désolée, Nick.

Il se lève, puis passe un bras autour de mes épaules.

— T'en fais pas, Tigresse. On peut toujours être coéquipiers. Même si tu ne peux pas travailler à plein-temps pour l'Agence, rien ne nous empêche de faire appel à toi comme consultante sur certaines affaires. (Il regarde la directrice pour confirmation.) N'est-ce pas ?

L'espoir renaît dans les yeux de Madison, qui se redresse dans son fauteuil.

— Oui, c'est une solution. Ce compromis vous conviendrait-il, mademoiselle Jacobs ? Accepteriez-vous de collaborer occasionnellement avec l'Agence dans le cas où nous aurions besoin de vos compétences ?

Si j'accepte, j'aurai la possibilité de filer un coup de main à Nick en cas de problème, tout en étant libre d'aider ceux qui ne sont pas affiliés à l'Agence s'ils ont des ennuis. Ce serait la solution idéale. Un fourmillement d'excitation me chatouille le ventre, mais je me force à rester de marbre. Je ne veux pas que West perçoive mon enthousiasme. Elle s'acharnerait de nouveau pour me recruter.

— Je crois que c'est jouable, madame la directrice.

Elle m'accorde enfin un large sourire, puis se lève pour m'ouvrir la porte et me conduire dans le couloir. Oliver passe aussitôt la tête par la porte de son bureau, comme s'il avait guetté notre sortie.

— Hé ! lance-t-il joyeusement en nous rejoignant.

Après un bref baiser sur la bouche, il glisse un bras autour de ma taille et m'escorte jusqu'à la salle principale.

— Comment ça s'est passé ?

Il a le sourire. Il savait très bien que sa chef s'efforcerait de me recruter.

— J'ai accepté de servir de consultante. J'aiderai l'Agence au cas par cas.

Il hoche la tête, comme s'il s'attendait à cette réponse, puis m'entraîne vers le portemanteau. Il m'aide à enfiler mon blouson en remontant gentiment la fermeture Éclair pour moi. Adorable, comme toujours.

— De cette manière, tu peux continuer à venir en aide à ceux que l'AFO doit malheureusement délaisser, dit-il en enroulant mon écharpe autour de mon cou.

— Il faut bien que quelqu'un se préoccupe d'eux.

— Je suis d'accord, acquiesce-t-il avec un doux sourire, avant de me donner un autre petit baiser. Je dormirai sûrement quand tu rentreras du boulot cette nuit, mais on se verra après mes cours demain.

Mes joues s'enflamment. L'aisance avec laquelle il me montre son affection depuis que je suis sa petite amie me fait craquer. J'essaie de ne pas sourire comme une collégienne follement amoureuse lorsque je réponds :

— D'accord. Passe une bonne soirée !

Nick me hèle alors que je me dirige vers la porte.

— Je te tiens au courant, Jacobs.

Il est assis à son bureau dans sa position favorite : calé dans son fauteuil, les mains derrière la tête, les pieds sur une montagne de dossiers ignorés. Je secoue la tête avec un petit rire.

— Amuse-toi bien à taper ce rapport, Nicky.

Chapitre 25

Je n'ai pas eu un moment de répit au bar depuis le début de mon service. Même Rook a revêtu la casquette de barman ce soir, excepté quand un souci technique nécessite son intervention. Peu importe que ce soit la folie, ça fait du bien de remettre le pied à l'étrier. Wulf aussi a l'air plutôt content de m'avoir récupérée. Je me félicite de ne pas avoir accepté le poste proposé par la directrice West ; j'ai beau apprécier le travail d'enquêtrice, j'adore aussi mon activité de barmaid à la discothèque. Ça me permet de travailler aux côtés de mes amis et, curieusement, j'aime bien échanger avec les occultes de cette ville.

La boîte est particulièrement animée ce soir. La nouvelle se répand vite que les chasseurs de faes ont été neutralisés et que la ville est de nouveau sûre. À croire que tous les faes de Détroit sont venus fêter l'événement. La plupart ont d'ailleurs tenté de me payer un coup. Je dépose cinq verres sur le comptoir devant des faes qui me le proposent justement.

— Vous ne voulez pas faire une pause et venir boire avec nous ? demande le plus grand de la bande. Nous aimerions faire la connaissance de la femme qui nous a tous sauvés.

Ce fae élancé et leste est un sidhe. Depuis que j'ai réussi à percevoir la véritable nature de Nick, il m'est étonnamment facile d'identifier l'espèce des autres occultes. Les sidhes sont réputés hautains et prétentieux – même vis-à-vis des autres faes. Au royaume, ce sont eux qui contrôlent les cours. Leur puissance supérieure leur donne le sentiment de constituer la plus haute classe des faes. La plupart de ceux vivant dans le monde humain sont des individus solitaires, qui ne fréquentent que leurs semblables. Il est donc d'autant plus drôle de voir le sidhe devant moi boire en compagnie d'un púca, d'un gobelin, d'un lutin et d'un urisk.

— Navrée, messieurs, décliné-je en désignant la file de clients assoiffés qui patiente le long du bar. Ce serait avec plaisir, mais je suis débordée ce soir.

— Je parlerai avec eux en votre nom, maîtresse, afin de répondre à leurs questions.

Je sursaute, surprise par l'apparition soudaine de mon assassin fae personnel. Il rôde près du bar depuis le début de la soirée. J'ai remarqué qu'il se rapprochait chaque fois qu'un client s'attardait au bar pour me parler après avoir passé sa commande.

— Merde, Illren ! faites au moins un peu de bruit quand vous marchez. Et on a déjà discuté de cette histoire de « maîtresse ». C'est juste « Nora ».

Il incline respectueusement la tête, non sans réprimer un sourire, les yeux légèrement pétillants. Je me demande comment il se débrouille pour paraître toujours stoïque et amusé à la fois. C'est un talent vraiment déroutant.

— « Maîtresse » ? répète le sidhe en fixant son regard sur Illren.

Ce dernier confirme d'un hochement de tête.

— J'ai prêté serment de fidélité à Nora Jacobs. Son clan m'a accueilli en son sein.

Les cinq hommes écarquillent les yeux, estomaqués.

— Venez, les invite Illren, allons nous installer quelque part. Je répondrai à toutes les questions que vous vous posez sur ma maîtresse.

— Nora ! le corrigé-je.

Il me coule un regard en coin, cette fois accompagné d'un petit sourire goguenard. Je lève les yeux au ciel. En fait, il m'obéit seulement quand ça l'arrange.

— Bref. Allez-y, parlez-leur en mon nom. Il y a un million de rumeurs qui circulent sur moi. Vous saurez certainement éclaircir la plupart d'entre elles, vu que vous me filez le train depuis que je travaille ici.

Il réprime de nouveau une moue amusée.

— Comme vous voudrez, *Nora*.

— Gros malin.

L'assassin froid et calculateur me décoche un clin d'œil. Un clin d'œil ! Puis il glousse devant mon air abasourdi, avant de guider le groupe de faes vers un box, non loin de là. Les deux amoureux qui profitaient d'un petit verre ensemble à cette table la libèrent promptement lorsqu'ils s'avisent de sa présence. Je ricane en secouant la tête, mais n'ai pas le temps de m'appesantir sur la réputation de mon fae dans le monde occulte, car de nombreux clients attendent encore d'être servis.

Bien qu'affairée derrière le comptoir, je garde un œil sur Illren. Il n'a pas quitté le box depuis qu'il s'y est assis, et les faes défilent à sa table par petits groupes. Je finis par perdre le fil du nombre de personnes qui viennent le voir ; tant que c'est lui qu'ils embêtent, ça me va.

— Je ne l'aurais jamais cru si sociable, commente Parker en s'installant sur un tabouret devant moi, le regard tourné vers l'assassin fae.

Je ricane et lui sers un scotch.

— À mon avis, il n'y a rien de sociable chez Illren. Ça fait deux heures qu'il parle aux faes en mon nom. Apparemment, ils veulent tous en savoir plus sur les rumeurs qui circulent et je n'arrêtais pas de me faire enquiquiner jusqu'à ce qu'il se propose d'éclaircir les choses à ma place.

Le vampire lève les sourcils, surpris.

— Et tu lui fais confiance ?

— Je préfère que ce soit lui qui s'y colle plutôt que moi, réponds-je en haussant les épaules.

Il rit et prend une gorgée de scotch. Il me laisse me remettre au travail, mais reste juché sur son tabouret en attendant que la foule m'accorde une pause. Lorsque ce moment arrive, il m'annonce avec une nonchalance feinte :

— Au fait, je viens de passer à l'Agence.

— Ah ? fais-je en m'arrêtant pour lui accorder toute mon attention.

Il acquiesce avant de boire une autre gorgée.

— J'ai accepté l'offre de la directrice West de devenir le nouveau sous-directeur. Je commence la semaine prochaine.

Je hausse les sourcils, étonnée, bien que cette nouvelle me fasse chaud au cœur. Je me penche sur le comptoir et pose ma main sur la sienne.

— Félicitations.

— Tu n'es pas déçue ? demande-t-il en retournant sa main pour entremêler nos doigts. La directrice West m'a dit que tu avais refusé le poste qu'elle te destinait.

Je le rassure d'une pression affectueuse.

— Pourquoi serais-je déçue ? Tu feras un excellent sous-directeur. Et puis je sais que tu tournes en rond depuis que Henry a rompu votre lien de sire.

— C'est vrai, reconnaît-il en baissant les yeux sur son verre. Participer à cette enquête avec toi cette semaine m'a fait beaucoup de bien. J'ai eu la sensation d'avoir de nouveau un but et je me suis rendu compte que j'avais besoin de me sentir utile. Je pense pouvoir faire de belles choses en travaillant pour l'AFO.

J'acquiesce avec enthousiasme.

— Je n'en doute pas un instant. Tu seras épatant. Tu es exactement l'homme dont l'Agence avait besoin. Tant que tu es heureux, je le suis aussi.

Il relève le regard vers moi et m'observe un moment. Un sourire se dessine sur ses lèvres et il porte ma main à sa bouche.

— Oui, je suis heureux.

— Alors, félicitations, monsieur le sous-directeur, répété-je en lui rendant son sourire.

Il me libère, puis déguste le reste de son verre tandis que je retourne à mes clients. Redevenue disponible, je lui verse une nouvelle rasade de scotch, dont il boit une lampée, avant de me demander :

— Comment se fait-il que tu aies décliné l'offre de l'AFO ? Tu es tout indiquée pour ce travail, et puis vous faites une équipe de choc, Sublime et toi. Vous seriez très utile à cette ville, Nora.

Je hausse les épaules.

— Rien ne m'empêche d'être utile à cette ville sans l'Agence. J'ai accepté de travailler sporadiquement pour eux en qualité de consultante. Ils peuvent m'appeler quand ils ont besoin de moi.

— Alors pourquoi ne pas les rejoindre à plein-temps ?

J'attrape une bouteille d'eau sous le comptoir et en bois une goulée avant de répondre.

— Si je rejoins l'AFO, qui aidera les faes ? Ils sont venus me voir parce qu'ils n'avaient personne vers qui se tourner. Je me sens sans doute un peu responsable d'eux parce que je suis moi-même une fae. Je ne veux pas me retrouver dans une situation où je devrais renoncer à prêter assistance à ceux qui me le demanderaient.

Parker m'adresse un sourire qui me fait fondre. Un mélange d'amour et d'admiration brille dans ses yeux, et je sens subitement une drôle de chaleur dans mon ventre.

— Tu as un grand cœur, Nora. Les faes ont de la chance de t'avoir.

Je lui serre de nouveau la main tendrement.

— Moi j'ai de la chance de t'avoir toi.

Un raclement de gorge derrière lui interrompt notre conversation. Je découvre avec étonnement Illren et Terrance en compagnie du sidhe que j'ai servi plus tôt dans la soirée. Mon troll a les bras croisés, l'air grave, mais pas sa mine renfrognée habituelle. Son attitude dénote une certaine légèreté que je ne lui connaissais pas. Il sourit presque. Presque.

— Nora, il y en a qui aimeraient te poser une question, dit Illren en désignant le sidhe.

Je soupire intérieurement. Parfois, ce fae a vraiment tout d'un connard condescendant.

— Je suis sûre que cette personne a un nom, Illren.

Les trois hommes gloussent, bien que la raison m'en échappe.

— Non, pas que Vesryn, je parlais de tous les faes, précise l'assassin d'un air amusé.

Ah ! j'ai l'air maligne maintenant.

Il pivote pour englober une partie de la salle d'un large geste. Ce n'est qu'à cet instant que je remarque la foule qui s'est amassée derrière eux. Il doit y avoir près de la moitié des clients de la boîte – au moins deux cents personnes. Ils semblent s'être répartis par communautés de faes, chacune mettant en avant un représentant. Je reconnais Laagh pour les brownies. Tous ont les yeux braqués sur moi.

Je sens un picotement sur ma nuque. Rien à voir avec une prémonition ; il se trame quelque chose et ça ne me dit rien qui vaille.

— De quoi s'agit-il ?

Terrance dit quelque chose dans son talkie-walkie et, quelques secondes plus tard, la musique s'arrête. Je sursaute, surprise. Depuis que je fréquente le night-club, jamais la musique n'a été coupée pendant les horaires d'ouverture. Sauf peut-être la fois où je me suis fait attaquer par une vampire et où Terrance a basculé en mode troll furieux dans la discothèque. Oui, ce soir-là, ils avaient éteint la musique… et fermé la boîte un peu plus tôt. Mais c'est la seule exception qui me vienne à l'esprit.

Je lance un regard déconcerté à Parker, mais ce dernier semble aussi perdu que moi. Inquiets, Wulf et Rook abandonnent leur service pour venir se poster à mes côtés. Derrière la foule de faes, les autres clients ont tourné leur attention vers nous pour comprendre ce qui se passe. Contemplant la masse de visages curieux, je regarde Illren, puis Terrance, en quête d'une explication.

— Terrance, que me veulent-ils ?

Le troll hoche la tête à l'intention de l'homme près de lui. Comprenant qu'il a la parole, Vesryn s'avance et me salue en s'inclinant légèrement.

— Les faes m'ont choisi ce soir pour parler en leur nom, dame Nora. Puis-je ?

« Dame Nora » ? C'est pire que « maîtresse ». J'éclaterais de rire s'il n'avait pas l'air si sérieux. D'un regard appuyé, Terrance et Illren m'incitent tous deux à répondre.

— Euh…

Je jette un nouveau coup d'œil interloqué à la foule, avant de reporter mon attention sur Vesryn.

— Très bien, je vous écoute. C'est quoi, l'histoire ?

Terrance rit sous cape et Illren ébauche un sourire en coin. Malgré l'éclat rieur dans ses yeux, Vesryn garde son sérieux, déterminé à rester solennel dans sa démarche.

— Pendant trop longtemps, les faes de ce monde ont vécu dans la solitude. Les grandes cours du royaume nous ont abandonnés. Nous n'avions personne pour nous unir et nous gouverner. Personne pour se battre pour nous. Jusqu'à votre venue.

J'écarquille les yeux. Certes, j'ai aidé les faes mais, à l'entendre, je serais une sorte de figure héroïque.

— Pour la première fois depuis que les faes se sont installés à Détroit, les fossés entre nos races se sont effacés. Nous nous sommes rassemblés, unis dans un même dessein : élire un chef parmi nous.

Oh-oh…

— Nous aimerions établir une cour ici, à Détroit, qui nous dirigerait et nous fédérerait comme le font celles du royaume.

D'un seul mouvement, les quelques centaines de faes présents mettent subitement un genou à terre et baissent la tête. Même Terrance et Illren se prosternent. Vesryn s'agenouille également, mais relève la tête pour déclarer :

— Nous voudrions faire de vous notre reine.

Chapitre 26

Je pousse un hoquet de stupeur et recule en chancelant. *Reine ? Ils veulent faire de moi leur reine ?*

Rook me saisit délicatement pour m'aider à encaisser le choc.

— Respire, Nora.

Je secoue la tête, mais ne parviens pas à articuler un son. Ils sont tous encore à genoux. La panique me gagne. Je suis déjà larguée quand un seul fae me jure fidélité : que suis-je censée faire d'une ville entière de sujets ?

— Terrance ? dis-je d'une petite voix nerveuse. Tu ne veux pas m'aider, là ?

Le troll relève la tête, sans se mettre debout. Il presse le poing sur son cœur.

— Je te suivrais de bon gré, Nora. Ce serait un honneur de t'avoir pour reine.

Je n'arrive plus à respirer. C'est une histoire de fou.

— Non, bredouillé-je sans cesser de secouer la tête. Non, je ne peux pas être reine. C'est insensé. (Je contemple la foule de faes agenouillés, dont certains me regardent à présent.) Je suis navrée, leur dis-je. Je suis flattée et extrêmement honorée que vous soyez prêts à me suivre, mais je… je n'ai pas l'âme d'un chef. Je ne suis pas… je ne connais presque rien aux faes.

— Nous pourrions combler vos lacunes, avance Illren.

— Il n'y a pas que ça, persisté-je. Relevez-vous, je vous en prie. Tous.

Les faes se mettent lentement debout, mais continuent de me dévisager.

— Vous refuseriez ? lance une personne.

— Vous avez dit vouloir aider les faes, ajoute une autre. Nous avons besoin de vous.

Un murmure approbateur circule dans la foule. Mon cœur bat à tout rompre. Jamais de la vie je ne pourrais être reine. Néanmoins, ils ont raison sur un point : ils ont besoin de s'unir sous un même gouvernement.

Soudain, la réponse s'impose à moi. Les faes ont en effet besoin de moi, mais pas de la manière dont ils le pensent. Je redresse les épaules, me campe sur mes jambes. Pour espérer les convaincre, je dois paraître sûre de moi. Comprenant que je m'apprête à lui adresser un discours, l'assistance me prête une oreille attentive.

— Je suis d'accord avec vous : nous avons besoin de quelqu'un pour nous unifier et nous diriger. Quelqu'un prêt à se battre pour notre peuple et à nous venir en aide dans l'adversité.

— Oui ! s'exclame quelqu'un. Nous avons besoin d'une reine !

— Vous êtes la plus puissante d'entre nous, renchérit un autre.

Je lève les mains pour réclamer le silence.

— Je sais que vous avez l'habitude d'avoir des monarques et des cours dirigeantes, mais vous n'êtes plus dans le royaume, et le monde des humains ne fonctionne pas ainsi. Du moins, pas dans ce pays. Vous n'avez pas besoin d'une reine : vous avez besoin d'un gouvernement. Et vous en avez déjà un. L'AFO sera là pour vous dès que vous choisirez de l'accepter. Elle veut vous aider.

Une vague de murmures et de grommellements parcourt la salle.

— Que craignez-vous ? demandé-je en levant le menton d'un air sévère. L'AFO contrôle-t-elle les vampires ou les métamorphes ? Dicte-elle leur conduite aux sorciers ? Pensez-vous réellement que les occultes de cette ville le toléreraient ?

La rumeur s'élève de nouveau tandis que les faes se regardent afin de jauger l'opinion générale.

— L'AFO s'efforce d'intervenir le moins possible dans les affaires de chaque espèce. Je le sais pour l'avoir vu. Lorsque j'ai collaboré avec les loups, l'Agence a laissé l'alpha Toth rétablir l'ordre dans sa meute et punir ses traîtres comme il l'entendait. Elle lui a proposé son aide et respecté sa décision lorsqu'il a refusé.

Les murmures s'amplifient. Cette fois, cependant, ils paraissent moins réprobateurs. Pourquoi accueillent-ils cela comme une nouvelle ? N'ont-ils jamais prêté attention à la façon dont le reste de la ville se régissait ?

— L'Agence intervient seulement en médiateur lorsque des conflits émergent entre les espèces, poursuis-je. Ou quand un événement menace de révéler notre existence aux humains. Ces deux cas mis à part, elle laisse chaque espèce s'autogouverner comme vous le faites actuellement. À la différence près que, si vous acceptiez de reconnaître son autorité, vous auriez enfin quelqu'un pour vous aider en cas de problème et vous auriez accès à des ressources impossibles à trouver dans la réclusion. Vous auriez la force dirigeante que vous cherchez tous.

— Mais il n'y a aucun fae parmi les agents de l'AFO, argue Vesryn. Nous n'accepterons que l'un des nôtres à notre tête. Vous connaissez bien l'Agence, vous êtes en bons termes avec ses membres. On ne pourra pas trouver meilleur chef que vous.

Je soupire. On tourne en rond.

Soudain, Parker se lève de son tabouret pour faire face à la foule.

— Et si un fae travaillait pour l'AFO ? ou plutôt une fae, en qui vous auriez tous confiance. Une fae qui pourrait représenter votre voix.

Ouh ! la petite fouine.

— Si *Nora* travaillait pour l'AFO, envisageriez-vous de les rejoindre ?

— Parker ! sifflé-je à voix basse en me penchant sur le bar pour lui taper l'épaule. Qu'est-ce que tu fiches ?

Le vampire me regarde avec un grand sourire.

— Désolé, Nora. En tant que nouveau sous-directeur, c'est mon travail d'agir dans l'intérêt de l'Agence et de cette ville et, que ça te plaise ou non, tu le représentes.

Il se tourne de nouveau vers les faes pour poursuivre sa harangue :

— La directrice West a déjà proposé un poste à Nora. Elle ferait équipe avec Nick Sublime, et l'Agence serait ravie de faire d'elle votre ambassadrice attitrée. Chaque fois que l'Agence aurait à intervenir dans une affaire fae, Nora serait présente afin de superviser l'opération.

Le brouhaha monte d'un cran et bon nombre de faes observent Parker avec curiosité. Plusieurs chefs de clan me regardent fixement, comme pour évaluer si ce rôle intermédiaire leur suffirait.

— Qu'est-ce qui nous garantit que l'Agence tiendra parole et laissera Nora être présente ? crie Laagh pour couvrir le vacarme.

Parker hoche la tête. C'est une question légitime.

— Parce que, aujourd'hui, je viens d'être engagé au poste de sous-directeur de la division de l'AFO à Détroit, sous les ordres directs de Madison West. J'aurai donc l'autorité de prendre cette décision.

— Et alors ? lance un fae. Vous êtes un vampire. À quoi nous avancent vos promesses ?

Je me crispe de colère. Rook m'agrippe l'épaule pour me tempérer. Ces gens ont besoin qu'on leur mette du plomb dans la tête. Le fait que Parker soit un vampire n'a aucune incidence dans cette histoire.

— Parce que Parker est mon compagnon ! lâché-je, avant de marmonner tout bas : Enfin, l'un d'eux.

Une exclamation générale s'élève dans la discothèque bondée, suivie d'un grand silence.

— Je connais peu d'hommes plus probes, dignes de confiance et respectables que lui, ajouté-je. Il fait également partie de mon clan. Terrance l'a accueilli et je l'ai pris pour compagnon. Si cela ne suffit pas à vous convaincre qu'il respecte les faes et se soucie de leur sort, vous pouvez tous retourner vous terrer dans l'ombre. Je n'aiderai pas une bande de connards élitistes. J'aime toutes les espèces et je ne tolérerai pas ce genre d'idéologie arriérée.

Rook me tire en arrière. Je ne m'étais pas aperçue que je me penchais sur le comptoir vers la foule.

— Tu peux baisser d'un ton maintenant, me souffle-t-il avec un petit rire. Je crois qu'ils ont compris.

Le silence se prolonge tandis que tous les faes se regardent de nouveau, attendant que quelqu'un parmi eux prenne la parole. Vesryn promène son regard sur l'assemblée, croise à dessein celui de plusieurs représentants. Enfin, il se tourne vers moi.

— Nous devons y réfléchir.

Je libère un soupir de soulagement. Je n'en attendais pas tant. En outre, ils n'ont plus l'air d'exiger que je devienne leur reine. Il y a du progrès.

— Naturellement. Si vos représentants souhaitent rencontrer la directrice West pour en discuter, je peux organiser ça.

Elle serait certainement enchantée d'avoir un rendez-vous avec les chefs faes.

— Mais nous refusons de rejoindre l'Agence sans vous, insiste le sidhe. C'est non négociable. Si vous n'y travaillez pas en tant qu'agent et ambassadrice des faes, aucun accord ne sera conclu.

Ah ! si Nick était là, ses joues lui feraient mal tant il sourirait, fier de lui. De toute façon, Parker sourit suffisamment pour deux. J'hésite mais, en réalité, les faes étaient la seule raison pour laquelle j'ai décliné l'offre de Madison. D'ailleurs, s'ils consentent à signer le traité, je les aiderais plus en travaillant pour l'AFO qu'en persistant à refuser le poste. Certes, il reste encore la question des démons, mais il y a peu, voire aucune chance que ces derniers reconnaissent l'autorité de l'Agence.

— Très bien, concédé-je. Si vous rejoignez l'AFO, j'accepterai de travailler pour eux et de vous représenter.

— Êtes-vous certaine de ne pas vouloir être notre reine ? tente-t-il une dernière fois.

Je secoue gentiment la tête.

— Je ne crois pas que vous ayez besoin d'une reine. L'Agence est la meilleure voie à suivre pour notre peuple, je vous le promets.

De nouveau, Vesryn parcourt la foule du regard. Lorsque plusieurs têtes opinent à son intention, il se tourne vers moi pour acquiescer à son tour.

— C'est entendu. Vous avez notre permission d'organiser ce rendez-vous. Tous les représentants faes de la ville et de ses alentours y participeront. Nous ne promettons rien, mais nous écouterons les propositions de la directrice.

Je souris puis lui tends la main afin de sceller cet accord, lorsqu'un picotement me hérisse soudain la nuque. L'angoisse me scie les jambes. Si Rook ne se tenait pas juste à côté de moi, je me serais écroulée sur place.

— Une prémonition ? grogne-t-il, reconnaissant les symptômes.

Ses yeux luisent, signe qu'il laisse son loup faire surface. Parker, Wulf, Terrance et Illren s'alarment immédiatement.

— C'est grave ? s'enquiert le troll.

— Très grave, haleté-je. Comme au *Skinny's*.

Mes hommes prennent aussitôt position autour de moi en regardant dans toutes les directions.

— Que fait-on ? demande Parker.

— Quelqu'un a repéré la menace ? lance Rook au même instant.

Terrance se tourne brusquement vers la foule, qui a remarqué mon malaise, et vocifère de sa voix de troll furieux :

— TOUT LE MONDE À TERRE !

Les gens s'exécutent, évidemment. Une fois la salle entière au sol, un seul homme se tient encore debout, près de l'entrée de la discothèque. Je reconnais ces cheveux bruns coupés court et ce long cache-poussière noir, même si le garçon n'a pas l'air d'avoir plus de dix-sept ans.

— Un autre chasseur ? m'étonné-je.

Rook étouffe une exclamation de stupeur.

— C'est lui ! C'est le gamin qui n'arrêtait pas de me regarder au casino hier soir.

Comment se fait-il qu'aucun d'entre nous ne se soit douté de rien ?

— Merde ! juré-je. Je pensais qu'ils étaient seulement trois parce qu'il y avait forcément un conducteur. Mais, dans la vision, le père et le fils sont tous les deux montés à l'arrière de la voiture. Je ne sais pas pourquoi je n'ai jamais envisagé la possibilité qu'il y ait une quatrième personne installée devant.

— Sale pute ! gueule l'adolescent en me pointant du doigt.

Sa voix se brise dans des sanglots. À cet instant, j'ai même un peu de peine pour lui.

— Ma famille est morte à cause de toi !

Terrance vient se placer devant moi tandis qu'Illren se faufile sans bruit dans la foule, sans doute pour aller neutraliser cette nouvelle menace. Je me penche sur le côté pour voir. L'adolescent tient quelque chose dans sa main. Ça ne ressemble pas à un pistolet. Je n'arrive pas à distinguer ce que c'est. J'entends Rook humer l'air à ma droite.

— Vous sentez cette odeur ?

Son frère l'imite.

— On dirait… des explosifs ? du C-4 ?

— Maintenant vous allez tous payer, sales monstres ! hurle le garçon, avant de tendre le bras de côté.

Son manteau s'entrouvre. J'aperçois quelque chose attaché à son torse et comprends enfin ce qu'il tient dans sa main. Un détonateur.

— Il a une bombe ! m'écrié-je.

Rook tente immédiatement de m'abriter sous le comptoir, mais je sais que le garçon va appuyer sur le bouton. Nous serons tous morts avant qu'Illren l'atteigne. Sans même réfléchir, j'ouvre la bouche et laisse échapper une mélodie envoûtante, que je projette de toutes mes forces vers l'adolescent, à l'autre bout de la salle. C'est un air sans paroles, que je n'ai jamais entendu de ma vie. Pourtant, je sais que je ne l'improvise pas. Il s'agit d'un chant ancien, enfoui en moi ; mes ancêtres attiraient des navires entiers à leurs pieds grâce à lui. Je le connais d'instinct.

Le garçon se fige. Il est très loin et je n'ai pas l'impression de pouvoir le regarder dans les yeux, mais ça ne semble avoir aucune importance. La puissance de mon chant surmonte sans difficulté la distance qui nous sépare pour l'ensorceler. Il reste immobile, le bras tendu, son pouce sur le détonateur, mais n'appuie pas sur le bouton. Les yeux rivés sur moi, il se penche en avant comme s'il voulait s'approcher.

— Lâche ce détonateur.

Il obéit. J'attends que mon assassin le plaque au sol, mais en vain.

— Où est Illren ? soufflé-je aux loups à côté de moi.

Pas de réponse.

Bien que je n'ose pas détacher mon regard du garçon, je jette un rapide coup d'œil à ma droite et lâche un hoquet de surprise. Mon chant a aussi envoûté Rook et Wulf. En regardant devant Terrance, je manque presque de m'évanouir : tous les hommes dans la salle sont subjugués. Les femmes, quant à elles, tournent la tête de tous les côtés, totalement décontenancées.

— Eh merde !

Ce n'est pas bon, pas bon du tout. Impossible de cacher ce que je suis après ça. Et les gens dans la salle seront furieux lorsqu'ils comprendront ce que je leur ai fait. L'envie de fuir me saisit, mais je décide de me ressaisir et de me concentrer. Chaque chose en son temps ; la priorité est de désarmer cette bombe. J'ignore combien de temps mon pouvoir tiendra encore. Je ne sais même pas comment j'ai fait ça.

— Parker, dis-je à voix basse.

Le vampire lève vers moi des yeux vitreux.

— Oui, Nora ?

Je ravale ma culpabilité. Je ne veux plus jamais le voir avec ce regard vide.

— Pourrais-tu retirer cette bombe de ce garçon ?

— Bien sûr.

— Fais vite, s'il te plaît.

Avec une rapidité dont seul un vampire peut faire preuve, il traverse la discothèque. Son passage sort les femmes de leur sidération. Les questions ne tardent pas à fuser de toutes parts. Certaines secouent les hommes à côté d'elles, agitent la main devant leur visage.

Lentement, un par un, certains hommes émergent de leur état de transe. Je sens mon cœur s'affoler en voyant la panique se propager dans la salle. Bientôt, tout le monde a les yeux braqués sur moi. J'entends plusieurs fois le mot « néréide », prononcé à mi-voix. Ma respiration s'accélère.

— Merde, merde, merde !

Une main se pose doucement sur mon épaule, me faisant sursauter jusqu'au plafond dans un cri de souris. Maintenant que j'ai totalement perdu ma concentration, tous les hommes se retrouvent libérés du charme.

— Ne t'inquiète pas, Nora, me souffle Rook. On s'occupera de ce problème. Le plus urgent est d'arrêter ce gosse et de te faire sortir d'ici.

J'inspire profondément. Il a raison. Le mal est fait. Il faudra affronter les répercussions, mais un problème à la fois.

Parker revient, un gilet chargé d'explosifs entre les mains. Mon réflexe est de m'en éloigner tout de suite, même si le vampire ne manifeste aucune nervosité.

— N'aie pas peur, dit-il. J'ai déconnecté le détonateur.

Je continue de regarder la bombe avec circonspection.

— Peu importe. Il vaut mieux s'en débarrasser.

Illren s'avance ensuite avec le garçon inconscient dans les bras.

— Il est mort ? demandé-je.

— Seulement inconscient, répond-il avec un petit sourire. J'évite de tuer les enfants.

Bien. Il a tout de même certaines limites. C'est rassurant.

— Parfait, on l'emmène à l'Agence. Ils le colleront en cellule.

Nous nous apprêtons à partir, mais la foule continue de nous dévisager sans bouger, dans un étrange mélange d'ébahissement et de colère.

— Je suis désolée ! m'excusé-je.

— Ne dis rien, Nora, grommelle Terrance. Ce n'est pas la peine d'aggraver les choses. Contentons-nous de te sortir d'ici.

Là-dessus il se tourne vers la foule pour annoncer de sa voix retentissante :

— Navré pour le dérangement ! N'hésitez pas à aller au bar. Ce soir, c'est la maison qui régale !

Il marmonne ensuite quelque chose dans son talkie-walkie et la musique redémarre. Peu à peu, les gens se laissent distraire ; certains se dirigent vers le bar, d'autres vers la piste de danse. D'autres cependant gagnent la sortie. Je ne peux pas le leur reprocher. J'ai moi-même hâte de rentrer chez moi après cette soirée mouvementée.

Terrance escorte notre petit groupe jusqu'au parking du personnel, derrière la boîte, mais Wulf et lui restent sur place. Il y a beaucoup de monde ce soir ; ils vont tâcher de limiter les dégâts. Sous mon regard horrifié, Illren fourre le chasseur inconscient dans le coffre de sa voiture. Parker m'ouvre la portière arrière et Rook se glisse à côté de moi tandis que le vampire s'installe devant avec la bombe.

Nous restons un moment sans rien dire, le temps de digérer les événements.

— Nous voilà bien lotis, murmure Illren en faisant démarrer le moteur.

— Je suis désolée, dis-je d'une voix rauque. Je ne sais pas du tout ce qui s'est passé. C'était inconscient. J'ai réagi malgré moi.

Rook me prend la main. Je m'aperçois alors qu'elle tremble.

— Ce n'est rien, Nora. Nous savions que les gens finiraient par découvrir ton secret.

— Oui, mais il y a une différence entre apprendre ce que je suis et subir de plein fouet les effets de mon pouvoir. Je viens d'ensorceler tous les hommes de cette salle.

Illren me jette un coup d'œil par le rétroviseur.

— Et Terrance vient de leur offrir une tournée générale. La plupart seront probablement si soûls que, demain matin, ils ne se souviendront plus de rien.

Parker se tourne sur son siège pour me regarder.

— Essaie de ne pas trop t'inquiéter. La majorité des clients ce soir étaient des faes, et les faes ont tendance à vénérer les néréides. Quelles que soient les répercussions de cet incident, nous trouverons le moyen d'y faire face. Ensemble. Nous formons un clan solide, Nora. Inébranlable. Qu'importe ce que l'avenir nous réserve, nous saurons l'affronter.

Un sourire vient adoucir les traits du vampire. Rook m'attire contre lui pour me serrer avec force. Illren se contente de hocher la tête, comme pour approuver les propos de Parker. J'inspire profondément et souffle lentement. Ils ont raison. Parker a raison. Nous sommes un clan solide. Quoi qu'il arrive, nous saurons faire front. Ensemble.

Achevé d'imprimer en avril 2021
Par CPI Bussière à Saint-Amand-Montrond
N° d'impression : 2057040
Dépôt légal : mars 2020
Imprimé en France
81123667-2